青花瓷

张曦文 著

中国言实出版社

图书在版编目（CIP）数据

青花瓷 / 张曦文著 .-- 北京：中国言实出版社，
2016.7

ISBN 978-7-5171-1966-1

Ⅰ.①青… Ⅱ.①张… Ⅲ.①长篇小说－中国－当代
Ⅳ.① I247.5

中国版本图书馆 CIP 数据核字 (2016) 第 196065 号

责任编辑：宫媛媛
装帧设计：水岸风创意文化

出版发行：中国言实出版社

　　地　　址：北京市朝阳区北苑路 180 号加利大厦 5 号楼 105 室
　　邮　　箱：100101
　　编辑部：北京市海淀区北太平庄路甲 1 号
　　邮　　编：100088
　　电　　话：64924853（总编室） 64924716（发行部）
　　网　　址：www.zgyscbs.cn
　　E-mail：zgyscbs@263.net

经　　销：新华书店
印　　刷：北京温林源印刷有限公司
版　　次：2016 年 8 月第 1 版　 2016 年 8 月第 1 次印刷
规　　格：710 毫米 ×1000 毫米　1/16　17.5 印张
字　　数：270 千字
定　　价：32.80 元　ISBN 978-7-5171-1966-1

目录

俱损的钟梓彤无法面对诸位同学,不得不提前离校。此后,她对男人产生了害怕心理。同事颜玉如与她一样,有心灵创伤。两位不婚主义者相约,一生不婚不恋。两人一起辞职,合开了"钟颜工作室"。

配阴婚那天的场景。送葬的人满巷满院，哭声震天。农村里当下很少见的人抬棺现象重现。虎子将自己心爱的人送到了他人的祖坟里，配给了孩子的生父魏明睿。抬棺时，飘飘、钟梓彤、林娃与众位男同学一起上阵，场面可观，情感天地。葬礼后，虎子为可可写诗一首，寄托情思。

义犬LUCK虽是一只宠物，但有着人的智慧与情感。自从可可与他相遇，他就对可可寸步不离。地震前，是它救了可可；地震时，是它护着可可；可可失踪的那些日子，是它陪着可可。可可死后，它不吃不喝不叫，最后绝食而亡，以身殉主。虎子将它埋在可可坟旁。

虎子沉浸在失去可可的痛苦中，同时又面临孩子改姓的问题。一度是孤儿的他，二度成为孤儿。如麻的现实与前所未有的孤独与恐惧让虎子感到迷茫与困惑。在处理与虎子的关系时，钟梓彤心中非常矛盾。虽然自己跨越了自己终身不孕的障碍，爱上了虎子，可可也将虎子托付给她，但虎子面对她的感情，一直在回避，所以，她内心一直在挣扎。在她冲动地向虎子求婚，表示要好好地认真地给平平、安安当母亲后，虎子还是不正面回答。这让钟梓彤更加胆怯，难道自己又在单恋吗？难道虎子是在嫌弃自己吗？身心受过重创的钟梓彤只能再次独吞苦泪，暗自神伤。

大头飘飘与女朋友江小丽、同行陈大惠去黔西北拍摄山区教育的公益宣传片。可可刚刚去世，无法接受新感情的虎子为了逃避现实，也为了寻找人生的新方向，随着飘飘去了黔西北。在黔西北，虎子看见飘飘对待所有的孩子如同己出，并称他们为"我的孩子们"时，十分感动。

虎子与飘飘进行彻夜畅聊。从飘飘的成长史中，虎子真正了解了大头飘飘。虎子将自己的故事讲给大头飘飘听。飘飘从新的高度诠释了珍惜、爱、感恩的真正含义。飘飘对虎子的内心进行了一次洗礼。

虎子不再感到矛盾，不再退缩，决定珍惜现在拥有的一切，爱并感恩来到他生命中的每一个人。

在为"青花瓷"品牌服饰展示会的录像进行后期制作，对所有照片进行编排印刷的过程中，飘飘责成吴缺剪辑。剪辑的过程，颜如玉作为客户，与他们一起加班加点。在合作过程中，颜如玉偶遇同来飘飘公司的陈大惠，并与大惠两情相悦。虎子、钟梓彤，飘飘、小丽，颜如玉、陈大惠，刘清颖以及他的爱人夏季峰，欢聚一堂。颜如玉的妈妈颜蜀君也来了，一起庆祝服装品牌的成功发布，并祝福四对年轻人成双成对，百年好合。妈妈颜蜀君也找到了属于自己的幸福。

虎子在成都市开了一家自己的户外店。2010年春节前，汶川震后灾民乔迁新居，虎子与阿坚喜成邻居。春节前，虎子与钟梓彤回钟梓彤老家见过钟家父母后，二人又在除夕带着安安赶到陈炉，与可可父母、明睿父母共度新春。在除夕晚宴上，几人经过商量，将可可的孩子改名为魏雷平平，丽静的孩子改名为魏宁安安，并请求四位老人，帮他们一起养育平平与安安。

一场空前绝后的婚礼在陈炉举行。有虎子与钟梓彤，有飘飘与小丽，有颜如玉与大惠，有清颖与夏季峰，还有江松林与自己的新娘赵凤儿，张江波与周小岑。六对新人，在同一天步入婚姻的殿堂。阿坚带着冰娟也来了，颜如玉的妈妈颜蜀君与阿坚的父亲也来了。来的还有闻若冰与翟一柳。婚礼结束后，大家一起去了可可与明睿的墓地，虎子与钟梓彤共同把青花瓷项链埋在可可的墓碑下，表示要掩埋震后的悲伤，封存所有的记忆，快乐生活。江松林夫妇表示要协助雷江涛将雷江涛的瓷窑经营下去。在陈炉的大院子里，大家商议，可可父母、魏明睿父母负责照看两个孩子，江松林主管雷江涛瓷窑的生产。虎子自己开户外店的同时，在成都成立了陈炉青瓷销售总部，向全国市场推广陈炉青瓷，主打产品是瓷砖、地砖、摆件、餐具等。钟梓彤与颜如玉依然经营"钟颜工作室"，除自己的青花瓷服饰系列外，再设计生产相关的青花瓷首饰与室内软饰。颜如玉的妈妈颜蜀君表示，她负责新产品投入市场前的资金问题。

虎子(杨以轩)：四川映秀镇人，户外爱好者，"行者部落"户外店老板。

钟梓彤：成都"钟颜工作室"合伙人，服装设计师，杨以轩妻子。

杨如海：杨以轩父亲，与妻子逃婚到映秀镇后，开诊所为生。

柳如烟：杨以轩母亲，后与丈夫杨如海遭遇车祸，双双身亡。

雷江涛：雷可可父亲，陕西陈炉镇瓷家传人，以烧制瓷器致富。

王莲莲：雷江涛母亲，家庭妇女。

雷可可：雷江涛女儿，魏明睿前女友，杨以轩亡妻，后与魏明睿配阴婚。生女儿平平。

魏雷平平(杨平平)：雷可可遗女，生父魏明睿，养父杨以轩，养母钟梓彤。

LUCK：雷可可宠物狗，后以身殉主。

丫头：雷可可养的画眉鸟。

乐果果：陈炉镇人，雷可可小学妹，魏雷平平(杨平平)乳母。

魏发财：陕西陈炉镇人，农民，以烧瓷为生，魏明睿父。

枝枝：魏明睿母，家庭妇女。

魏明睿：雷可可前男友、配阴婚的丈夫，魏雷平平(杨平平)生父。

阿坚(黎文坚)：四川映秀镇人，杨以轩发小，震前为川味餐馆老板。

李冰娟：阿坚之妻，"5·12"地震后，截掉一条腿。

阿宝(黎明宝)：阿坚两岁的儿子。

红儿(黎文红)：阿坚小妹，映秀镇旋口中学老师，地震中为救学生遇难。

黎世昌：阿坚父亲，阿坚母亲地震遇难后，与颜如玉母亲颜蜀君结合。

林娃(江松林)：陕西陈炉镇人，可可的追求者，雷江涛瓷场助理。

赵凤儿：江松林之新婚妻子，雷江涛瓷场助理。

宁丽静：四川映秀镇人，地震中遇难，将女儿魏姝婷托付给虎子。

魏佳祥：四川映秀镇党委秘书，地震中因救人遇难。

魏宁安安(宁安安)：宁丽静之女，地震中由母亲宁丽静托孤给虎子。

陈大惠：成都小城大惠广告公司经理，颜如玉丈夫。

颜如玉(丁子葵)："钟颜工作室"合伙人，陈大惠妻子。

丁子然：颜如玉兄，十五岁时因伤害罪入少管所，后杳无踪迹。

颜蜀君(李茹茹)：成都蜀君服饰公司经理，颜如玉母亲。

丁大力：颜蜀君丈夫，地震时遇难。

赵子建：北川人。

刘清颖：成都人，清颖心理咨询机构发起人。

夏季峰：成都人，刘清颖丈夫。

大头飘飘：专业摄影记者，成都飘飘传媒公司经理。

江小丽：成都某外企人力资源部经理，飘飘妻子，后加入清颖心理咨询机构。

张江波：成都某户外俱乐部领队。

周小岑：北京某外企白领，张江波妻子。

吴缺：飘飘公司的后期制作。

孙行者：广西某旅行社向导。

小燕子：成都某医院护士。

王子(王浩维)：西安人，钟梓彤大学时期单恋对象。

任可涵：西安人，王子女友。

胖子(辛文)：内蒙古自治区乌兰察布市察右中旗人，钟梓彤大学时期的追求者。

陈玉明：贵州毕节地区金龙乡宏达希望小学校长。

陈大学：陈玉明儿子，宏达希望小学临时教师。

钟老师：宏达希望小学教师。暑期打工时伤了一条腿。

朱姝：宏达希望小学一年级学生。

呷莫阿雅：宏达希望小学学生。

呷莫阿妞：宏达希望小学学生。

呷莫阿曼：宏达希望小学学生。

央贝阿珠：宏达希望小学学生。

狄惹木嘎：宏达希望小学学生。

张志和：成都模特公司经纪人。

凯丽：成都某模特公司模特。

妖妖：成都红妆阁清吧老板。

阿青：妖妖丈夫，成都某公司员工。

闻若冰：上海外国语大学博士生，词曲作者，映秀镇灾区青年志愿者。

翟一柳：汕头大学教师，歌手，映秀镇灾区青年志愿者。

崔丁丁：原中国北车永济电机厂(现中国中车永济电机公司)武装保卫部员工，映秀镇灾区青年志愿者。

（共58个角色）

一　瓷　碎

　　虎子再一次沉默地望向可可时，可可的泪仍在不可遏制地流。流了一脸，又顺着脖子漫延开来。

　　在泪的冲洗中，可可瓷胎一样瓷实而细白的脸凄楚而动人。可可虽然怀孕五个月了，但身段依然苗条，只是小腹部微微凸起，拱起一个圆而小的弧度。在青色衣裙的包裹下，玲珑有致。

　　虎子看着她身体的美妙与温婉，却无法突破她个性的坚硬与固执。他们就那样痛而无奈地互望着。谁也无法靠近谁，谁也无法说服谁。

　　讨厌的 LUCK 一下午都在猞猞地叫，那只画眉鸟也在笼子里焦急地聒噪，以至于声音都失去了往日的清丽与水脆。

　　最终，可可哀怨而绝望地转过身去。

　　无声的角斗结束了。

　　虎子在心中重重地叹了一声气。

　　他至今都没有做好进入二人世界的准备。何况五个月前，婚姻不由分说地跑进他的小院子？他身体上的某种感觉，始终在沉睡，迷离地不能接受身边睡着另一个人的现实。

　　他想把手重新抚上可可娇弱而沉静的双肩，告诉她："再等几年，我想回来的时候就会回来的。"可他始终没有说出口。

　　他没想过结婚，更没有想过当父亲。他这次回来，方看见可可忽然鼓起来的肚子，才知道可可已经怀孕五个月了。他要做父亲了。孩子，又在不能预知与没有计划的情况下，忽然地闯入他的生命里来。

他不得不在几天内，又一次拔着自己的脑袋，迫使自己再长大一点。

他二十六年的岁月，在此时才显出沉重。丈夫与父亲，两副担子，可可就那么信手一拣，放在他的肩膀上。毫无设防的他，被压得一个趔趄，差点跪在地上。

五月的映秀镇，潮热、闷人。小房子的气压，在二人的沉默对立中，更加压抑难耐。LUCK再次狂躁地叫起来，狠命地扯他的裤角。

虎子想不到LUCK的力气这样大，不过一只小小的宠物狗，却在他试图迈出一条腿时，将他倾斜的身体一下子拉倒。

倒下的一瞬，他不可饶恕地碰倒了那只青花瓷瓶。

那只对于可可与他而言，极其重要的青花瓷瓶。

那一个破碎声音极大。

"砰——"

可可带泪的眼睛与满是水痕的脸猛地扭过来，眼神如两把利剑般刺向他：

"你——"

"我——"

一地的青花瓷碎。有大片的，断裂处翻着白茬，叮叮咣咣滑过木质地板，然后停在某一处不停地摇晃着；有小片的，呛呛啷啷地甩出去，飞到沙发下、茶几下，然后静躺着不动了。

看着一地的残渣，虎子不知所措。

他无法解释这一致命的失误。

虎子不知道，他的这一失误是多么致命。他也不知道，这一失误，改变了多少人的一生，包括可可的一生，包括自己的一生，包括可可肚子里孩子的一生。

LUCK此时更加频繁、更加用力地扯他的裤脚，画眉鸟的叫声也越发急切与恼人。

LUCK是一只白色直毛遮目狗，它的名字是可可起的。她说希望这只在路上捡到的流浪狗能给他们带来好运。五个月来，LUCK一直陪着孤独的可可。

而虎子，一直流浪在不同的大山里。

虎子喜欢登山，喜欢暴走，喜欢一切未开发的野山和最原始的村落，唯独不喜欢静静地待在家里。他不是不愿陪可可，是他的脚，根本无法停下来。

与他的动相反。可可只喜欢在各种自制的、形状各异的泥质瓷器坯胎上画不同的图案。安静地、无声地画。她最大的快乐就是这些她画了图案的素色坯胎经过烈火的焚烧后，变成一只只妙不可言的青花瓷器。

虎子与可可之间的战争，也许是必然的积累后偶然的爆发；也许只是源于 LUCK 连日来令人烦躁的叫声；也许怪天气，莫名地让人狂躁，连心如止水的可可也在这外界的干扰下，失去了水般的清静。

虎子也知道，他最不该打碎这只亭亭玉立的青花瓷瓶。

这只青花瓷瓶凹凸有致的样子，就像可可优雅而沉静的样子。它以瓶的形状、以瓷的状态，固体地呈现出"可可"流淌着青色长发、着白底衣服的模样。瓷人上衣的右襟下摆是一朵紫蓝色的莲花，莲花的梗一直从"她"上衣下摆延伸开去，直蜿蜒到长裙的左上方，然后再斜斜地弯向长裙的右下摆。瓷瓶最醒目的地方也是唯一着红的地方，是她左胸上红红的、小小的，刚开了半朵的菡萏。

这只青花瓷瓶，是可可认识虎子一个月后，专程从陈炉镇赶到映秀镇送给虎子的。

虎子知道，可可是把她自己送给了他。

也就是从那天起，可可再没有离开过映秀镇。她总是让她父亲瓷窑场子里的林娃把陈炉镇特有的做瓷用的坩子土用车拉过来，她每天的工作就是淘土、摞泥、拉坯、修坯、捺水、画坯、上釉……然后再把一件件画上图案的瓷胎让林娃拉回去，放到自家百年来从未熄灭过的窑火里去烧。

可可在映秀镇扎下了根。虎子却总是以映秀镇为中心，呈射线状奔向周围不同的点。每一个点所代表的目的地，除了山，还是山。

不管他去哪里，去多久，可可就在映秀镇静静地画着瓷胎，孤独地等着他。

虎子不常回家，十几天甚至一个月才回来看可可一次。每次在家待的时间也不长。长的有几天，短的也就一两天，然后再接着走。他习惯双脚一直行走着的状态。行走是一种力量，也是一种提醒。只有双脚一直走着，他才感觉到能量的存在，才清晰地知道自己活着。

陈炉镇离映秀镇有多远？他不知道。他从来没有去过陈炉镇。

他与可可邂逅在他去八百里秦川的路上。

秦岭，八百里秦川，是众多户外驴友心之所向。就像徒步能走在去西藏的路上是驴友们最大的梦想一样，能融入秦川的粗犷与壮丽中，也是许多驴友的理想。

进秦川，虎子选择了独行。

冬日的秦岭，除了苍凉，还是苍凉。但虎子能在这种肃杀与枯败中找到自虐式的平静与安宁。

那日，可可与林娃开着车，在给客户送青花瓷器的途中迷路了。彼时，虎子正走在那一段荒无人烟的山道上。

可可只看了一眼一袭户外装备的虎子，就令人惊艳地笑了起来。她的牙很白，皮肤像青花瓷的瓷胎一样细滑而密实。

可可后来说，她与虎子命中注定的相遇与一见钟情的相爱，是她前世用五千年的道行修来的。

不要说与林娃一起送货，就是她家的生意，她都从来没有参与过。

那天，是她与男朋友魏明睿约好一起去见他父母亲的日子。谁知，在她梳妆打扮好后，魏明睿却接到单位的电话，急匆匆地走了。

魏明睿走时，对着失望地站在村口的可可说："在家等我电话，我很快回来。"

那天的魏明睿，可能在想：来日方长，带可可见他父母的日子有很多。那天的魏明睿没有想到的是，可可永远没有机会与他一起去拜见他的父母了。

那天，是魏明睿的生日，魏明睿决定带着他追随了十几年、又相恋了六年的可可去见父母。一大早，可可就像刚从疆场归来的花木兰一样，"当窗理云鬓，对镜贴花黄"。她怀着与花木兰一样的征战了多年终于能大方现身的兴奋，期待着中午隆重地去见未来的公婆。

魏明睿的匆匆离去，让期待了很久的可可措手不及。站在村口，看着明睿远去的身影，她除了愤懑，还有委屈与伤心。

正好林娃去送货，沮丧到极点的可可与父母招招手，就上了车。

新客户的公司地址离陈炉镇不算太远，按说在中午吃饭的时候怎么着也会送到。但是，山中小路分岔太多，林娃又是第一次走，七转八拐后，有路路通之称的林娃竟也有些迷糊了。

车上没有任何吃的东西。到午饭点了，可可直喊肚子饿。只是前不着村，后不着店，林娃也没有办法，只能安慰可可，说："快到了，快到了，你忍一忍，忍一忍。先喝口水。"

自小在林娃面前骄横惯了的可可，任性地撒娇道："哎呀，你个笨蛋，怎么连路也不认识。我要吃饭，我饿了。"

正争闹间，不期然，与虎子相遇。

虎子当时正坐在山路旁一蓬满是枯枝败叶的灌木前休息，准备吃午饭。

虎子正要拿出他的午餐时，一辆车，远远地，迟迟疑疑地开过来。冬天的北方少雪无雨，乡野路上堆起了厚厚的一层土。车稍一开快，车后就会扬起一阵阵土雾。虎子停下手，打算等车过后再往外拿东西。不想车停了，一个年轻小伙子摇下车窗问道："嗨，哥们，你是户外驴子吧？"

虎子一乐："必须的。"

林娃问的那个地方虎子也不是太明白。不过，他老练地说："你等等，我帮你查查。"

说完，他从大大的旅行袋里掏出一个油布包，从折折叠叠的油布包里翻出一张折叠的纸。展开那张纸，可可不由大喊："哈，竟然是一张地图。你好专业呀！"

虎子心里骄傲着，而嘴上却谦虚道："不算专业，但肯定不是草驴。"

找到林娃问的地方后，虎子用指南针定了定方向，又用图上的比例算了算大致距离。末了，他肯定地说："从这里往前开 2.5 公里，往左，也就是往南拐，开 5 公里就到了。"

彼时，冬日的阳光正照在虎子的脸上，他久被太阳烤晒的脸上，洒满暖暖的阳光。他周围是灰突突的北方的群山，他身上却是绿茵茵的户外服。那金色与绿色相配，衬着季节赋予秦川的灰色背景，成为一幅温暖而又俊俏的油画。坐在副驾驶座上的可可在那一刻，被这幅立体的油画催眠了，被镀着一层金辉的虎子的脸迷住了。

她跳下车，朗声问："嘿，帅哥，你要去哪里？你去干什么？怎么不开车，却用走的呢？"

虎子又一脸红，一边收起地图，一边像说禅一样绕，说："我到我要去的地方，我做我想干的事情。两条腿天生就是走路的，在没有车的远古时期，人们用的都是腿。"

可可的好奇心被他禅意十足的话激起了浪花，她扭过头对林娃说："你先送货去吧，我在这里等你。"

林娃甚至比可可的父母更了解可可，没有谁能改变她的决定。他见惯不怪地说："别把自己弄丢了哈。"

看可可下了车，虎子随手拿出一瓶水与一个干饼子，递给她："吃吧。"

他没有问可可留下来的目的，没有问她留下来的原因，也没有问林娃要多久才能回来。

可可没有客气，将手中的水与饼子扔给林娃。自己从虎子的包里又掏出一瓶水、一个饼子，大口吃起来。

林娃耸耸肩，从车窗里伸出手摇了摇，说："走了。"

绝尘而去。

林娃送完货回来，远远看到虎子与可可正聊得起劲。

彼时，可可已经没有了刚上车时的愤世嫉俗，也没有了对魏明睿冲天的怨气，仿佛魏明睿从未在她生命中出现过。

看来，他俩已经成为无话不谈的朋友。

可可也记得，那棵枯叶如花的灌木下，两人的影子从小而圆变成细而长，太阳的光也从温暖褪到凉冷。

看着林娃的车从远方扬着土雾飞驰而至，可可笑了。

林娃停了车，摇下车窗，说："上来吧，回。"

可可仰脸对他说："你回去吧，我想跟着他流浪几天。"

虎子不置可否地收拾东西。

林娃对她的惊人之举感到意外又司空见惯。可可就是这样随心所欲的人。

只是，她要跟着流浪的人是一个男人——一个陌生的男人。

林娃毫不避讳地说："跟他？你开玩笑吧。"

虎子跟着说："就是，开玩笑。一个陌生人。又孤男寡女的。"

说话间，虎子已收拾好行李。他把旅行包扣好，说："走了，后会也许无期。"然后，按自己的方向走去。

夕阳把他的影子拉得老长老长，黑影盖在可可脸上。

可可对林娃说："你口袋里有多少钱，都给我。"

林娃跳下车，说："当真了？"

可可说："可不？必须当真。"

林娃不再说什么，掏出刚收的货款，塞给可可。可可从中抽出一小叠，余下多的还给林娃，说："就玩几天，玩几天就回去了。这几天不用给我电话，我关机。"

然后，可可跟在虎子后面，渐行渐远。

林娃望着两个背影远成一个小黑点后，开车回陈炉镇去了。

那几天，虎子与可可去了哪里，林娃不得而知。

可可与虎子疯玩几天后，虎子又去了哪里，可可也没问。

虎子与可可分手后，可可回到陈炉后要做什么，虎子也没问。

一个月后，虎子的手机刚刚可以打通，就接到可可的电话，说她很快就到虎子在映秀镇的家，让他等她。果然，不到一天时间，可可就被林娃送到了映秀镇。

那天，虎子听到敲门声，打开那扇年久的木门，看见可可怀里抱着一个大大的盒子站在门外，他虽有些诧异，有些措手不及，但还是打了招呼："嗨，别来无恙？"

可可没有回答，低头抱着盒子，进了家门。

虎子看看穿过庭院、径直走进客厅的可可，回头对林娃说："你怎么不进来？"

林娃远远地站在车旁，似笑非笑地扯扯嘴角，哑着嗓子说："照顾好她。"

虎子摇摇头，说："我又不是她什么人。"

林娃现出一副要哭的样子，说："现在是了。你可以是她的任何人。"

然后，林娃上了车，说："走了。"打了一声喇叭，车开走了。

虎子回到家里，看见可可坐在沙发上。他没话找话地说："林娃走了。

你喝水不？”

可可好像笑了一下，弯着腰，从盒子里取出一只亭亭玉立的青花瓷瓶……

如今已经碎了的那只青花瓷瓶。

瓷瓶的样子与可可像极了。直直的发，亮亮的眼，白白的脸。

那天以后，可可再没有离开过虎子这栋小房子。

那天以后，虎子所了解、所认识的那个可可不见了。

可可再没有像跟他流浪的那几天那样开朗而无拘无束地笑过。

2008年5月9日，远在青山沟的虎子与他的队员们天快黑时才出山峪，手机刚刚有一点信号，可可的电话就进来了。电话那头，可可声泪俱下。

她要虎子快回家。

她说她受不了了。

她说：“虎子，求求你，不要再走了，不要再丢下我了，除了你，我现在一无所有，不要再让我失去你，我不能再失去你了……”

她说：“虎子，给我一个家，一个有你的家，一个有你、有孩子的家。我是这个世界上流浪的孤儿，我怎么办，我太孤独了，我太无助了，我受不了了，不要让我疯掉，回来吧，求你了——”

说完，她哭，很长时间对着听筒哭。

自可可住进虎子家，就从来没有主动给虎子打过电话，何况如此雪崩般的哭诉。平时二人联系，总是虎子从山里出来后给家里的座机打电话。每到一处，虎子都会打电话告诉可可，他在旅途中看到的风物人情，可可很多时候是听，偶尔高兴时，也会细细地叙述她绘图时的每一个构思与每天的饭量，或说些白色遮目狗LUCK很淘气、很智慧的小故事，或画眉鸟丫头的健康状况。

5月9日那天，可可拨了很多次虎子的电话，总是一个女声礼貌而让人气愤地告诉她——“你所拨叫的用户暂时无法接通，请您稍后再拨”。她听话地过一段时间就拨一次，那女人仍这样不急不缓地告诉她“请您稍后再拨”。她就再过一段时间再拨。

那天，一切都有些反常。也许正是LUCK与丫头的反常，让她焦躁不安，抑或是早就过去的妊娠反应又卷土重来。总之，那天她的情绪波动很

大。

　　5月9日那天，一向自律而沉静的可可在LUCK与丫头的叫闹声中，不停地拨打虎子的电话，直到电话那头终于有一个磁性而温柔的声音响起来："HELLO？！"

　　平时，虎子只要一声"HELLO"，可可就会表达出自己的愉悦，因为两人又可以见面了。而每次的见面与相聚都是可可心中所期待的。

　　她从不表达自己的不满，但她的期待虎子可以感觉得到。

　　5月9日那天，虎子意想不到地听到可可失常的声音——"你快点回来，回来吧，我受不了了"。然后，可可不顾电话这头虎子一声声的询问，对着话筒海潮般地祈求与大哭。

　　任虎子一问再问，可可竟再也不说一句话，只是一味大哭。

　　可可哭够了，把电话扔在一边，身体软软地顺着门框滑下去。

　　她赤脚坐在纯木地板上，泪如雨下。

　　LUCK仍在狂躁地叫，扯她的裤脚。丫头仍在啾啾地嚷嚷，双翅使劲拍打着木笼子细细的栅栏杆。

　　五个月的等待，可可并不觉得孤独，也没有哀怨。这间虎子父母亲去世后留下来的小房子，有太多温暖的痕迹，太多亲情的器物。只要小房子在，小房子里的这些东西，这些气味，这些岁月的划痕都存在，虎子就会回来，她等待得安心而平静。

　　她不知道自己忽然怎么了。

　　虎子是一路狂奔到家的。

　　虎子带着一路的风尘，背着她熟悉的90L的大户外包从门外走进来时，可可内心的焦躁仍挥之不去。

　　她对着虎子乞求地说："停下来吧，停下来吧。"

　　他不是停不下来，他只是还不想停下来。尽管野外生存的疲惫与户外风霜雨雪的肆虐让他偶尔会心生惰性，但是，一旦躺在这座小房子里的橡木大床上，他又会骨头发痛。

　　他天生是一个行者，他的生命注定要一直行走在路上。

　　面对可可情绪的反常与身体的变化，他选择了沉默。他只有沉默。

　　可可的焦躁影响了他。

LUCK 与丫头的焦躁也影响了他。

但他压住那一股稍不注意就会蹿出来的火苗，只是不断地说一些无用无力的话："可可，不怕，不怕，会好的，一切都会好的。"

他对不起可可。可可没有任何要求地跟了他；他给她的，除了漫长的等待，就是无边的寂寞，还有……无休无止的担心。

户外的危险只有搞户外的人才知道。户外的疲乏只有一直生存在户外的人才懂得。

他把自由高高地擎在头顶，却把自由之外的一切不由分说地留给了可可。

就好像可可将任性给了自己，却将婚姻的绳索不由分说地抛给他一样。

他想不到，那只青花瓷瓶会在 LUCK 固执的撕咬中碎了一地。

他想踢 LUCK 一脚以作惩罚，却不能。是 LUCK 在他离家的日子里，用身体给了可可一夜一夜的温度与手感。他没有权力责备 LUCK。

他只有压着火，违心地说："对不起，是我不好。"他走过去，将可可抱在怀里，轻轻地拍着她的背，尽量放柔声音地说："没事，没事，有我呢。不要怕，不要怕，有我呢。"

半晌，可可只字不吐，但情绪在他的拍打中一点点平复下来。

他说："我把它复原，好吗？"

可可在他怀里轻轻地叹了一口气，说："对不起，是我不好。"

虎子的火气在她的示弱中降了下来，他用手抬起她的下巴，轻声问："现在好些了吗？"

可可贪恋地又往虎子怀里拱了拱，仿佛要钻进他的身子里，与他融为一体一样，说："你的怀里好舒服。你走的每一天，我都在思念你的怀抱。"

虎子紧紧地抱着她，柔声说："等我，等我……"他把心里要说的话咽了下去，只说："等我把瓷瓶复原了，回来好好抱你。"

可可软软地紧紧地贴在他的胸膛上，用鼻音说："我认识的工匠里，只有我爸爸能复原青花瓷器。"

"那我们找你爸去。"虎子松开可可，一片一片地捡起散落一地的青花

瓷碎片，放进可可来时抱的那只盒子里，坚定地说："走，现在就走。"

可可的身体明显地震了一下："我身体不方便……"

虎子忙说："好好好，我忘记这茬了。我去吧。"

"在家待几天再去，好吗？"可可拉住他的一只胳膊，满脸期冀地望着他。

虎子抬了抬胳膊，轻轻抽出自己的手，把最后一片碎瓷放进盒子里，边包装边说："把它复原我才安心。总是要去的，早去迟去一样的，回来后我会好好陪你。我保证。"

抱起那个长方形的大盒子，走出家门，虎子才想起他从来没有去过可可的家。虽然可可家的具体地址已烂熟于心，但那只是一个概念。那条去可可家的路有多远？陈炉镇是什么样子？可可的父母会怎么对他？他一点也不知道。

5 月 11 日下午 4 时，虎子打电话叫来发小阿坚，俩人开着阿坚那辆绿色越野车，向陈炉镇方向驶去。

二 瓷 镇

　　映秀镇，是四川阿坝藏族羌族自治州汶川县南部的一个小镇。与卧龙山自然保护区相邻，是阿坝州的门户，是前往九寨沟、卧龙山、四姑娘山等旅游景区的必经之路。从山顶往下看，小镇像一个婴儿一样，偎依在群山的环抱之中。从北向南而流的岷江与从西北卧龙山自然保护区流下来的渔子溪在两江口汇成一股，潺潺地流向远方。而小镇，被这两条河流像围巾一样，又轻柔地围了一圈。这富饶美丽的群山，是取之不尽的宝藏，映秀镇的人们世代靠她种田、靠她养殖。这四季常流、清澈甘甜的河水，不仅给了小镇居民无限实惠与给养，还如镜一样，映照着秀丽的群山、温婉的田畴，给小镇人民的生活带来无限的乐趣。因此，本地人昵称他们的小镇为"映秀"。

　　映秀镇位于汶川群山的边缘，是故，从映秀镇往西南走，是一路坡地，下至群山尽头后，便是大片的平原沃土。从映秀镇往东北走，也是一路坡地，不过是上坡，那里是矿产丰富、风景迷人的川西北山群。生活在这样美丽的地方，虎子习惯了自由地行走在大自然之中。跋山涉水对他而言，是生命中的一部分。

　　他享受其中。

　　作为一个专业户外人士，每次出行，虎子总会计算山与山之间未开辟出来的山路有多长，徒步需要的时间要多久。他很少开车，因此，一个城市与一个城市之间，一个村镇与一个村镇之间的实际距离，他几乎未用车轮丈量过。

　　映秀镇到陈炉镇开车有多远，虎子真不知道。不是他不能知

道，而是他从未想过。

出了映秀镇，沿着岷江两岸，种植着无边无际的青竹。五月的午后，阳光明媚得令人目眩，车行在青竹翠影之间，诗意盎然。不知名的鸟儿在林子的细枝上啾啾地鸣唱歌唱，竹林里看竹人家的狗充满闲情逸致地卧在主人脚旁午睡，偶尔冲着天空低吠几声，那肯定是被鸟儿的叫声惊醒了美梦。生活在竹林里的羌族人家，男人在懒懒的午后，唱着软软的羌歌，劈着竹子编篓，女人则拿出针线笸箩，坐在屋前的竹椅上，绣着羌绣。此情此景，让虎子的脑中跳出"蝉噪林逾静，鸟鸣山更幽"的诗句。他看看阿坚，阿坚正目视前方开着车，他也就靠得更舒服些，享受着徒步时没有的悠闲与惬意。

出了竹林，是横贯岷江的如同彩虹般美丽的金花大桥。车行桥上，满眼都是丰沛的绿。绿的山与绿的水。那绿，有浅绿、嫩绿、碧绿、翠绿、深绿、苍绿。车过桥后，进入一个轻雾缭绕的山谷，那乳白的薄雾，绕在翠玉般的山脉间，笼着琥珀般的山顶湖，不是仙境胜似仙境。每每经过这里，虎子都会感叹映秀的美丽与宁静。偶尔掠过一个隐在大山里的小小村庄时，山间裸露的红色土壤、一座座二层小楼的白墙黑瓦，又会让青绿欲滴的安谧画面，增加几丝活泼，多出几点趣味来。

车行中，虎子经过了可可来时一定会经过的一脉一脉石质疏松、山体松软的南方山群，这是他习惯了的山。小时候，他就在这样的山间翻越与穿行。

虎子的父亲是一名中医。在映秀镇，无人不知杨如海、柳如烟夫妇。虎子小时候，杨如海时常会带着他一起去采药。山里的每一棵植物都是与虎子一起长大的好朋友。他知道，感冒时自己要采些秋天连翘树上的连翘壳，熬水喝；拉肚子时要采些肥厚的车前叶子，嚼烂了，咽下去；跌伤了，要找几片田七叶子，用两块石头砸成糊状，敷在伤处……今天，他不知道哪种草药可以把打碎的青花瓷瓶完好无损地黏起来。

出了山区，路过都江堰，驶过成都绕城公路，车一直往东北，过了江油、广元，进入秦岭地带。

窗外不再是清秀俏丽的南方山区，而是野性十足的北方峰群。北方黄土的塬与北方冷硬的山替代了南方红色的土与秀气的岭。

虎子一直搞户外，他清楚南北气候的差异、南北地质的不同、南北风物人情的成因。若在平时，他会与同样喜欢户外的阿坚共谈南方的山川与北方的山脉各有哪些不同的特点，有哪些物种、地貌的迥异。但可可哭泣的脸一直叠加着在他眼前刷刷地闪过，他竟一时不知要与阿坚说些什么。

上次走的时候，可可并没有说什么，只是仍然抑郁寡欢。自打与他在一起后，可可就沉静得动人，万事波澜不惊。面对虎子十几天乃至一个月的出游，她都仿佛对待要去上班或去买菜的家人一样从容淡定，不急不躁，细语轻声。

这次回来，虎子一下子就看见可可的肚子明显地凸了出来。可可的性情也变得从没有过的焦虑与暴躁。

他在心中问："几个月前在山野小路上遇见的那个开朗任性的可可去了哪里？几个月前那个嬉戏在山野间的罗曼蒂克的可可去了哪里？"

除了阿坚与林娃，很少甚至是没有人知道虎子与可可的事。不过，阿坚与林娃也不知道他与可可那几天是多么忘情，有多么快乐！

那天，他背着大大的旅行包甩开大步往前走。他是行者，他想，可可追不上他了，肯定会回去的，但可可并没有回去。幸亏她个子高，平时不用穿高跟鞋增加高度。穿着平跟鞋的可可并不喊叫他停住，只一味咬紧牙关，紧追不舍。

林娃望着他俩的背影远成一个小黑点后，转身回去了。他只得带着任性得有些令人气恼的可可，改了登秦岭、穿山谷的计划，将冒险穿越之行变成轻闲浪漫之旅。

可能可可是不喜出门的宅女，因此，即使她是陕西本地长大的，对秦岭深处的风景，她还是表现出极大的好奇、极大的兴趣。

任谁见到冬天里的风景，都会如此夸张。因为很少有人喜欢在冬天出游，因此也就很少有人知道冬天的山里会有多美。

冬天的北方群山。

冬天的绵延秦岭。

在冰冻成路的小溪上，可可拉着虎子的手，小心翼翼地走着，就算那样，穿着普通鞋子的可可，因鞋底不防滑，仍然不时滑倒。然后，两人滚在冰溪上，互相打闹；或者在冰雪厚积的山腰上，艰难地，一步一滑地往

山顶爬，到山顶后，你一声我一声地冲着群山大喊大叫。

那壮观撼人的冰瀑，从山顶上直到山脚下，凝成和田玉般的一整块，在寂寞的山谷间，静成凝固的奔流之势。

记得可可摘了一条冰凌，拿在手里"咔嚓"有声地啃着。她因不停奔跑而热气腾腾的脸红彤彤的。那笑靥，虎子终生难忘。

两人不谈情，不说爱，只是心无城府地玩。

直到那天进入那片小树林子。

说是小树林子，是因为树都不大，但树林面积却极大，是北方特有的白杨。树干笔直，树枝根根向上。见过白杨的人都知道，仅有一棵白杨，都会让人感到一股力量与一种气质，何况那是一个白杨林子。那林子，又不是一般的大，是那种怎么走也走不到头的大，是走到哪里景色都一样的大，就像火车行驶在西藏的高原上，任火车如何走，都走不出那无边的苍茫与壮阔。

雪毯很厚，阳光极好。

大山里的天蓝得清澈明净。温黄的阳光照在光秃无叶的白杨树上，洒在沉静而洁白的雪被上。那白白得耀眼，那黄黄得灿烂，那蓝蓝得人心跳加速。

也许，虎子那一刻爱上了可可？

也许，可可也在那一刻爱上了虎子？

虎子蹲下去，抓起一团雪准备往嘴里送，一个雪球蓦然砸过来，砸在他头上，开出无数瓣白菊，然后，后颈里是雪粒浸入后透心的凉。他身上被禁锢的激情被这一砸砸醒了，在这一凉中复苏了。他立刻把那团准备吃的雪球砸过去……

那天，二人那么疯狂地砸，那么疯狂地笑，那么疯狂地闹，那么疯狂地在空旷无人的山野间奔跑。最后，两人热得满头大汗，累得精疲力竭，双双倒在雪地上。

远远看去，彼情彼景，像一幅画。

蓝的天空，白的雪野，黄的阳光，配着墨绿的、虎子的户外服，玫红的、可可的羽绒服。

二人躺了很久，都不说话。也许是刚才打雪仗时二人用完了所有的力气。

最后，还是可可先开了口。

可可对着天空一字一句地喊："我喜欢和你在一起时的感觉。"

她吐得很慢，说得很清脆，咬字很用力，像宣布一个很重大的决定。

虎子也对着天空一字一句地说："我也是。"

只是他说得很低沉，很缓慢，他是想真实地找一下自己的感觉。

可可继续对着天空一字一句地喊："我可以一辈子都和你在一起吗？"

好久，虎子都没有回答。他仍在寻找真实的感觉。最后，他说："我没有想过，让我想想，给我时间。"

可可翻过身来，胳膊撑起上身，看着虎子那张帅气而坚毅的脸，委屈地说："她人已经走远了，印痕还留在你心里吗？"她指的是虎子给她讲的他的初恋。

虎子说："与她无关。"

可可赌气地躺回去，看着天空说："那就是与我有关，你看不上我。"

虎子只把头扭向她，仍然坚持："婚姻是一件严肃的大事，不是仅仅几天的玩乐就能决定的。"

可可一贯的蛮横呈现出来，她气咻咻地嚷嚷："我不管，我不管，反正我要与你在一起，一生一世。哼！"

虎子没有吭声，扭正头，继续静静地看着天空，身体一动不动。

可可等了好久，都没有等到她要的答案，忍不住又抬起上身，看到虎子一动不动地躺在那里，眼睛直直地望着天空。

可可随心所想地从雪地上轻轻地爬过去，把头慢慢地枕到他胸膛上，柔声说："我就想这样自由自在地与你在一起，永不分离，一生一世。"

虎子仍没有吭声。

好久之后，可可又撑起身体，只垂下头去，在虎子的脸上用温热的唇深深地，深深地吻了一下。虎子感到脸上有一个温热的东西在可可的唇离开后，慢慢地流开去，最后变得冰凉。

那是可可的泪。

可可说，她没有谈过恋爱，没有交过男朋友。

虎子不信。

不仅从可可的长相与气质、家境与性格都能看到，从她的这滴泪里，虎子也能看到，事实并非可可说的那样。只是他不想说破。所以，他不能对可可的请求有任何轻率的回复。

他还不了解她，他太不了解她。

可可一定是一个有故事的人。她虽然性格开朗，却不是什么都说。

虎子是一个没有太多故事的人。他虽然少言寡语，但他对可可很坦白。

那几天，只有在雪地上，在小树林子里，可可那个温热的吻与那滴温热的泪，是他们唯一一次零距离接触。

那天，离开小树林子前，可可在一棵最大的白杨树干上，用虎子的瑞士军刀刻下了一行字："执虎子之手，与虎子携老。"然后，头也不回地出了小树林。

虎子抚摸着那棵刻痕新鲜的白杨，抚摸着那十个霸道而率真的字，心轴渐渐松动。

一出深山，可可迫不及待地嚷着要回家。

本来虎子要送可可回家，正等车时，他的电话响了。他接到的新任务是带成都一个俱乐部组织的驴友们去川北阆中。时间太紧，虎子只能看着可可孤单的背影上了过路的一辆长途大巴。

小树林子里的那次疯狂，仿佛将可可所有的积蓄都用光了。

之后，可可再没有那样疯过。

到映秀镇后，她每天都是静静地在家里和泥、拉坯、修坯、挂釉，再在瓷坯上画上自己的满腹心事，或只写几笔潦草的小楷。小小的院子里晾晒满了这些经过可可的手一点点成形、一点点美丽起来的瓷坯。

实事求是地说，可可的画太过注重意境，美得如梦如幻，缺乏男人的霸气与力量。如果让虎子画，他会用大写意的笔法肆意涂抹出山水与天空，或用留白的方式寥寥几笔画一两块清奇的山石配一两株兰草。虎子喜欢唐朝马远的焦笔画法与半角构思。可可喜欢精雕细琢每个仕女的每根发丝或每瓣花朵的每条纹路。

也许，这就是女人与男人的区别。

可可总把自己关在家里，只偶尔在黄昏时无声地飘出去，到镇子东边的菜市场上买些东西，然后再慢慢地走回小房子。她与虎子没有任何法律上的手续，也没有人知道他们有事实婚姻，所以，可可很低调。她的衣服同邻居小妹妹的衣服一样朴素平常，简单潦草。她时常戴顶大檐帽，像一粒尘埃一样飘飞在虎子生于斯长于斯的小镇上，却不给他增添任何绯闻。

虎子不常与阿坚说他与可可的事，更不说自己内心的真实情绪。

但阿坚明白虎子的矛盾与不舍。

阿坚车技娴熟，他不太爱说话。虎子也不太想说话。两人就默默地一直向目的地开去。偶尔虎子会替阿坚点一支烟，塞到他的唇间，阿坚也就自然地吸着。和尿泥长大的两个发小，不需要言语的解释与交流就可以默契地合作。他们懂得无语时的声音和说话时对方没有说出的内容。

车，穿行在秦岭群山之间，一会儿是长长的隧道，一会儿是盘旋的 S 形公路；一会儿在群山之上，一会儿又在深谷之中。

五月的秦岭，美不胜收。各种鲜花像憋足了劲一样，使出浑身的力气怒放着。满山的花香整个山谷盛也盛不住，荡呀荡地溢出了山外。车开在山路上，耳畔是潺潺的泉水欢快的奔跑声，它们酣畅地呐喊与尽情地欢唱，让惯于山间生活的虎子心情大好。有鸟的歌声，绕过树林，绕过山峰，从泉水们的欢唱中钻过来，扑进人的耳朵。那是布谷鸟儿的叫声。北方的麦子即将成熟，夏收季节到了。虎子不由得和着布谷的叫声叫起来，阿坚也因为他的放松，高兴地哼起了一些不知名的调调。

从西安市出来，沿包茂高速进入张家堡环岛，再从川口高架桥下来，出铜川市区时，天已经大黑。因为不识路，车上又没有 GPS 导航，两人只能一路上不断询问，就这样还走错了一大段路。车开开停停，直到晚上十一点多，车才开始沿着一条不很宽绰的公路，绕着土塬盘旋而上。

借着半轮新月淡淡的光，可以看到，在高高的土塬上、土坡下，零落地散布着一些低矮的房舍。庄户人睡得早，整个世界静悄悄的，只有黑黢黢的塬笼罩在如云似雾的月光里，像中国的水墨画儿似的，朦胧静谧。

在土塬盘旋的公路上，高高低低地绕行了几十圈儿后，汽车向右转过一个弯。在灯影下，一堵光影斑驳的砖墙做成的一枚黑暗中越发古老沧桑的篆字印章，凸现在他们面前。

这便是陈炉镇了。

经过十个小时辗转跋涉，在临近子夜时，他们终于走进可可生于斯长

于斯的村庄。

这个隶属于陕西省铜川市耀州区的叫陈炉的小镇，与映秀镇的相同之处是，映秀镇隐在连绵群山之中，陈炉镇建于山峁丘陵之中。不同的是，映秀镇以山石为背景，绿意盎然；陈炉镇以坩子土为底色，悲壮荒凉。如果是白天，可以看到，陈炉小镇的战线拉得很长，整个村落依山而建。在略显苍茫的黄土地上，密如蜂房的民居星罗棋布地绵延于丘陵上下，黄土崖上布满了大大小小的窑洞和窑炉，可谓窑洞房舍相杂，房上有窑，窑上有房。在丰草葳蕤的夏季，整个村落绿树环绕，房舍俨然。如果是傍晚，红砖砌成的窑洞，在夕阳的照耀下，像一座座红色的堡垒，衬着雪白的墙面、焦黄的土地，仿佛一幅色彩凝重的版画。而在深夜，连花草树木都睡了的陈炉，除了几点疑似炉火式的光亮，整个世界，都在月光下朦胧不清。

5月12日零时许，阿坚把车蛰伏在村口一棵足有五百年的古槐树下。同样喜欢户外的阿坚，时常在汽车后备厢里放着帐篷。也许这棵树下时常有人闲坐，地面显得平坦而干净，树下还有用瓷瓮做成的几个石凳，一个青瓷烧制而成的象棋桌。

二人合力在树下的空地上把帐篷搭起来。这是顶单人帐篷，不过，挤一挤睡两个人还是没有问题的。

路上虽是轮流开车，但阿坚开的时间长一些，他显然有些累了。为了陪虎子，他取出两听罐装啤酒，两人咸一句淡一句地各喝了一罐后，虎子说："你先睡吧，我随便走走。"说完，头也不回地走了。

阿坚知道虎子的心思，冲着他的背影喊声："你也早点睡。"

虎子闷闷地回了声："嗯！"

虎子走后，阿坚用固体酒精炉煮了碗面，吃过了，钻进帐篷里，顷刻之间就鼾声如雷。

虎子转了一圈回来，听着阿坚已睡。就在帐篷周围洒了些雄黄水，又把帐篷四周的拉链替阿坚拉好了，然后拿出自己那把瑞士军刀，向村子里走去。

一棵巨大的皂角树。正值五月，虎子透过手电光可以看到长着尖尖刺儿的树叶间结满了嫩皂角。可可小时候总是用镰刀钩下一只一只绿色的皂角来，然后用皂角在村中央的池塘里洗衣服。多少年了，别的村子里很多女孩子都用自来水或洗衣机洗衣服，可是可可坚持像妈妈年轻时一样，端个脸盆，在清澈的池塘水里漂洗每一件素净的布衫。洗完衣服后，她喜欢用脚撩打池塘里的水玩。

门楼高大。不是别人家的大红漆铁门。按可可的意思，她家的门一直是原木色的两扇大木门。门洞也挺宽，为方便进车。

门楣上镌刻着四个字：耕读人家。门框一左一右镌刻着纪晓岚的一副老对联：一等人忠臣孝子，两件事读书耕田。

虽然已经不以"耕"为生活的来源了，但听可可说，他爸爸仍喜欢把农活当作一种休闲或放松的形式，"读"是一直读的。

虎子没想到自己是这样独自地、在深夜来静读可可的故土。也许黑夜里的第一次接触更能让虎子从内心里静静地冥想与研读可可这个人。眼睛看到的不多，才会给大脑更大的想象空间。耳朵旁没有声音，才能更潜心地去想一些平时沉不下心去思考的问题。

虎子没有看到过陈炉白天的样子，没有见到过陈炉冬天的样子。这个有薄月的初夏的夜晚，陈炉给了他极其美妙的最初印象。

虎子走到可可家巷子口的那个池塘边，坐在池塘岸畔葳蕤的草地上，一支接一支地抽烟。黑暗中，烟雾袅袅，攀缘上升，烟霭聚成可可亭亭的样子。

他的心在可可的故乡里温暖而甜蜜。他感到，一个有父母呵护的女孩，为了他，远离这样充满诗意的美丽地方，去了一个完全陌生的小镇。一个北方长大的女孩，离开干燥的故乡，生活在潮湿的南方，想必可可有很多不习惯吧，想必可可会很孤独无助吧。可惜的是，他从没在意过这些，他给她的，除了疏离，就是没有承诺的未来与一张一张苍白的复制的日子。

想到这些，虎子的胃不由地有些抽搐。他弯下腰，从口袋里拿出手机，开始编信息："皂角树正如你的想象健康而茂盛，池塘的水气凉爽而清新。捶衣石仍在，只是少了你衣服的气息，它们都说想你了。我也想你了。"

他想发出去，却没有。他心中有些怕这样的亲近与温馨。为什么怕？

不知道。再说，可可的手机永远是关机状态，她也收不到。

最后，他拨通了映秀镇家里的座机，铃声只响了一声，他就挂了。太晚了，可可也许已经睡着了。他对着空气说："我一直在想你。"

不知过了多久，虎子坐在那里睡着了。

晨曦从池塘周围茂密的树间挤下来，丝丝缕缕，照亮了池塘水面，给池塘畔的蒹草镀上绒绒的一层蜜油。满树鸟儿叽叽喳喳的叫声，吵醒了虎子。他从曲起的双腿间慢慢地抬起头，迷离地看着眼前这熟悉又陌生的情景。这一幕，好像在何时见过一样，是在刚才的梦中，或者以前的梦中，或者他曾经到过一个与这里相似的地方？生命是在一步一步地实现着自己梦中的理想，还是在按冥冥之中的设计如期放映？

他慢慢地站起来，踏到一块长满鲜厚苔衣的捶衣石上，蹲下身子，从池塘里掬起清凉而洁净的水洗了把脸，想了想，又把头发洗了一下。在山间，有如此清澈绿水的峪口多的是，但在村庄里，在人类居住的地方，能保持如此原汁原味的蓝绿可不多见了。

他踏着被晨光涂了一层蜜油的青草，慢慢走向停车的地方。

早晨的陈炉，与夜晚的陈炉迥然不同。在清晨阳光的照射下，这个位于盆地之中，又建于丘塬之上的村子，竟发出令人痴迷的光芒。那是砌在农家墙体上的世代留传下来的坛坛罐罐。光滑的釉质，在阳光下斑驳陆离，如镜面一样反射出七彩光芒。初来此地的人，在恍惚间，仿佛进入了梵地。

阿坚正在收拾帐篷，对虎子的归来没有诧异，仿佛他知道虎子会彻夜不眠一样。虎子湿润而带着抑郁的表情让阿坚心动了一下，他伸过手来拍拍虎子的肩，说："嗨！"

虎子也习惯性地在他胸前轻捶了一拳，说："走吧。"

这是一个很好的早晨，美丽而安静，带着池塘水气的潮湿与林子树叶的青涩。

应该有一个非常好的结果。

老实说，虎子的心里有些胆怯。第一次来可可家，又是这样一个现状。可可几乎没有提过她父母对她与虎子无证状态的态度。其实，可可离开父母也有五个多月了，父母什么态度，可可根本不可能知晓。虎子更不可能知晓。

昨天的承诺有些冲动。

车仿佛懂虎子的犹豫不决，慢慢地顺着他的指点一点一点滑到昨晚他已经看过的原色大木门前。

一个衣着整洁、清爽利落的农家妇女正在大门口打扫隔夜的尘土与凋零的几片皂角叶。

"阿姨，您好，您是可可的母亲吗？"

女人直起身，虎子方看见她的脸，她的脸是北方妇女特有的圆而扁平型，头发齐耳，黑白相间，人看起来清爽和祥，只是一双眼睛已出现轻微的眼袋。可以看出来，可可长得像母亲。只见女人眼里带着惊讶，她疑惑地看着这个装束打扮异于常人的年轻人，说："你是……"

"我是可可的……可可的朋友，我叫虎子。"

一听到是可可的朋友，又是男孩子，女人仿佛猜出点什么，她一下子慌乱起来，一迭声地说："哦，哦，哦，啊，啊，快，快，快进家吧。"

也许她内心的表情需要外在的一些表演来掩饰，只听她有些夸张地叫："可儿她爸，可儿她爸，她爸……"

一个男人无声地从正房一个屋子的珠帘后走出来。虎子首先看到的是他的白发，白得很纯粹，没有一丝杂色，直直地，根根耸立。不过，白发并没有使他显出半点苍老。他面色红润，双目如电，显得精神矍铄，活力四射。细一看，除了男人的沉稳与睿智外，他的脸上竟有一丝女性才有的端庄与慈善。这张脸，与可可更相像。

"叔叔，您好，我是可可的朋友，今天冒昧而来，有一事相求。"

男人不如女人那样表情外露，他看一眼虎子怀中抱着的盒子，仿佛一个可以预测未来的先知一样，不动声色。他淡淡地说："来了？进屋吧。"

虎子与阿坚进到屋子里，男人不说话，只看着那个盒子。

虎子忙打开盒子，露出里面大大小小的青花瓷碎片。

女人的泪在看到那些碎片的瞬间，急速地浸漫了一脸，男人的眼也有些湿润。

女人的哭渐渐有了声音，且声音渐次大了起来，从刚开始微弱的吸鼻声到后来压抑的哽咽声，直到最后大声号啕起来。

女人一边哭，一边诉："死女子呀，死女子，半年了，一个电话也没有，一个字的信儿也没有，走的时候就带走了这个瓶子。我可怜的可可……"

虎子没想到林娃并没有把可可的近况告诉二老，他与可可的事想必二老也不知道。而他，也从没有听可可说过她这里曾经发生了什么事。他一直不认为她没有复杂的过去。但他只愿意相信，她只是遇见了他，找到了他，与他在一起了，如此简单而已。

他努力回忆五个月来有限的在一起的日子，可可有没有给家里打过电话？没有，一点印象也没有，交电话费时也没有发现一个长途电话。

虎子一下子不知道下面的故事该由谁来讲述。他与可可微妙的关系怎么去给这两位老人阐述？他一直认为，有些解决不了的事情，不去解决也是一种方法，却忽略了这里还有两位老人对女儿切切的思念与期盼。

虎子知道自己错了。他想好好安慰一下事实上是他岳父岳母的二老，告诉他们可可很好。然而，他却不能。他感觉有一种叫距离的东西隔在他们中间，让他不能靠近。这种距离来源于生疏，还是源于地域的差异，抑或是年龄的差异？

可可又何曾很好过？隐居在一个陌生的小镇里，没名没分，无亲无故，唯一认识的能依靠的人还一直流浪在外，不肯安定。陪可可的，只有LUCK与丫头。

正房里的四个人，一时无一人说话。虎子与阿坚尴尬地坐立不安。女人与男人积聚了很久的泪，在一种虎子百思不得其解但确确实实存在的原因中，流得痛断肝肠。

最后，男人收住了泪。他回过头，对女人说："收拾些饭给俩孩子吃。"

女人收了泪，敛了容，用一条毛巾揉着红肿的眼出去了。男人拿了盒子出了正屋，进了旁边一间屋子。

虎子与阿坚也跟着出了屋子。

一出屋，虎子才注意到，这是一座典型的北方院落，很大，一亩有余，是一般农家小院的两倍。正房也比一般人家长一倍。按北方农村人的叫法，应该是六大间。正房正对着的门房位置，分三部分。一部分是三间大瓦房，其中一间通大门，做了过道，过道的一侧有个小门，从小门进入其他的两间，是厨房与餐厅。另一部分就是厨房隔壁的车库。与车库相连的那个角落，有一个翘檐的亭式小房子，看样子是厕所。

偌大的院子，院墙全由一只只年久的瓷罐一层层地垒起来。院子里，用青花瓷片铺就的甬道决定了院子里的格局，整个格局呈"田"字状，一棵棵顺甬道之势而栽的塔松强调了这种结构。在"田"字格里，是一畦畦菜蔬与花树。正值五月，花红叶绿，院子里鲜艳而整洁。最惊人的是房子的外墙全由青花瓷片镶嵌，每片长方形的瓷片上都有一朵淡淡的莲花静静地开在右下角。看样子，可可一家人都喜欢莲花。在正对大门的位置，离门房过道约有两米处，立有一个照壁。照壁的两面都用一片片的瓷拼了图。一进大门，看到的那面正是虎子喜欢的马远那幅《踏歌图》，转过来正对着正房方向的那一面，用阳文浮出一个巨大的用豆青瓷片镶的"空"字。

男人从正房客厅里出来，进了另一间房子，虎子与阿坚跟了进去。

不要说虎子，连不太懂艺术的阿坚在进了这间房子后都被重重地击蒙了。约八十平方米的屋子里，高高的原木柜架依三面墙肃穆而立，屋子中间又有一圈木制展示柜，呈"回"字状整齐摆放。柜架上一格一格放着各种瓷器，瓶、坛、罐、缸、桶、凳、盆、碗、筒、壶、匣、盒、屉、砚、杯、盂、盏……"回"字形展示柜里是各式风格的作品：后现代风格的，欧式抽象派画风的，中式传统的，儿童卡通的……这些瓷品中，除了青花瓷与白瓷偶尔见过几次外，更多的瓷品虎子连见也没有见过，听也没有听过的，比如青花玲珑瓷、粉彩瓷、唐五彩瓷。件件藏品，都堪称稀世绝品。有的釉彩雅致，看起来朴实大方；有的瓷质细腻，看起来晶莹剔透；有的瓷面如镜如玉，薄脆似云；有的颜色艳丽，五彩缤纷……

这里，堪称是一个中国瓷器博物馆。

男人走到一个大窗户下的大台子前坐下，他没有让座，也没有招呼两人，自顾自忙活开了。想必他知道这两个年轻人会震惊，所以留下时间让他们细细地慢慢地欣赏。他小心翼翼地拿出盒子里的碎片，一片片粘起来。

正当虎子与阿坚看得目瞪口呆时，男人又说话了："少了一片。"

虎子与阿坚闻声一起回过头。如同电影的放映顺序倒过来一样，那只瓶子，恢复了没摔之前的样子：高约 1.2 米，带釉的白色光亮而润泽。淡

浓不一的青，深的热烈又沉静，淡的凉爽又贤淑。只是不幸得很，恰好是左胸位置雕的那朵似开未开的凸出的红色小莲花缺失了。

那朵莲是整个瓷瓶上，唯一一片着红的地方。

收拾碎片时，有些匆忙，虎子竟忘记往茶几下或沙发下再多看几眼。

正在两人一时不知如何是好时，忽然外面传来一声声吵嚷，是一个女声，用的是当地的方言。虎子听不太明白，猜着意思，隐约是"还我儿命来"之类。

虎子一惊，这户人家除了近半年未归的可可，只剩可可父母亲了，他们拿了谁的命，又怎么会在这时候来讨还？

男人仿佛忽然被神解除了法术一样，他的定性在这声声哭喊中开始紊乱，手有些怕冷地抖起来。但他还是艰难地从那只青花瓷的圆凳上站起来，一步一步挪了出去。

院子里有一个清瘦的女人，发丝有些零乱，一身蓝底小白碎花点夏衣。如果不是情绪过于激动，与珠圆玉润的可可母亲相比，倒显得她有几分清秀与婉约。

此时，从大门外跟过来一个小伙子，他极亲热地拉着吵闹女人的手，说："枝枝姨，你看看你，又闹开了。"

紧接着，一个皮肤微黑的男人踩着小碎步跑进来，说："枝枝，咱回家哦。枝枝……"

叫枝枝的女人看着黑脸男人，问："明娃回家了？"

黑脸男人点点头说："只要你不闹，明娃说他就回家。"

枝枝忙不迭地点头："嗯，我不闹了，咱回家去等明娃。你告诉他，我可想他了。"

黑脸男人没有看男人一眼，准备护着枝枝往外走。

虎子认出来，那个小伙子正是那天与可可一起送货的林娃，是一直开车往映秀镇送坩子土，又把画好的瓷胎运回来的林娃。他有些兴奋地喊："林娃。"

不想，男人也叫："林娃。"

两人的声音竟是同时响起的。

林娃抬眼看着男人，说："涛叔，您说话。"语气极亲切，又极尊敬。

林娃佯装不认识虎子，他应该是故意忽略虎子的存在。

男人洞察一切地没有过问虎子认识林娃的细节，只是说："你把你枝枝姨送回去，等她好些了，你再回来。我找你财叔说说话。"

男人没有直接与叫作财的黑脸男人对话，只是对着林娃说话，却表达了让财留下来的意思。

财把枝枝小心地交给林娃，又交代了一句什么，然后径直走向正房的客厅。一撩珠帘，进去了。

一直在厨房没有露面的女人，这时用围裙擦着手走出来，站在厨房门口，怯怯地、慌慌地看着男人。

男人极爱怜地看她一眼，说："你忙你的，不要上茶了。"

女人如释重负地极迅速地钻回厨房，男人盯着她刚才站的地方，发了一会儿呆，才对虎子说："我们进去与财叔说说话。"

男人进了屋，从冰箱里拿出几听筒装啤酒、几瓶纯净水。想必知道虎子与阿坚没有吃饭，而吃饭的时间早已过了，就从橱柜里拿出两盒点心来，撕开包装，放在他俩面前。

四个男人，一时无人说话。虎子与阿坚此时知道谦让是多余的，也是不合时宜的。虎子默默吃了几口，阿坚倒是多吃了些。

财一直低着头。虎子看到他不时用手抹一下脸。

他想，那个叫明娃的人是不是与可可有关？与可可有关，一定是与自己有关了。

他想，今天的故事应该是不得不绽开了。

这些故事本应该由可可告诉他，但可可什么也不说。初次认识她时，她活泼自信而浪漫，说她从没有谈过恋爱。在映秀镇的几个月，她又显得过于沉静，甚至有些寡言，或者肯定地说，她有些自闭，更是什么也不说。

财一直哭，不说话，男人只能自己打破尴尬的沉默。

"财，明娃走了有小半年了吧，我们哥俩再没有在一起坐过，也没有正经说上几句话。"

财依旧低着头，却敛了声。看得出，财对男人是十分友好与尊敬的。

"你我两个自小的时候就穿着开裆裤，一起玩尿泥。几十年下来，你也了解我，我也了解你。我家是外来户，能在这个村子里扎下根来，不容

易。从我大（爸）手里接下这个手艺时，我就没指望能赚几个钱，只想着能凭苦力让一家老小混个肚儿圆。不承想，后来生意还算过得去，以前的兄弟却一个个慢慢地疏远了我，你也与他们一样。但我心里一直把你们当亲兄弟。一个篱笆三个桩，一个好汉三个帮。日子过得比过去好一些了，就想着能帮衬一下一起长大的兄弟。想身边有俩亲的，仁热的。唉……后来，可儿与明娃两个偷偷好上了，不知道你是不是揣着明白装糊涂，一直不表态。作为女方家长，我也不好上赶子去寻人提亲。娃儿们的事情就那么耽搁了。"

财被他一席话说得止住的泪又开始流起来："提亲又能怎么样呀？可可变心了呀，伤了我明娃儿一条命哦。"

大家一时语塞，场面再次陷入沉默与尴尬中。恰在此时，林娃撩帘子进来，乖巧地叫："涛叔，财叔，枝枝姨安顿好了，吃了些药，睡着了。"

林娃依然不看虎子一眼。除了那次在山中相遇，虎子也只见过林娃三四面，都是在映秀镇。林娃没有与虎子说过几句话，见面总是避开目光，或低着头绕过去，实在需要说话，才勉强打个哑巴语。他不像不善言谈的样子，却从不多说话。也不像没主见的人，却对可可百依百顺，言听计从。

今天想来，他心中肯定装了太多的东西，却一个人承受了。虎子看出，他在可可、可可爸爸雷江涛、明娃的父亲魏发财面前尽力周旋，也看出他在这几个人眼里的分量。

林娃的到来，让雷江涛轻松了一些，他淡淡地说："林娃，当着你财叔、虎子的面，把你知道的事情说出来吧。可可一走，事情不能不明不白地搁下来。得有个说法。"

三　瓷　史

　　雷可可、江松林、魏明睿，是喝着陈炉的水、伴着陈炉千年不灭的窑火一起长大的童年玩伴。

　　陈炉，不是一个普通的村落。回溯历史，陈炉堪称历史古镇。据陈炉镇窑神庙的梁间板记推断，陈炉窑烧造陶瓷的历史可以追溯到唐宋以前。从金到元、经明至清的八百年，是陈炉最辉煌、最风光的时期。流传至今的歌谣《陈炉八景》生动地反映了当年陈炉瓷业的兴盛状况："炉山不夜第一景，泥池水镜陶容生。石罅玉柱丰年兆，层洞错杂宛花城。四堡撑天遥相望，周陶宗古迤长兴。古刹密集琼云护，烟霞彩屏话丹青。"

　　透过历史的风尘，站在陈炉村旁那个高高的土崖上，或站在至今仍如繁星般列陈的瓷窑旁，遥望当年：群山怀抱之内，山峁起伏之中，陈炉村一眼眼小小的窑洞与一个个火红火红的窑炉，烧制出几多精美瓷器，烧去了窑工几多青春与几多汗水！

　　陈炉的瓷器，刚开始只是为了满足当地人的日常使用，如碗、盘、盆、罐、瓶、盒、灯、炉等一些日用品、陈设器和一些供器、瓷雕等，都是黑瓷粗活，后来竟慢慢成了气候，开始烧制一些达官贵人所需的雅趣玩意儿。工艺釉色也有了十数种，如青釉、姜黄釉、黑釉、酱釉、茶叶末釉、青白双色釉、香黄釉、白釉青花、白地黑花、铁锈花、红绿彩瓷等。除烧制瓷器外，陈炉镇的瓷匠们还烧制了大量的建材。这些带着光滑釉质的瓷质建材，又装饰了多少豪门富宅，多少官府私邸！据考证，小雁塔、明清王府等建筑的孔雀蓝琉璃瓦就是出自陈炉窑。

青花瓷

　　小小陈炉镇的炉火，从1400年之前烧起来后就再也没有熄灭过。凭北方农民固有的执着与朴素，硬是将一个小小的无名村落，烧成了一个历史名镇。

　　名镇陈炉，历尽千辛。但陈炉这个名字，听起来却滴着水般的浪漫，那各色瓷器入千家、进万户，谁又能知道它们酝酿并演绎了多少缠绵悱恻的故事。陈炉镇本身，也当然地被烙上了瓷的胎印。你看，陶腹、陶穴、陶罐垒墙，陶房、陶坑，密如蜂房。瓷砖贴墙，瓷片铺路，更富有油画效果。"陈炉"一名就是取自"瓷炉列陈"之意。

　　人常说，一方水土养一方人。陈炉人烧瓷，源自于陈炉满山遍野都是一种叫作坩子土的黄土。这种坩子土，经石磨一转转地磨细，竹筛一遍遍地过滤，然后和成泥巴，经过千百次的手揉脚捣后，再将那软硬适中、绵软如面的泥，捏成任意形状的瓷坯。最后，这些瓷坯经过"烈火焚烧若等闲"般的高温烧制，所成的器皿，就是流传几千年至今仍畅销的陈炉瓷器。它比其他地方的土质烧制的瓷器更经久耐用、更光滑漂亮，尤其是镂空雕花上釉青瓷，更是匠心玲珑、巧思妙想。有人形容这些瓷器：青如玉，明如镜，薄如纸，声如磬。就拿晚清时从渭北一带传过来的胎釉来说吧，除了釉下青花和釉上青花两种传统青釉工艺，还独创出一种运用贴纸施釉的香黄釉套蓝花瓷，这种双色釉蓝花瓷堪称陈炉窑晚期烧瓷的特色之作，在其他窑场中尚未见到。

　　但陈炉镇瓷窑的绝世瓷器，并没有把生于斯长于斯的子民们养育得有多滋润。相反，常常是举家制瓷的窑农们，劳碌一年，只能聊饱肚皮，大富大贵起来的，千百年来，竟数不出一二人来。1400年，历朝历代的风霜雨雪，每年每季的天灾人祸，陈炉的平民哪一次能侥幸逃过？他们不是死于疾病饥饿，就是死于兵荒马乱；活着的人，要么逃荒要饭，要么落草为寇。

　　与陈炉镇隔黄河相望的山西晋中、雁北一带更穷，在陕西关中人逃离故土的同时，也有山西晋中、雁北人逃到了这片荒原。

　　也许真应了那些古话："树挪死，人挪活"、"老天饿不死瞎家雀"，它总得给这些苦难的生灵一口饭吃。山西逃难的人到了关中，就跟着陈炉本地死守故土的人干起最苦最累的窑工。他们在山野里搭个窝棚住下来，用简陋的工具开挖矿土，箍窑烧瓷。虽然与本地人一样，一年的辛苦换不来一袋白精面，也难得在年关时混上一口白面包的猪肉饺子。但凭借一把好手艺，也算没有饿死。他们做的活儿深得官府中的官员、富户家的财主喜爱。在中国历史上，陈炉的瓷器因此成为北方少有的瓷器珍品。传说当时，不论官、商，不论儒、戎，都以家中藏有陈炉窑中烧制的青花瓷器为傲。闲聊群聚时，总是相互攀比，以瓷相斗。有的人甚至以此为由头，进行巧取豪夺。当地也就流传出一些这样那样的故事来。

村民以瓷为生，在一些小户人家，当然就多多少少有几件瓷做的日用品。细瓷的碗，蓝花的坛，装面的缸，盛水的瓮，或青或蓝，或黑白相间。烧有清水莲花，代表连生贵子；石榴花开，代表子孙满堂；富贵牡丹，代表吉祥如意；鲜桃如花，代表寿比南山；喜鹊登梅，代表好事连连……

不论本地行家，还是外来匠工，陈炉的各个瓷场里，当属可可爷爷制作青花瓷的手艺最为精湛。爷爷去世之后，到可可父亲这一辈，镇子里就很少有人能烧出青花瓷器了，可可的父亲却一直坚持着。

只是作为山西流落到陕西的外来户，本就是无根之草、无本之木，又因为军阀混战，政不通、人不和，赖以生存的瓷器当然卖不出好价钱来。可可爷爷虽有一把好手艺，即使劳作不止，但一家人仍穷得衣不遮体。加之"人离乡贱，货离乡贵"的传统观念，本地人从不把这些山西来的"九毛九"放在眼里。嫌他们抠，嫌他们精，嫌他们太吃苦耐劳，天生一副穷命。本地人家的女孩子从不嫁给这些外来户的小子，本地人的小伙子长大了，如果找一个外来户家的闺女，会被人笑话的。只有没本事的男人，才在没人说媳妇的情况下，凑合认一个外来户当丈母娘。

可可就是在这样的环境中长大的。

到了可可父亲这一代，他凭借着政策的开放搞活与自己的吃苦耐劳，殚精竭虑，精心经营，终于在村子中渐渐富起来，其财产超过了村子里的任何一家人。可可的地位，也许是由此提高了一些，也许是经过三代人的磨合，"外来户"观念已一天天在村民的头脑中淡下去，这从魏明睿父母默认可可与魏明睿要好这一点就可以看出来。不过，犹如雪白绸布上的一块水渍，再淡也还是有一丝痕迹的。这一点，总让可可的内心时常升起一些小压抑来。

　　魏明睿与雷可可同年同月同日收到大学录取通知书，去学校报到那天，也是双双相伴。他们可谓是陈炉镇少有的文化人。不同的是，魏明睿毕业后考上了公务员，去了耀州区一家事业单位，成了"吃皇粮"的公家人。可可毕业后没有上班，直接回到家，与父亲携手经营起自家的瓷窑。虽然雷家瓷窑的事，可可从未过问过，家里的生意往来她也从未插手过，但自小的耳濡目染，加之她喜欢画画，也就成了一个画瓷行家。当然，从土质的辨认到瓷坯的捏制，从瓷胎的描画到一窑瓷器的烧制，她也能熟练完成。

　　祖传手艺，传男传媳不传女，但可可父亲却悉数把看家本领教给了女儿。

　　六个月前，正值魏明睿生日。那天，魏明睿终于鼓足勇气，要带可可正式拜见他的父母，不想正当他接上可可，准备一同去自己家时，单位领导来了一个电话，说上级突然下来检查工作，要明睿赶紧做好准备。明睿一向视工作如命，对待领导的交代犹有如圣旨。所以，接到电话，他连思考都没有思考，扔下可可，就匆匆而去。这对心高气傲、任性自尊的可可而言，算是一个不小的打击。

　　而江松林送货的车恰恰在她气不可遏时，经过她的身边。

　　当她看到在山野里无拘无束、以最自由的状态生存的虎子时，一种久居在她心中的模式被打破了。

　　能这样不顾别人的评价自由地活着，能够离开陈炉人矛盾的眼神自我地活着，该是一种怎样的惬意与自在？

　　她不知道自己有没有爱上虎子，但与虎子在一起时她是自己，他们之间很平等。她喜欢与虎子在一起时轻松舒服的感觉。如果她不是爱上了虎子，那就是爱上了与虎子在一起时的自己。

　　与虎子短短几个小时的交流，让她有想飞、想大喊大叫的冲动。于是，她就飞了，就喊了，就叫了。这是她在陈炉一直不能有也不敢有的念头，更是她不能做的事情。

　　那天在小树林子里，她对虎子进行了直白的示爱，虽然虎子没有明确答复，但可可决定冒险一试。即使不与虎子谈婚论嫁，她也决定走出陈炉，过一种无拘无束的生活。

她与虎子真真正正地在秦岭放纵地玩了几天后，更坚定了这个信念。

回到陈炉的当天晚上，她约魏明睿去了村中央的池塘边。

这个池塘承载了他们童年时期所有的记忆。在这里，可可被本地小子扔了一身的黑淤泥，被本地女孩子一次一次撩水，泼得眼睛睁不开。明睿与林娃为她与太多的男孩在这里打过架，太多女孩子也因为魏明睿与江松林护着她，在这里对她进行了一次又一次集体排挤与孤立。

在这池塘边，也有她与魏明睿鲜为人知的爱情细节，有藏在心中、甜在心头的美好时光。

小学毕业时，明睿考全班第一，可可考第二。傲气的可可心里很是不服气，好几天不理明睿。有天晚上，可可一个人在池塘边洗衣服，明睿又远远地跟在她后面给她吹埙。埙，是一种用泥烧制的乐器，形如鸭蛋，腹部有大小不一八个孔，为音阶孔；另有一个大孔在"鸭蛋"小的一头，为吹奏孔。明睿自小善吹埙，那凄凉的埙声总被他吹出几许欢乐、几许诙谐来。那天晚上，明睿吹了大半个晚上，可可洗衣服也洗了大半个晚上，那些衣服，反反复复都快被搓烂了，她才决定原谅明睿。

上初中后，两人去了山下的城里上学，同级不同班，没有了考试排名次的矛盾，却有了少男少女间的纠结。今天明睿被女孩传纸条了，明天明睿被同桌表白了，都让可可处于生气状态。幸好可可也常有被人传纸条、被人表白的时候，明睿不说什么，她倒有三分尴尬，但凡这个时候，她就会对明睿格外主动与亲热。

魏明睿喜欢可可，林娃也喜欢可可。

只是到了高中，林娃也没有展开半点攻势。

每到周末，陈炉镇的孩子们都会结伴回家，因此，从初中出外求学，到高考结束，六年里，最稳定的结伴关系就是魏明睿、雷可可、江松林。林娃看着明睿、可可二人情投意合，两情两悦，只把自己当作一盏巨大的"灯泡"，无怨无悔地照着两人由情窦初开到激情热恋。

林娃对可可彻底死心是因为他没有考上大学，他感到自己配不上可可了，所以，他再退一步，连灯泡也不做了。

林娃想，明睿与可可才是天造地设的一对。

就在可可去大学报到那天，林娃跑到雷家，对雷江涛说："涛叔，我

想跟着你学徒。"

雷江涛当时正摆弄着自己的瓷器，他不动声色地说："现如今的年轻人都去城里打工了，你赖好也是个高中生，去读个自费大专也好，去哪里培训几天考个啥证的找个好工作也好，为啥要留在村里跟着我们捏泥巴？"

林娃说："我不仅仅要捏泥巴，我还想把咱们的泥巴瓷器卖到大城市去，卖到国外去。"

雷江涛说："那你做我雷家窑场的总经理助理吧。我负责生产，你负责销售。"

就这样，江松林做了可可父亲的助理。

林娃进雷家窑场的心思没有告诉过任何人，但谁都知道林娃的固执与付出。即使是林娃的父母，也只能摇摇头。劝说没用，只有等可可结了婚再说。

可可与明睿订了婚，就应该离结婚不远了。就在林娃父母抱着无限希望，期盼可可快点结婚时，不想可可与虎子出去玩了几天，刚回到陈炉的那天晚上，可可就明确地告诉明睿："我不想见你父母了，我不想留在陈炉了。"

明睿问："是不是那天我因为工作忽然走了，伤了你的心？"

可可不否认，也不肯定。只用一根树枝撩着池塘里清凉的水，把它们撩成一个个用珍珠串成的穹形桥。

明睿用肩膀一顶她的肩膀，问："那，是不是以为我把工作放在第一位，把你放在第二位，你生气了？"

可可仍不置可否。

明睿又猜："是不是怕结婚后我因为工作冷落你？"

可可幽幽地说："你知道，我不是腻着男人的女人。"

明睿急了，说："那是因为什么？"

可可说："我要过一种抹掉过去所有记忆的生活。"

明睿一下子站了起来，说："我们在一起二十几年了，你想抹掉过去的记忆，就是想把我们的美好时光都否定了，是不是？"

可可也一下子急了，她站起来，质问道："魏明睿，你可真正的理解过我，懂过我？"

明睿也大声嚷："我不理解你？我不懂你？二十几年了，还有谁比我更理解你，更懂你？你还要让我怎么理解你，怎么懂你？你看看村里的女人，哪个不是被男人呼来喝去的，二十几年了，我什么都随你，你什么时候迁就过我？"

北方的男人，大多都大男子主义些。北方男人的粗线条与控制欲，在魏明睿身上却真的很少显现。

但可可自傲背后的压抑，魏明睿却一直没有看出来。这未免让可可有不被重视、不被理解的缺憾。

她的这些不被理解的缺憾与顾影自怜的伤感让她不得安宁。每次画瓷胎的时候，她总是在烟雨如泣的意境中，边画边哭。

周杰伦喜欢将最中国的东西拿出来向世界展示。不，也许他是想拯救，也许是想普及一种理念、一种精神或具体的一种意象，如歌曲《青花瓷》。很少有人关注过这种一直孤傲地存在于中国历史深处的工艺。确切地说，青花瓷不仅仅是一种工艺，她更是一种工艺加一种特殊土质，再加上工匠的创作冲动与深厚的绘画功底，才形成一个混合体。这个混合体是被高高定位了的一种文化，是一个群体，如同众多气质女人，每个都风情万种，每个都精致优雅，每个都满腹经纶。可可一直喜欢《青花瓷》的歌词，美得人无语，但隐在周杰伦吐字不清的歌唱里，这种气质失去了那种血色悲壮与荡气回肠。她更喜欢用语言把那些歌词一字一字地读出来。一读再读，每次都如含英咀华，口齿留香，韵味隽永；其字其句，千回百转，旖旎清丽，造境深远；裹身其中，回味无穷。

词句绕口的余香烟霭如她的青春期多情而善感。

明睿真的明白不了这些。

很小的时候，可可曾经问过他："嗨，你告诉我，村里那么多本地女孩，你干吗喜欢我一个外来户？"

明睿半开玩笑半当真地说："因为全村的女孩子，你最漂亮、最优秀。"

可可问："你与他们打架就是因为我漂亮，怕他们欺负我，要保护我？"

明睿说："切，你不懂男孩子的心理，他们才不是欺负你。我打他们，是因为他们也喜欢你，也想要你当媳妇。我把他们打跑了，打怕了，他们才不敢来抢你。"

可可说："现在又不是旧社会，他们又不是地主，怎么会抢人呢？"

明睿说："你不知道，娶最漂亮的媳妇是顶有面子的事。我的人生理想就是：娶可可为妻，让所有觊觎你的眼神变成羡慕的目光，哈哈，我要让他们嫉妒得发疯。"

那时候，可可为明睿有这样的理想而心花怒放。

自小学起，明睿就开始守护可可。他知道，越是往可可身上扔泥的男孩子，就越是喜欢可可，因此他不怕与那些男孩子打架。他也知道，越是孤立可可，辱骂可可的女孩子，越是羡慕她有那么多人喜欢，因此，他也不怕那些女孩子背后对他的埋怨与责骂。

他忙着应付可可周围的四面楚歌，却没有太多顾及可可的内心受着怎样的煎熬。

可可是在惯性中接受明睿的。

在可可看来，明睿或林娃，她不论接受哪一个，都是理所当然的。因为他们俩明显地对她好。

接受明睿，是因为明睿一次一次表白了。

她与林娃保持相对距离，不是林娃比明睿差多少，而是林娃从不言说，她没有办法接受一份没有表白的爱情。

女孩子皆如是。最可能接受的是直白表达的爱，最可能依靠的是离自己最近的肩膀，尤其是在她感到孤立无援的时候。

明睿就是可可本能的一种选择，是心理惯性。他们没有如火的激情，没有"唯君知我心"的基础。当可可遇到虎子，一切都变了。可可知道自己真正的爱情来了。

而明睿，追随可可与接受可可也是一种本能的选择，也是一种心理惯性。他认为，一切本该如此。

那天，当可可说要走时，把他心中的惯性打破了，他不能控制地冲可可吼："我已经习惯了保护你，习惯了你当我的女朋友，习惯了在村子中走时，他们酸溜溜的目光与说话时刻薄的调侃。我都习惯了，我都不怕了，你还怕什么？"

可可说："我不是怕这些。"

明睿说："你不怕你为什么要放弃？小的时候都挨过来了，现在，我已经不需要与他们打架了，我也离开了陈炉。今后，我们把家安在耀州或者铜川，把我们的父母也接过去。你就可以离开这里了，可不可以？"

可可在明睿的嘶吼中安静下来，她轻轻地说："明睿，真的，分手吧。谢谢你这么多年来对我的呵护与照顾，但咱俩真的不合适。"

激动中的明睿被可可的话激怒了，他厉声责问："雷可可，你在说什么？怎么从你想离开这个村子换个环境的话题，变成你我不合适了？我以为是外界的原因，现在怎么又成了你我本身的原因了？是你看不上我了？"明睿气愤地摇着可可的肩头，说："你是不是有别人了？是不是？他是谁？"

可可被他摇得站立不稳，她挣开他的双手，站得远一点，淡淡地说："没有人。你别瞎想，我只是想离开陈炉，远远地离开。把家安在耀州或铜川，那也只是离陈炉远了几十公里而已。而关于陈炉的所有压力与记忆还会被时时提起，所以，与你结婚，不合适。"

明睿缓和了一下语气，压低声音说："好，那我带你离开陈炉，离开耀州，离开铜川。我辞掉工作，咱们去西安，去北京，去上海，都可以，你想去哪里，我们一起去就是了。"

可可说："你就是陈炉，有你在身边，陈炉就永远离不开。"

明睿绝望地说："你就那么恨陈炉？"

可可说："不，我一点也不恨陈炉，我爱它，只是我想离开一些记忆。"

明睿说："是关于我的记忆吗？"

可可无奈地说："不是。也许是关于伤痛的记忆，也许是关于……我也说不清，总之，我想忘记一些东西。这些东西在我记忆中占了不该占的内存，我要删除它们，彻底删除。"

明睿更加绝望地问："连我一同删除吗？"

可可咬着牙说："你是陈炉的一部分。"

明睿哭了，他带着泪音地痛责："那你让我在陈炉怎么活下去，我还有脸活下去吗？"

可可说："分手，并不能让你失去什么。不是所有谈恋爱的人都可以走进婚姻的，就算是走进了婚姻，生了孩子，很多人还不是离了婚？人家不是都活得好好的吗？"

明睿怒吼："我与他们不一样！"

可可气恼地说："有什么不一样？都是人，谁比谁高贵多少，谁比谁低贱多少？谁天生是坚强的，谁注定就是脆弱的？结婚是两个人的事，我不愿意，你一个人强撑着又有什么用？恋爱是两个人的事，你我分手了，与他人何干？你是为了自己活着，还是为了面子活着？"

明睿绝望地说："分手了，那些与咱们一起长大的人，不得笑话死我呀？"

可可冷冷一笑，说："哦，原来你与我恋爱，是恋给别人看的，是爱给自己的面子用的。"

明睿嗫嚅着说："也不是，我是真心爱你的。"

可可站起来，说："我心已定，你自己好好想想。分手了，各自寻找自己内心的真爱吧。也许我们都需要好好想一想，我们究竟爱着对方的是什么，我们能给对方带来什么。我希望我们分手了仍是好朋友。"

明睿在可可抬脚要走的那一瞬间，突然使大力气，冲可可的脸给了一个大大的耳光，说："你是不是有了别人？你这个下贱的外来户。"

可可在童年时，受尽了小朋友们的孤立，但却没有被谁如此打过耳光，没有被谁如此等级分明地咒骂过。

可可的心骤然间如铁一样冷硬，她极陌生地看了明睿一眼，然后转过头，离开了那个池塘。

看着可可毅然决然地离去，明睿恨不能把她拉回来，再好好地痛打一顿，但可可走得不见踪影了。

在池塘边坐了很久很久后，明睿回到家，一个人拿出一瓶酒喝得酩酊大醉。他对着劝说他的父母哭诉："爸，妈，可可与我分手了。还没有来得及见你们，她就提出了分手。二十几年了，除了她，我从来没有想过跟第二个女孩子结婚。二十几年里，我守着她，护着她。我们明确恋爱关系后的六年里，我爱着她，恋着她。她性格孤傲，喜怒无常，我事事谦让她，天天哄着她。她真是被我惯坏了。女人，真是善变的动物，像变色龙一样不可捉摸。"

　　然后，步子踉跄的明睿甩开父母的撕扯，摇摇晃晃地走到可可家门口，"咚咚咚"地敲可可家的木门。他在木门外大声责问："可可，你是不是爱上了别人？为什么？我生日那天还说要见我的父母。我们还说好，今年年底就结婚。这才几天呀，你就提出分手，为什么你也成了善变的毒蛇，成为摇尾乞怜的变色龙？"

　　可可没有出去阻止明睿的辱骂。

　　任父母亲怎么敲她的房门，她就是不开。

　　在明睿一声声的叫骂中，她被那一巴掌打冷的心更一点点冰起来。仿佛在此刻，她才看清了明睿的本性，明白了明睿的心智，与他结婚，自己能获得幸福与安宁吗？

　　她心中固然是因为有了虎子，才确定与他分手的，但这一分手，让她有些后怕，有些庆幸。

　　今夜发生的一切，与她心中有了虎子这件事已没有任何关系。

　　那天晚上，明睿的父母劝不回儿子，只得任他去了。老两口回到家，谁也不说话，只坐等儿子回来。

　　直等到子夜时分，仍不见儿子回来。二老心里着急，只得再次出来寻子。

　　明睿已不在可可家门前。

　　那天晚上，"明娃——"、"明娃呀——"的呼叫成为陈炉人最伤痛的回忆。从那以后，没有任何人谈论过那天晚上发生的事。

　　第二天，全村的老少爷们在池塘里捞出了魏明睿的尸体。

　　村中央的池塘，这个给了几辈人几多清凉时光的美好地方，这个很多恋人谈情说爱的地方，从此不再有人去那里洗衣服，也很少有人光顾。只偶尔有爱吃鱼的人偷偷去清澈的水里捞几尾硕大的草鱼。

　　本来要在冬天张灯结彩娶儿媳妇的，却在夏季里痛失独子。魏家夫妇一生的美好，在一朝一夕间彻底被打破。此后便是膝下无尽的凄凉与晚年无尽的孤寂。

　　魏明睿的母亲在儿子尸骨未寒时，精神失常了。她时好时坏，时痴时疯。精神好时，一边哭一边骂，把天下女人、把可可骂得血肉模糊。情绪坏时，她会到处找儿子，到可可家讨儿子的命，或到池塘边冲着一池清水

一声一声地喊"明娃——"。

可可没想到事情会是如此结局。她把自己关在家里不出房门。一个家，一个可以看得到未来幸福的家，一个少年，一个年轻有为、踌躇满志、前途无量的少年，被自己的任性毁于一旦。

直到有一天，她发现自己竟然……

于是，她逃离了陈炉镇，逃到了映秀镇。

她不是无路可逃。只是除了映秀镇，她不想去任何地方。因为映秀有虎子。她不知道自己的选择对不对。她还没有确定自己是不是爱虎子，还来不及肯定自己是不是真的要与虎子流浪一生。

她曾经问过当事人，愿不愿意与她守在一起，一生一世。他当时并没有明确回答。但她肯定，她这样的选择，对虎子，是极大的不公平。

四 天 灾

一团乱麻中的丝丝扣扣，在林娃有条不紊的叙述中，一一解开。

只是有些情节中的细节，林娃并不了解。即使了解，他也未必肯全说。

但对事情的大概，虎子也总算有了一个脉络。

每一个人都是一部长篇小说，只是因人而异。有的人一生用词刚峻，情节悲壮；有的人一生句子朴实，故事感人。而可可仿佛是一首长长的叙事诗。她美丽的二十五年里，语言清丽，意境清新，其技巧上，时而是情感贲张的赋，时而是富于想象的比，时而是婉转曲回的兴。她在这一屋子五个男人的心里，又仿佛是一曲四重唱一样，男人们用第三人称各自对她的往事进行了不同腔调的弹唱。当情节轮到虎子与阿坚这里时，一下子，弦涩音咽起来。

虎子真的不知道怎样叙说他与可可的现在。

他是幸，抑或不幸？

可可这样一个如青花瓷一样需要细细欣赏、需要小心呵护的女子，本就人见人爱，却莽莽撞撞地把自己送到了他的小院子里，做了一个毫无怨言的小妇人。自己何其幸？

崇尚自然、酷爱自由、以户外活动为生命主旋律的虎子，与可可偶然邂逅后，因为可可生命轨迹的改变，被不由分说地打乱了自己的人生计划，被修改了自己的人生方向，被要求去做一个守着家，守着老婆、孩子的居家男人。他又何其无幸？

可他又不能不说。

　　沉默良久，虎子才艰涩地开了口："大约六个月前，我第一次见可可。那时，她活泼开朗，甚至大胆任性。第二次见她时，是五个月前，她抱着这只瓷瓶忽然敲开我家的大门。虽然她的到来，让我有些手足无措，但我还是很喜欢可可的。于是，我们俩就在一起了。她与我在一起后，我发现她太安静了，完全不是我第一次见她时的样子。她对窗外的任何事都不感兴趣，甚至对我做的事也不感兴趣。除了这次她强烈要求我回来陪她外，她甚至没有主动给我打过一次电话，没有一次哪怕像个任性的女孩、像个有怨言的妻子那样要求过我。我多么希望她能像我初次见她时那样，狡猾、顽皮、任性、纯净、充满激情地与我对话。我一直在努力，但都失败了。今天，我才知道她为什么会变成现在这个样子。她一直不说，我也没有过问，本以为是尊重她，可现在想想，她内心该有多么无助、多么失望。"

　　想着可可带着怎样难言的矛盾心情找到自己，自己却一无所知；想着可可怀了孕也不告诉自己，只是独自一个人静静地在和泥、制坯、画瓷、晒陶中苦等着自己，虎子心就疼。

　　人都说女人的妊娠反应期特别难熬，不知道没有他的日子里，可可是怎样一个人呕吐的，她有没有在呕吐后喝一口热水，在身体虚弱时，给自己做一碗酸辣可口的陕西臊子面？

　　一听可可怀孕了仍那样郁闷自闭，除了一直一言不发的阿坚，其他三个男人都一下子噤声了，黑脸的财也不由柔和了刚才脸上的冷硬。

　　为了打破尴尬的局面，男人看了看时间，已两点多了。不知不觉中，他们从早饭时刻聊到了午饭时刻。

　　在陕西农村，正午两点正是吃午饭的时候。

　　可可爸爸让可可妈妈给他们做早饭，几个小时了，她还是钻在厨房里，没有出来，不知道饭做好了没有。

　　雷江涛走出屋子，冲着厨房大喊："哎，饭好了没有？"话音刚落，冷不丁看见自家媳妇王莲莲竟躺在屋子的窗户下，只是哭得已经昏厥过去。

　　雷江涛想把自家媳妇抱起来，他弯下腰，使使劲，才发现自己一下子老了许多，他怎么也不能把女人抱起来。年轻时，他稍一用力，女人就横在自己胸前了，现在，再怎么用力，也不能重演当年的浪漫，不能重现当年的雄风，急得他只有一连串地喊：“可儿她妈，可儿她妈！”

虎子与林娃听到声音，齐奔出屋。

林娃大喊：“莲莲姨！”没有回音。他弯下腰，一用力，把女人抱了起来。

就在林娃抱着王莲莲准备往卧房里走时，脚下的大地竟“哐——咚”一声动了一下，林娃手中的王莲莲差点掉下去。林娃不相信自己体力不支，会抱不起与一袋小麦重量差不多的莲莲姨。他又使了使劲，但脚下的地也随着他的使劲，再次晃动了一下。随后，大地开始像筛糠一般的晃动。他感到头晕、胸闷、恶心，并伴有想呕吐的感觉。怀中的莲莲姨也一下子沉重了许多。接着，脚下的地又“哐——嗵嗵”“哐——嗵嗵”地响了几下，然后就像火车到站时车厢摇动一样，脚下的大地上下摇动起来，然后是大幅度的旋转颠簸。他抱着莲莲姨站立不稳，一下子摔倒在地。其他人此时也感到大地像筛筛子一样晃荡不已。大家的头都开始晕眩、胀痛。由于晃动得太厉害，他们不得不叉开双腿，双脚抠地，伸平双臂，来保持身体的平衡。

虎子第一个反应过来，说：“是地震，地震了！大家快到院子里来，抱头蹲下。”

屋子里所有人都慌乱地奔到院子中间，林娃与雷江涛一人抬头、一人扶脚，把王莲莲搬到碎瓷片铺成的甬道上。

一切都发生在瞬间，大家还没有忙乱完，大地又恢复了平静。天依然蓝，而且高远，正午的太阳仍光鲜鲜地洒着，满院的温暖与灿烂。

一院子的月季花，热闹得有些夸张。

雷江涛看看天，说：“应该没有事了，大家不要惊慌，这样的小震动，我一生中也经历过好几次了。看这天气，不像有大震的样子。”

雷江涛说完，让林娃把王莲莲扶进屋子。一番折腾，王莲莲已经苏醒，只是有些身软。雷江涛说：“可儿人好好的，没病没灾的，心里那些疙瘩，过一段时间就解开了，你把自己疗养好，过些日子还要侍候她月子呢。”

王莲莲喜悲交加地点点头，又转头冲着黑脸男人财说：“大兄弟，你就多担待些吧。明娃去了，可儿也不好受。要不，她不会躲到那么远的地方不回家的。要是可儿不心疼明娃，可儿能那么天天闷着吗？你是看着可儿长大的，你还不知道她的疯劲吗？”

叫财的男人点点头，说："莲莲嫂，你也好生养着，我回去看看枝枝。刚才那一阵晃荡，肯定把她吓坏了。"

林娃说去看看自己的父母，怕他们在刚才有什么闪失，也告别而去。

待大家都走了，莲莲才回到卧室，躺在炕上，唏嘘不已："儿女是父母勾命的鬼呀。我们给了他们生命，他们却要了我们的命呀。"

雷江涛望了望卧房，轻叹了一声气，让虎子把阿坚从正房叫出来，说："我去厨房看看，你姨做了什么好吃的东西。"

虎子说："叔叔，我感到一阵阵的心慌，我先给可可打个电话吧。"

雷江涛点点头，冲他和善地说："叫爸吧。好吧，你拨通了，我也说几句话。我想听听她的声音，让你妈一会儿也说说。"

阿坚先随男人进了厨房，虎子走到院子角落的花池边，找了一个僻静的地方，拨起了电话。

拨不出去，连忙音都没有。

再拨，仍没有任何声音。

如果说在异地，乡村无信号，也说不通，昨晚明明给可可打过电话。

他大声叫："阿坚！"

饿极了的阿坚，拿着一个雪白的酵面锅盔馍夹着油泼辣子正吃得香，听到虎子叫他，一边咀嚼着，一边疑惑地探出头来，说："啥事？"

虎子冲他伸出手，说："手机。"

阿坚丈二和尚摸不着头脑地把自己的手机递过来，说："怎么？你的手机没电了？"

虎子再拨电话，仍是没有反应。

虎子一下子慌了，他跑向厨房，用变调的声音大喊："爸！爸！"

雷江涛没有反应。

虎子接着大喊："叔叔，爸！"

雷江涛这才知道是喊自己。他惊诧地看着虎子忽然表现出来的狂乱。只见虎子脑门上的青筋突暴，像一条条刚拱出地面的蚯蚓。

他问："孩子，可可怎么了？"

"我也不知道怎么了。可是我与阿坚的手机打过去，都没有信号。家里的电话在哪里？"

"厨房就有分机。"

虎子拿起电话，用颤抖的手再次拨映秀镇家里的座机号，仍然没有反应。他用哭的声音喊："阿坚，快，拨你家的电话。"

阿坚从没有看见虎子这样慌乱、这样急切过，他的状态甚至可以用歇斯底里来形容了。阿坚一下子也慌了。他快速地接过话筒拨自己家里的座机、自己饭店里的座机，不通，拨自己爱人红儿的手机，也不通。他把能想到的亲戚朋友的手机、座机号码全拨了一遍，都不通。

阿坚一屁股坐在地上，哭了。他用狼一样的声音嘶嚎："虎子，映秀，映秀一定出事了，映秀一定出大事了。"

映秀镇究竟怎么了？

阿坚祖祖辈辈都是映秀镇人，他的根深深地扎在映秀镇的土壤里，他所有的亲人都靠映秀的山水生存。而虎子，虽然他的祖籍不是映秀镇，父母也双亡了，但自己的爱人、自己的孩子此刻就在映秀镇。这两个刚刚知道自己女儿音讯、刚刚听到女儿怀孕消息的老人最心爱的女儿在映秀镇。

映秀镇究竟发生了什么事？

三个男人的心骤然间被一双巨大的魔爪揪住。

虎子不再有任何犹豫，他拉起阿坚就走，说："走，回映秀，快。"

阿坚的手都麻了，他的脚不停地抖动，抖得竟踩不上离合器。他的泪一直在流，连带鼻涕一起流了一脸。

虎子将阿坚推出驾驶室，从副驾上直接越到驾驶位上，说："我开。"

不等阿坚在副驾上坐稳，只听"轰"一声，车发动了。

雷江涛弯腰从车窗外看着他们，嘶哑地喊："打电话啊，开车小心哪……我的孩子！"

喊声未断，车仿佛一头狂野急躁的斗牛一样，刚轰起油门，就腾起一阵尘雾，绝尘而去。

来时并不漫长的路，返回时竟长得没有尽头。

从陈炉镇所在的山上下来，上了西铜高速到西安，平时一个多小时的路，他们用了不到一个小时。然后，从西安长安区顺包茂高速公路驶至终南山下，进入规模居世界第一的陕西秦岭终南山公路隧道，穿过秦岭隧道，上到西宝高速，途经宝鸡212省道、凤县316国道，横穿莽莽秦岭。

这一路，路况最差的当属西宝公路虢镇过渭河桥后到潘家湾一段，约有 10 公里的路面坑槽遍布，汽车走在上面上蹿下跳，左摇右晃，活像一个喝醉酒的醉汉，车速只有不到 20 公里。其余路段除翻越太白山时连续弯道多、急转弯多外，大多路段是在山沟里，虽然车要不时钻隧道，但路况还算好。到达汉中时，已经是临近傍晚的 18:00 左右。

初夏的天气，天空仍是清蓝的亮。虎子想直接到四川广元再打听，可是身体却不听他的指挥，头有些发晕，手脚也有些发软。想想，5 月 11 日中午离开映秀镇至今，他就没有好好吃过一顿饭。昨天晚上，阿坚自行煮面吃，他去可可家门口转悠去了，早饭没吃，吃中饭时，一乱又没有吃成。算算，已有一天一夜没有吃东西了。

"还是吃点东西再走吧。"转念间，虎子已把车停在公路旁一家交通饭店门口。

门口停着很多车，饭店内吵成一锅粥。虎子心中有事，也顾不上问发生了什么事，点了菜，就一边等着饭上来，一边着急地继续拨家里的电话。

奇怪的是，手机仿佛坏掉一样，一点信号也没有，走到饭店的座机前再拨，那头仍然没有一丝反应。他急得快要摔电话了，耳边其他司机的话这才渐渐有一两句灌入他的耳中。

"这下惨了，要死好多人了。"

"天灾难挡，这谁也没法子呀！"

……

他忙拉住一个，急问："哪里地震了？是四川吗？"

有个从四川方向过来的司机说："这次地震最厉害的地方应该是四川。一会儿新闻联播肯定会播出来。"

另一个从陕西过来的司机说："临近四川的陕西也受灾不小啊！汉中一带的房子很多都倒塌了。"

饭店老板也加进来说："亏得我们饭店的房子是自己人盖的，没有偷工减料，质量好些，没有倒掉，要不现在你们哪有地方吃饭？你看看，你看看，我们旁边的几家老房子已经是一片瓦砾了。"

虎子这才恍然大悟，陈炉的地震只是震波。他又问："震中在哪里？你们知道震中是哪里？"

"哪个晓得哦？全国好多地方都有感觉，电话打得疯掉一样，好像四川更严重一点，成都的房子都摇得像筛子一样的。"一个操着浓重四川方言的司机眼睛瞪得像牛卵子一般大，一片绿绿的菜叶粘在他嘴唇上。

"四川哪里最严重？哪里？"虎子追问。

"电话都打不通的，网线太忙啰，电话打不通的地方应该最严重吧。不过，哪个知道哪里打不通，哪里最严重哦。""绿菜叶"事不关己地结束了对话，一转身又去吃饭了。

虎子心一沉，其他地方电话还能打进去，而映秀镇的线路竟死了一样。哪里打不通哪里就最严重。那么，映秀镇肯定是重灾区了，也就是说映秀真的出大事了！

他忙又拉起旁边一位正埋头吃饭的司机问："你是从哪里来的？你是四川人吗？"

"我是陕西人，是地震之前从四川出来的。中午的时候没事，走到半道上只感到天旋地转的。这不，吃过饭我得赶回家去，家里人指不定吓成什么样子呢。"那人说完话，又埋头狼吞虎咽地吃起来。

另一位司机在旁边插话道："我是四川北川人，去陕西送了一些货。地震后，我打电话，家里座机、手机都打不通。我已经赶了好几个小时了，这不，路过这里吃点饭，我就直奔我家，看看家里是不是……"

虎子与阿坚对望了一眼，他们都清楚地看到对方眼中最后一丝火光熄灭了。他们都从对方那熟悉得不能再熟悉的脸上读到了一个词——"完了"。

饭菜上来，两人都味同嚼蜡，但不约而同地比平时多吃了一碗米饭。然后又从饭店的食品柜里补充了大量的水、香烟、食物。

两人之间，什么话也没有，只默契地做着一切准备。

他们心中明白，他们都在等待着弃车步行的那一刻。

2008年5月12日晚19:00，虎子与阿坚在交通饭店旁边的加油站给车加满了油，又在后备厢里准备了两桶，虎子再一次把车开得嗡嗡响，油门已经加到了极限。从勉县到宁强这一条勉宁高速上，平时车就多，此时车更是排成排地来回穿梭。

车内的空气要炸了一样紧张，两个人都沉着脸，不敢吭半声，只怕自

己心中所有的担心稍不留神就会溜出来，点燃车里已达到燃点的空气。也怕自己一开口，自己的牙齿会颤抖地发出"咯咯咯"的声响。也许，不开口，泪腺就不会启动，一旦开口，洪水定会越过理智的闸门，奔涌而出。

就这样，开车的不说话，坐车的，也一声不吭。车里一点声音也没有，四周也静静的没有声息，没有风吹，没有鸟鸣，即使对面的车开过来，也是如游鱼般一穿而过。

没有人说什么，大家都在赶，赶，赶。

世界在此刻仿佛是一部没有对白、没有色彩的默片。汽车的两只大眼灯，刺眼地划过地狱般的黑暗，在漆黑里凿出一条可怕的生之隧道。

他们的车，被这个光凿开的隧道紧紧攫住，一点一点地吸了进去。

四周，哪怕有一个村落透过灯光来，这也告诉他们那里还有生命，但没有。无边的黑暗，无边的沉寂。

出宁强只走了六十公里，就经棋盘关入川，进入广元地界了。

广元地界也是一片漆黑。

好在公路毁坏得并不是特别厉害，他们仍能一路颠簸着前进。

2008年5月12日晚23时，他们的车驶过成都绕城高速，快进入都江堰地界时，终因道路彻底毁坏，无法再前进了。

天空没有星星，也没有月亮。窗外的雨，"哗哗"地下个不停。

"已经进入地震后的阴雨期了。"虎子无意识地想着，脑子短路一样，有几秒钟时间处于死机状态。

"哎！"阿坚推了他一把，他这才醒过来。

"走吧。"阿坚低沉着声音说。

"走！"虎子毫不犹豫地说。只是这个"走"字，像是从牙缝里挤出来的。

弃车徒步的时刻一到，俩人竟平静了许多。

从直线距离来算，都江堰离映秀镇并不远，也就20公里左右。平时开车，穿过那个如梦如幻的山谷，驶过那座如虹如月的金花大桥，也就半个小时不到。但如今道路不通，徒步从两个蓄满水的山谷中涉水过去，用时就不知道要多久了。

正想着，已停稳的车大力地上下震动起来，两人当下明白这是余震。

想必刚才车在行驶中，又因路不好，觉不到余震，此时，两人才感到后怕。幸亏出了秦岭一带后，一马平川，一路上并没有遇到危险，也算命不该绝。

余下的路肯定危机四伏！泥石流、滚石、山洪，随时会要了他们俩的命！那不再是平常意义上的20公里，那是一条通往死亡谷的奈何桥。

他们没有半丝害怕与停顿。

没有哪一次外出能让虎子如此心急如焚；没有哪一次回家，能像这次这样迫切得让人发狂；没有哪一次相见，是这样的近在咫尺，却又那样的远在天涯。

尽管内心汹涌澎湃，可是两个男人一直没有对话。凭着多年的友情，凭着多年的默契，他们心照不宣地沉默着，不做一句议论，也没有任何猜测。

虎子把车里的帐篷、睡袋、野营炉灶等户外用具往90L的驴包里依次装的时候，阿坚也把刚才买的所有东西往另一个45L的登山包里塞。地震的地方，这些东西是最需要的。虎子打开箍在脑袋上的头灯时，阿坚也已背好包，在自己脑袋上箍好了头灯。户外夜行，这些东西是必不可少的。最后，两人拿起防水罩，依次帮对方将背上的登山包紧紧地裹了起来。映秀一带的山，他们从小到大爬了二十几年，他们知道哪里有水，哪里有潭。

绿色的越野车，隐在无边的黑暗里，只有一个大致轮廓。今天丢弃了它，不知今后还有没有再驾驶它的机会。

虎子与阿坚一生都不会忘记在余震不断的深山里冒雨跋涉的那一夜。那一夜里的每时每刻，死神都如影随形。

在暴雨如注、山体滑坡、道路掩埋、行走危险的夜里，他们仗着对生于斯长于斯的地方的熟知，在头灯有限的光圈里，沉默蜗行……

虎子平时组织的登山活动，是有意识的强行锻炼，除了磨炼意志、体验冒险、释放自我外，最主要的是在大山里能让他纯粹地放松，让他在孤独中好好地品味宁静带来的思索与享受。即使累得精疲力竭，即使山鸟泉水喧闹不已，但那是一种精神上的休闲与内心里的清静。那时，他恨不能山再险一些，崖再陡一些，他身上的野性需要大自然以狰狞的

面目来对抗。

山，对于他，本身就是男人与男人之间的亲近与竞争。

而那个夜，曾经的坦途被魔鬼的手抚摸后变得如此艰难。以前，让他们倍感亲切又引以为傲的大山，此刻却反目成仇，与这两个又是男孩又是男人的人玩着一场残酷的生命游戏。

在这场游戏中，虎子心中一直祈望：路再短一点，山再缓一点，步子再快一点。

但是，这个恶作剧式的游戏，无休无止。

滚石，一夜不断。

震荡，一夜不断。

暴雨，一夜不断。

泥石流，一夜不断。

滚石"哐哐"地从山顶滚下来的声音与暴雨汇合而成的洪水奔腾咆哮的声音纠缠了他们一夜。

在这样险象环生的境况下爬行一夜，等于是在地狱里与死神撕打了一夜。

在拼死爬行中，对脚下的山非常熟悉的虎子发现，本身就土质松软的山体，经过地震后，更加酥松如面。脚下走的不再是经过几百年、几代、十几代人用脚踏成的山路，而是震后分裂得惨不忍睹的废墟。

那一震，应该是天塌地陷，应该是山崩地裂。

震后的雨将变成粉末的山石稀释成了液体，这些液体又汇聚成泥石流，一大股一大股地从山顶冲下来。他们不得不时时停下来，绕道前行。

行进艰难，但仍在行进。

13日凌晨，虎子与阿坚经过七个小时生死由命的历程，看到了将映秀镇与外界连接起来的金花大桥。

金花大桥中间的一段桥体坍塌，掉入深深的山谷之中。

远远看去，昔日美丽的金花大桥，在飘泼大雨中，呈现一片让人绝望的凄惨悲凉景象。

在未倒塌的那部分大桥残骸之上，数十辆大小车辆被山上的滚石砸得惨不忍睹，有的已经整车掩埋。

也许还没有人知道这里发生了地震，但迟早会有人知道的。

也许大部队正在往这里冲，但现在还没有人来到这里。

不知虎子与阿坚是不是震后进来最早的人，但他们肯定，他们是第一时间往这里赶的人，一分钟都没有耽搁。

大桥断了，只能下到山谷里，从谷里往镇子里走。好在两人熟悉水性。在余震不断中，二人艰难地下到谷底，然后把背包高高地举起来，涉水上岸。

在牛眠沟，他们看到的情景是山沟深埋，山体塌方；青山易容，碧水改道。

从映秀镇出来的那条213国道上，大大小小的车辆惨不忍睹。

整个映秀镇，墙倒屋毁，路塌地陷……

有极其凄厉的哭声传来。他们看到在废墟上，朦胧的雨雾里，灾民们边哭边自救的身影……

还有——还有多少生命在这废墟下挣扎着，有多少生灵在这废墟下等待着？

2008年5月13日早上，两个映秀镇的青年冲着映秀镇不堪目睹的废墟跪下来，深深地磕了三个头，然后疯一样冲自己家的方向分头奔去。

不是他们自私，只是他们心中更挂念着生死未卜的家人。

五　横　祸

　　到处是哭喊声，到处是鲜血与死亡。

　　有的尚能说话，有的尚有气息。谁也顾不得说话，只是不停地挖。

　　挖出来的，横摆在地上。

　　更多的没有挖出来，不知被埋在哪一堆废墟下面。

　　虎子与阿坚说是冲着家的方向狂奔，但在废墟中，怎么能分辨清家的方向在哪里？

　　村子，已经被滑坡的山体掩埋了大半。

　　虎子只能凭自己多年生于斯长于斯的感觉冲着某一个可能的方位奔跑。

　　虎子大名叫杨以轩，因为刚出生时虎头虎脑的，所以爸爸妈妈一直叫他虎子。那个生他养他的家，位于镇子的东北角，一边靠近岷江，一边靠近渔子溪，一个真正的依山傍水的、三分大的四方小院。

　　作为"80 后"，虎子一直不理解逃婚这个概念。

　　虎子的父母是逃婚逃出来的。父母亲一次也没有给虎子讲过自己的爱情故事。他们为什么相爱，为什么逃离，虎子问过很多次，但他们至死也没有给虎子一个答案。

　　关于父亲的故乡，母亲的故乡，虎子一无所知。爷爷奶奶、外公外婆对他来说，只是别人拥有的家人，而他生命里绝不可能有。姨姨、姑姑、舅舅、叔叔这些近血缘的亲戚，他们家更是没有一个。

从小到大，虎子对父母是怎样相爱的，看得清清楚楚、明明白白，却不知从未谋过面的爷爷奶奶、外公外婆是如何阻挠他们的，又为什么要阻挠他们。

虎子的父母很般配，郎才女貌，琴瑟和谐。

不知道杨如海是不是父亲的真实姓名，也不知柳如烟是不是母亲的真实姓名。但虎子知道，映秀镇边上的这条岷江与从卧龙山下来的这条渔子溪就绕在他们家小院的后面。岷江河里的杨树，如海一样深、绿，不见尽头；渔子溪旁的柳枝，如烟一样浓、翠，无边无休。想必母亲与父亲喜欢这里幽静的环境，喜欢这里丰沃的田畴，喜欢这山这水，这杨这柳，他们才停下流浪的脚步，在这里开始了他们平淡但幸福的日子。

杨如海喜欢安静，喜欢种菜养花，擅长行针艾灸；柳如烟也喜欢安静，喜欢词诗赋曲，针织女红。他们在镇子的主街上开了一个小诊所，杨如海把脉开方，柳如烟抓药熬汤；杨如海扎针，柳如烟蒸针消毒；杨如海艾灸，柳如烟拿出艾团点燃。等略有积蓄之后，他们就在镇子边上买了块地，盖了几间房子，屋前是直干蓝桉，屋后是月季与玫瑰。可以说，虎子的童年时代与少年时期是非常幸福与快乐的。在家，父母亲通情达理；在学校，虽说虎子是外乡人的孩子，但杨氏夫妻的为人在小镇里有口皆碑，虎子本身又聪颖灵慧，老师同学都非常喜欢他。

是谁说过，每个人的人生，都有两杯酒，一杯是甜的，一杯是苦的。先喝苦的，后面那杯肯定是甜的。反之，一样。

也许虎子太过幸福了，也许杨氏夫妻太过恩爱了，幸福恩爱得上天也妒忌了吧？！虎子22岁那年，在一次进药途中，父母不幸遭遇车祸，双双罹难。

本来，杨氏夫妇平时进药是不需要亲自去的。多年来，一直都是成都药店的销售员按他们所需要的药品清单直接送货上门的。只是因为当时虎子正在成都上大学，父母想去看看他。虎子在成都上大学后，父母亲亲自进药的次数就多了起来。

那天，母亲柳如烟又说："虎子好久没有吃到我做的红烧肉了，他肯定馋了。"

父亲杨如海宠溺地看了妻子一眼，说："不是虎子想红烧肉了，是你

想儿子了。"

柳如烟娇嗔道："知道了还不赶快给车喝足油？"

等杨如海备好车，把店里收拾停当，柳如烟已装好满满一保温盒红烧肉在等他了。

柳如海锁了门，将早已用毛笔写好的木牌拿出来挂在门外："杨柳夫妇探子未归。"

虎子上大学后，杨氏夫妇探子频繁，杨如海就用圆角隶书写了这个牌子，方便随时挂上。

那次，夫妻二人在成都待了两天。

那两天里，第一个晚上，虎子陪父母去了锦里，在灯笼如梦的小吃街，虎子一手挽着妈妈，一手挽着爸爸，像孩子一样吃着各种对他而言已经不太适合吃的零食。第二天晚上，他陪父母去了宽窄巷子。宽窄巷子不是他们第一次去，只是很少进去喝酒听歌。但那晚，父母亲与他进了一家咖啡吧。一家三口，在咖啡的香气中，笑谈畅聊，那场面，和谐温馨得让服务员都眼红。

想不到……那是他对父母最后的记，美好得有些残忍的记忆。美好的东西常常就是这样被生生地毁坏给人们看，让人不忍回首。

那个牌子永远地挂在那家诊所的门上，"杨柳夫妇探子未归"。想归，归不来了。盼归，也归不来了。

葬了父母，把父母的丧葬费与存款存成一个死期。虎子辍学了，再没有去过学校。他没有拿到那一纸文凭。

由一个有父母娇宠的幸福孩子，突然间变得形单影只，任谁也受不了。虎子的性格从那时一下子安静了，安静得令人心痛。

虎子出生，给杨柳夫妇平添了无限的欢乐。杨柳夫妇，也给自己的儿子营造了最好的经济条件与家庭氛围。

虎子是在平和温暖的家庭环境下长大的。父母亲爱静，但他却好动。父母去世后，他更喜欢动了，也更喜欢走了。

四年了，他能守着的就是这个院子。这个院子，是父母留给他的最后的思念。

他想不到，这座位于镇子最东头最北边的、父母留下的唯一财产，竟在他离开仅仅三天后，变成这个样子。

碎成片状，如覆水一般难收。

本来就是独门独户独立于居民区外的小院，加上家门前那几棵直干蓝桉作证，虎子很快就找到了家的方向。屋后的月季与玫瑰，因可可的精心管理，平日里枝繁叶茂，花期时，繁花似锦。但此刻，花枝上浮土沉重，花朵也枯萎凋敝了。院子里的那一片片破碎的陕西坩子土做的瓷器泥坯，也可以作证，这里，就是自己家的位置。

虎子狂奔而至。

他一眼看见那几棵蓝桉树及那一地的泥坯，不由大喊："可可，可可，我回来了，你在哪里？可可，可可，你还活着吗？"喊声中，他的泪已经流得满脸都是。

他想听到可可哪怕极其微弱的一句应答，让他知道她还活着。

可是，一片死寂。

空气中，已经有死亡之气开始可怕地弥漫。

内心的恐惧膨胀到他无法忍受的地步。他一边大声地叫着"可可"的名字，一边用手疯狂地挖掘。

这里是储物间的位置，那个时候是下午两点多，可可应该坐在由储物间改成的操作间台前画瓷。对，这里是操作台的位置。虎子看见操作台的位置，除了瓷坯灰黄的颜色外，没有一丝血迹浸出来。只是普通的瓦房，就算是屋梁砸下来，也不会使人立即致死。可可她肯定不会死的，要不，他怎么一点儿也没有她已经死了的预感呢？

虎子接着挖卧室位置的瓦砾，也许那个时候她困了，在床上正躺着呢。可是卧室位置也是一样的安宁，没有任何声音传出来，也没有一丝血迹浸过来。

"可可，可可，你在哪儿？"

没有可可的回复。

最后，虎子只找到了关丫头的笼子。丫头并没有像他想象中的那样羽毛凌乱地死去。笼子里空空如也！

对了，也没有见到 LUCK 的尸体！

这时虎子才想起 LUCK 与丫头那两天的反常表现。那时，丫头与

LUCK 一直用尖利的鸣叫与不断的呜咽提醒他们，用拼命的撕扯与拽拉告诉他们："要地震了，快出去！"可惜，当时同样心烦意乱的他们，竟然对这样的预警毫无知觉。

可可突然间性情大变，应该也与地震前人类对灾难的预感有关。

想到这些，虎子脑子里忽然灵光一闪，是不是那一刻 LUCK 将可可拖出了家呢？那天 LUCK 不是一直拖着他的裤腿将他往屋外拖吗？

虎子被这个一闪而过的念头刺激得两眼发亮。对，可可当时肯定在外面，她不会死的，我一定要找到她。

虽然身心疲惫，虽然双手鲜血淋漓，但他却一跳而起，向野外跑去，声嘶力竭地大喊："可可——可可——可可——可可——"

除了废墟，无人回答。

除了悲伤欲绝，没有人给他更多的情绪。

他想悲伤，却没有时间去悲伤。

有太多的人在废墟下发出急切的呼救声。

太多人奔跑的方向是位于镇子最南边的映秀小学。

他不得不终止寻找可可的脚步。与映秀镇的居民们去映秀小学用手挖掘那些埋在山一样高的废墟下的孩子。

……

到处是人。

到处是救援部队队员穿着橙色救援服的身影。

到处是穿着白衣的医疗救护人员的身影。

到处是哭泣着加入救援行列的衣衫不整的灾民的身影。

各色人等，如梭一样穿来穿去。

有血淋淋的伤员从倒塌的废墟里被抬出来，往担架上放。

已经僵硬的尸体被一排一排安放在空地上，盖上了随便从废墟里扯出来的旧床单……

天上开始有飞机往空地上投抛救援物资。

虎子完全可以解开任意一包，拿些水来滋润一下他已经起了燎泡的双唇。回到映秀后，他又是好几顿没有好好吃东西了，也好长时间没有好好闭一下眼睛了，可是他一点睡意也没有，一点饥饿感也没有。

他想："我的可可肯定是被人救去了，可可肯定会有人救的。"

于是，几天里，哪里有呼救声，他就往哪里跑去；哪里需要人搭把手，他就立即冲上前去。

他只有用救助他人的方式来祈祷他人能救他的可可。

伤员真多呀，遇难者真多呀！到处是死亡与重伤。

救援队伍分散在全镇的各个角落，探索每一个生命发出的微弱信息。

在救援部队到达映秀之前，虎子只是随着当地的居民一起抢救那些可以直接看见的伤病员。但更多压在废墟深处的伤病员没有专业人员的救援，他们动也不敢动。

救援总部一成立，虎子立即就去报了名。作为熟悉地形地貌、熟悉镇内居民情况的当地人，又因懂得一些简单的救援知识，虎子成为专业救援队伍中一名青年志愿者。这样，他可以跟随专业队伍救出更多埋在废墟深处的人。

那天晚上，忙碌了一天的虎子，随救援支队的李队长对临时搭建的帐篷逐一进行了安全检查，并对被救人员、遇难者、失踪人员等进行一一登记造册。

告别李队长后，他又回到自己家的废墟上寻找可可。

那么多被救人员中，竟然没有可可。

白天的时候遇见过几次阿坚，阿坚跟随着另一支救援支队，给他们当向导。

两人远远看见了，挥挥手；近处遇见了，相互也不问各自的家人，也不猜测，只在对方胸口轻轻捣一拳，在对方背后轻轻拍一下。

地震破坏了全部的通信设施，虽然临时通信线路已经启动，只是他的手机早就没有了电。需要救的人太多，心情太压抑，他一直都没有去临时充电处给手机充充电。再说，可可的手机永远关机，即使拨打了她的号码，又怎么能接通呢？

可可在这个小镇上无名无姓，除了阿坚，没有人知道这个深居简出的女人是谁。在这场致命的天灾中，怎么可能会有人认出她，然后来通知他呢？只有靠自己寻找了。

那一晚，虎子又无望地在废墟中机械地挖掘着，呼喊着。

只是，翻动时，他的动力已经不大，他的力气也没有了，他的手脚是软的。他呼喊的声音也没有了情绪，变成了机械的、没有希望的耳语。

"可可，你究竟在哪里呀？可可，你哭一声，喊一声，骂一声都行，只要你有个回应……可可，你究竟在哪里呀？你出来，我今后不再出去了，我跟着你回家过日子，好不好……可可，你究竟在哪里呀？你快点出来呀！只要你出来，我什么都答应你，陪着你画瓷，陪着你养花……可可，你究竟在哪里？只要你回来，我答应你，生一堆孩子，好好过日子……"

不大的一个小院，一大堆的废墟，被他用双手翻了一遍又一遍，有用的没用的东西翻出了一大堆，他甚至翻出了可可的手机。可是，就是没有可可。

可可如同人间蒸发了一样。

最后，边挖边呼喊的虎子伏在废墟上睡着了。

雨水仿佛怕惊醒这个疲惫不堪的人儿，洒在他穿着雨衣的身上，无声无息。

虎子被一阵余震摇醒时，已经是 15 日早晨。

天仍下着雨，但天边的曙光却不可阻挡地从厚厚的云层里透出来。

在雨的冰凉与光的微冷中，虎子慢慢地睁开了眼睛，抬起了身子。他多么希望记忆中的一切都是一场噩梦，梦醒了，一切仍像原来一样，亲切而美好地继续着。可是，睁开眼，噩梦并没有消失，仍是废墟，仍是死亡，可可仍然杳无音信。他像傻了一样坐在自家破败的房基地上，内心充满了焦渴与绝望。

"可可，你究竟去了哪里？你死了，还是活着？你怎么就是不肯给我哪怕一点点心灵感应呢？"

除了可可，还有更多埋在废墟里的人需要他去抢救，更多濒临死亡的人需要活着的人去营救。

时间，就是生命。

他只得又爬起来，再次从镇子最边缘的家走向人口密集的镇中心，摇摇晃晃地加入救援队伍。

几天里，他一直这样，白天救援，晚上回到自己家的废墟上绝望地挖。

尽管小小的院子已经被翻了好几遍，尽管知道可可不在废墟里，尽管他也希望不要挖出可可。

但如果不挖，他能为可可做的，又能是什么呢？

只有挖，才能让他的心有片刻的安静与踏实。

只有沉浸在挖的过程中，他焦渴的心才能平和一些，才能滋润一些。

六　歌　者

　　闻若冰，是虎子在救灾过程中认识的一位青年志愿者。

　　籍贯山西省永济市的闻若冰有着北方人特有的高大帅气。他皮肤白皙，发质乌黑，一副黑框眼镜给他时尚的外表掺进几丝书卷气。2007 年 9 月，闻若冰进入上海外国语大学攻读博士学位。震后第四天，李队长将从上海赶来的闻若冰交给虎子，让他安排一下闻若冰的住处。同样高大帅气的虎子看多了秀气的南方男子，猛然一见与自己个头差不多的闻若冰，有一种同类相见的好感。闻若冰自信而健谈，虎子热情而善听，两人一见如故。

　　住处极其紧缺，即便在灾后的空地上排出一排排一望无际的军用帐篷，仍有大批量的爱心人士涌进映秀后，没有住处。放眼望去，满眼都是来自全国各地穿各色衣服的爱心人士。虎子实在是找不到更宽敞的帐篷了，就带闻若冰来到自己的帐篷。当时，虎子与其他几位志愿者挤在一个极小的帐篷里。尽管已经很挤了，虎子还是将闻若冰留了下来。

　　虎子边挪动摆放得满满的东西，边说："特殊时期，大家挤一挤，希望闻老师不要嫌弃吧。"

　　看起来有多血质气质的闻若冰也许因刚来，体力尚好，积极性也就极高。他把行李随便往虎子他们的行李旁一放，就要求说："没事，我又不是来住星级宾馆的。"然后，他直接奔出帐篷，投入紧张的营救工作中。

　　虎子也就自顾自忙自己的事情去了。

　　又是紧张而忙碌的一天。

在这一天里，伤心的人们已经麻木，一天里听到的哭声很少了，除了从废墟里救出一个幸存的伤者，大家发生欣喜的鼓掌与欢呼外，面对挖出来已然没有生命迹象的亲人，人们的哭声已经低弱了很多。

在这样的气氛中，虎子也已经麻木了。白天忙碌着还觉不出什么，当晚上回到帐篷后，他能觉察到，自己不仅身体麻木了，心也麻木了。不间断的劳作，加上心理的苦楚，每天他面对的都是大量的伤亡与成片的血迹，空气中是浓浓的血腥味，脑子里是遇难者家属绝望的泪水。只要是人，任谁都受不了。他亲眼看见，很多医生在伤者刚被抬出时，不顾伤者身上的污泥与血痕，俯下身子去做人工呼吸。他甚至有几次看见医生一边拼命压着伤者的胸腹进行紧急抢救，一边流着焦急的泪。

很多人失踪了，不止可可一人。

四天了，映秀镇不管用飞机还是用冲锋舟运出去的居民与轻重伤者都有名单，名单上没有可可的名字。也有几位重度昏迷者被救走，但好像都有亲友说出他们的名字。

可可没有任何消息，遇难的可能性极大。每每想到这里，虎子的泪就会流个不停。他不敢想象，陈炉的二位老人每天看着电视里的血腥报道，会是怎样的心情。

白天忙一天。一到晚上，他依然会一个人回到自己家的废墟上。

虽然雨已经把土和成了泥，虽然他把那片废墟用手翻了个遍，但想想过几天，他的家连废墟也没有了，他心里还是会感觉到一阵阵揪心的痛。

刚开始的时候，他挖出了一些东西，诸如票据、存折、证件之类，都收起来了，后来，泥水里已经无法再寻找了，即使找也找不出什么完整有用的了，他也就只能在废墟边呆坐着。

坐了很久，虎子慢慢走回宿营地。

虎子还没有走进帐篷，就发现闻若冰已经先回来了。只见他一个人正跪在帐篷外一小块空地上呕吐。虎子明白，不止一个两个志愿者呕吐了。这种惨状，任谁第一次看到，身体上、心理上都会受不了。

虎子拿了一瓶水，蹲在他身后，等他吐完了，虎子用手碰碰他的肩膀。闻若冰回过头，看着是他，疲惫地对他勉强笑笑，算是打过招呼。然后，接过水，有气无力地说："谢谢。"喝口水，漱了漱口。

虎子说："对我就不要言谢了，只是难为你们了。"

闻若冰低声说："你们受苦了。"

虎子说："天灾，又不是人祸。这是谁都没有办法的事。"

闻若冰接着问："家人……家人都还好吧？"

虎子没有吭声，泪水先是慢慢地模糊了双眼，然后两行清泉从他眼里流了下来，一串接一串。他哑着声音说："我的爱人……还有……她腹中的孩子，都还没有找到。"

闻若冰听闻，震惊地抬起头，看着这个满脸胡茬、头发凌乱的男人，只见他泪流满面，神色绝望。

虎子说："我不敢想她们，一想到她们，我的心都要碎了，我也不敢想象她们已经遇难了。如果她们遇难了，我不知道今后的日子如何过，我不知道如何向她的父母交代。遇难者名单中没有她，我就庆幸，我告诉自己她们还活着。我也不敢奢望她们被救走了，因为被救人员名单中没有她。我更不敢面对她们就此失踪的现实。遇难者还有个遗体，她们如果真的失踪了，那我连见她们遗体的机会都没有了。孩子才五个月，我们连面都还没有见过。"

然后，这个男人像狼一样的放声大哭。

这是四天里，虎子第一次痛痛快快地释放自己的情绪。

他哭得惊天动地，哭得肝肠寸断。

哭完了，虎子带着闻若冰去了自己家的小院子。

在小院子的废墟前，虎子再一次失声痛哭。他跪在潮湿的泥水地上，哭喊着："可可，可可，你在哪里？"

看着一个大男人这样失魂落魄地悲痛，闻若冰也哭得浑身颤抖。

第二天晚上，疲惫不堪的虎子再次回到帐篷时，闻若冰交给他一张写满字的纸。纸上有一首歌词，歌名叫《守在一起》。

守在一起

众志成城，我们守在一起，

风霜雪雨，我们不离不弃。

鼓足勇气，我们拼尽全力，

让我的手保护你。

黑夜到天明，我们守在一起，
姐妹兄弟，请你不要哭泣。
坚持到底，一起迎接黎明，
让我的心温暖你。

请不要放弃，生命仍有希冀，
一分一秒，努力冲出废墟。

我不会放弃，忘记生死距离，
只要我能看到你，
只要我能拥抱你，
一起创造生命的奇迹！

闻若冰说："今天，我草草地写下了这首歌词，忙着的时候，那旋律一直在我脑中萦绕，走，我唱给你听。"

然后，他们又来到了虎子家小院那堆废墟前。

万籁俱寂。

映秀震后第五天的夜空中，和着浓浓的血腥味，闻若冰磁性的声音与动情的歌唱，久久地回荡……

翟一柳是虎子认识的另一位青年志愿者。

虎子父母亲曾经想给虎子取名为杨一柳，后因这个名气太女性化，才取名杨以轩。

那天，李队长拉着一个女孩子，对虎子说："来，虎子，给你介绍一下，翟一柳。"

虎子当时心中一震，不由地对这个女孩子有了一种妹妹的感觉。他伸出手，把她小小的手握进自己的掌心里，说："你好。"

这个瘦削弱小的女孩子有一头厚重的海藻一样的褐色卷发，肤质略黑，嘴唇略厚，浓眉大眼，是典型的沿海姑娘。她用清脆的声音回复虎

子，说："你好，我是来自汕头大学的青年志愿者。"

翟一柳来后，一直跟着虎子那一队。虽然她看起来很时尚、很现代，衣着也干净整洁，但她一点也不怕脏不怕累，遇到什么样的伤员她都敢抬，什么样的场合她都敢上。

一天下来，虎子对翟一柳在心中打了个分——十分。

工作间歇的交谈中，虎子得知翟一柳是汕头大学的毕业生，也是一个歌者。

晚上收工前，虎子对翟一柳说："累不？要不我给你介绍个朋友。"

经过一天的合作，翟一柳也对虎子印象极好。虎子告诉她，父母亲曾经想给自己起名叫杨一柳的事，翟一柳马上亲热地说："那真是有缘了，不行我叫你哥哥吧。"

虎子欣然地说："我亦有此意，今后，你就是我妹妹了。"

翟一柳与闻若冰一见面，就说个没完，闻若冰说："我喜欢写写词，谱谱曲，但我唱功有限。"

翟一柳则说："我拿过校园十大歌手亚军，我在唱功上应该略胜你一筹吧。但在写词谱曲上，我可从来没试过。"

闻若冰说："那我今后负责歌曲创作，你给咱们唱吧。"

翟一柳马上说："'欧'了，就这么定了。"

听着他们对话，沉闷了好几天的虎子也不由地表现出本性中活泼幽默的一面，他笑着说："那我今后就负责听了。"

翟一柳马上拍拍他的肩膀，装作语重心长地说："大哥呀，你的任务最艰巨，我们的作品，不但要你来听，还要你组织人来听。希望你能完成这个光荣而艰巨的任务。同志啊，任重而道远哪！"

虎子马上配合地立正，说："请领导放心，保证完成任务。"

那天晚上，闻若冰弹着从上海背来的吉他，翟一柳拿着他写的歌谱，两个人，一弹一唱地练习闻若冰刚创作的那首歌。

翟一柳的歌功果然了得，很快，那首男声独唱《守在一起》，就变成了男女声二重唱。

那歌声，那晚一遍一遍地回荡在映秀灾后的夜空。那晚宿营地的人们都很安静，他们或坐或躺，都不说话，任那首歌在耳边如诉如泣。

崔丁丁，是与虎子住在同一帐篷的另一位青年志愿者。

闻若冰、翟一柳是经过单位同意、办理过正式手续的青年志愿者。与闻、翟二人不同的是，崔丁丁是请假自费来的。

崔丁丁，中国北车永济电机厂武装保卫处员工。那几天，四川地震的消息揪着全国人民的心，电视新闻上，每天都是相关的实况报道。

这个冲动的小伙子，平日里话不多，那天，他对小队长说："队长，我要去四川，我要请假。"

小队长也没有太当真、太在意，说："小崔，只有去汶川，这假我必须批。"

崔丁丁没有说话，递上事先写好的假条，说："那麻烦队长批一下。"

小队长一下子惊住了，说："小崔，你是当真的？那里可危险啦。"

崔丁丁说："人家那么多志愿者都不怕，我怕什么？"

小队长捶了一下他的胸，说："行啊，小子，关键时候还挺像个汉子。这假，我准了。"

崔丁丁脱了制服，拿着假条就回到了宿舍。

保卫处的单身宿舍在厂里单身楼，两人一间，每月房租六十元。

丁丁从事工作也就几个月，还在试用期，工资不高，每月房租水电一付，再买买日用品啥的，留下的吃饭钱也就不多了，属"月光一族"。

他知道，要去四川做志愿者，就要有能力自理食宿。可是他的口袋比脸都干净，怎么办？

他摸出姐姐给他买的手机，拨了一个号码，说："大鹏，还要手机吗？哥们现在急需钱。"

大鹏在那头说："丫你早说呀，我刚买了二虎子的苹果。怎么，有什么事儿急需钱？"

丁丁说："想去一趟四川。"

大鹏不解地问："四川闹地震呢，你那里没亲戚没朋友的，去那么危险的地方做什么？"

丁丁说："想去灾区看看，看看能帮着做点什么。"

大鹏用那种惯常的口气说："哥们，你去能做什么？你除了踹小五、闲聊天，还会什么？我们又不是消防兵，又不是医生，抬担架也轮不到你

吧？哥们，我劝你还是洗洗睡了吧。"

丁丁说："我就是想去，这次我非去不可。兄弟能帮忙把我手机换俩钱就是帮我了。"

大鹏问："哥们，你真去？"

丁丁说："真去，我都辞职了。"

第二天，大鹏邀了一群兄弟，在厂里最好的湘菜馆摆了一桌。他给丁丁打电话的时候，丁丁正在发愁怎么筹集去四川的费用。

丁丁说："大鹏，哥们现在没有心思喝酒吃饭，你们吃吧。"

大鹏说："丁丁，当我是哥们就来啊，我等你。"

去了饭店，丁丁才明白那是壮行宴。一群兄弟，你三百我五百，给丁丁凑了二千元。最后，大鹏把丁丁拿出来的手机揣回他的衣兜，说："哥们，不能说我们孬，但我们真比不上你英雄。这手机，留着，你还要用它给我们哥几个报平安呢。哥几个都是有钱花没钱忍的主，凑多凑少你别见怪，替我们多救几个人，咱这兄弟就算没有白当。"

最后，崔丁丁还是将手机卖了一千元，凑足三千元出发了。

为了省钱，丁丁一路扒着各种过路车来到灾区。

当闻若冰住进虎子的帐篷时，与崔丁丁一交谈，发现他们竟是同省同市同厂的老乡。虽然闻若冰是电机厂子弟，在上海求学，在外地工作，没有在厂里上过班，崔丁丁也只是在厂里上了几个月班，但二人相遇，还是倍感亲切，直说缘分。

如若不是灾难，几个有缘人不会碰在一起。但又因为灾难，他们不能表现出更多的兴奋与激动。

四人相聚的那个晚上，他们一起坐在黑暗中，听闻若冰与翟一柳合唱《守在一起》。

救灾过程中，与虎子有缘的还有另一个人。

她是救援部队来后的第二天，虎子与救援部队的战士们施救的一个人，一个年轻女人。当时她被压在一根粗大的房梁下。救援人员找到她的时候，她尚可以轻弱地说话，从废墟下，传来她重复不变的求救声："救救我的孩子，救救我的孩子，救救我的孩子……"

地震来临的时候，也许女人正与孩子睡午觉。房梁倒下去的瞬间，女人用自己的背接住了砸下来的房梁，呈跪趴的姿势保护着孩子，这个姿势她一直保持了48个小时。而孩子一直睡在还算干燥干净的毯子里，安然无恙。

救援人员先从她身子底下抱出孩子，然后再将那根致命的房梁小心翼翼地从她背上搬走，把她放在担架上，并迅速用毛巾捂住了她的眼睛。

在毛巾捂住她眼睛的一刹那，虎子看到她疲惫而放松地笑了。

"丽静！"看到她的笑，虎子脱口喊出了她的名字。

在映秀这个小镇，丽静是唯一一个从小学到初中再到高中与虎子同班的同学。后来，虎子考上大学离开了映秀镇，而丽静则嫁给了映秀镇的另一个同学。虽然这几年里，他一直在外流浪，很少回家，但丽静的面孔却没有大变，即使她浑身泥土，即使她满面浮肿，他仍一眼认出了她。

隔着毛巾，丽静轻弱地问："是……杨以轩吗？我的孩子……有劳你了。"

虎子将手按在她的胳膊上，问："丽静，你的丈夫呢？你的家人呢？孩子叫什么名字？"

丽静没有回答。

任凭虎子再怎么呼唤，她永远无法回答了。

丽静被抬走了。

在救援人员的怀里，她一岁多的孩子睡得正香。

虎子从救援人员手中接过孩子。这是一个小女孩，穿一身粉红的小布衣，虽然身上有些泥水，但她面色红润，不知丽静用什么样的汁水滋养着她。

她的父亲去了哪里，是不是还活着？万一丽静夫妻……

虎子的肩上，在那个早晨又凭空多了一重责任。

忙于救援的虎子虽然没有精力照顾孩子，但在丽静把孩子交给他的那一瞬间，他就知道，他与这个孩子，有了不解之缘。

虎子不知道孩子的父亲去了哪里，也不知道丽静的家中还有其他什么人，但他在心里暗暗下定决心："找到可可后，不管可可生男生女，这个孩子，都是我们亲生的大女儿。"

虎子是在仓促中结束此次救援工作的。

那是震后第六天。那天一早，大家接到有关部门的预报，说可能还有六到八级的余震，让救援队员注意，远离未完全倒塌的建筑物，以免引起二次灾难。

但有一个老头却拦住救援队伍，指着一栋六层旧楼房，一直哭喊不休，那神情，焦急而绝望。救援人员听不懂老头说的是什么，忙叫虎子翻译。叫喊不休的是一个不会说普通话、也听不懂普通话的羌族老头。他说，他的老伴还在废墟下面埋着没有挖出来，她肯定还活着，请救援人员一定要将她挖出来。

救援人员一听"下面有人还活着"，一下子来了一队人。虎子在后面与老头用四川话进行沟通，专业的人员在前面开始对老头的家进行挖掘。

救援人员施救时，虎子继续与老头交流。最后，他才弄明白：灾难来时，老头正在阳台上，猛听得外面有声音，抬头一看，只见倒塌下来的山像潮水一样汹涌而至，瞬间，他们所在的二楼成了一楼，而一楼，连眨眼的工夫都不到，就被埋没了。紧接着，楼房被强烈的震动摇得四分五裂，老头来不及去叫在厨房做饭的老伴，头被重重地砸了一下，昏了过去。幸亏他被埋得很浅，头上的伤势也不严重。等他醒来的时候，已经被救援人员抬上担架，头上的伤也包扎好了。只是脑子晕乎乎的，一些事情想不起来，等送伤病人员的船要将老头送走时，他却死也不肯走。问他为什么不愿走，他说他记得他有个老伴，不把老伴挖出来，他不走。因为老头记不住老伴埋的具体位置，生命探索仪也没有在他所指的范围内探索到生命迹象，又因为救援人员一直在对有生命迹象的人进行施救，所以，对老头的乱指乱说就不在意了。直到今天，老头的脑子突然清醒过来，清楚地记起了自己家的位置，也清楚地说出了自己的名字与老伴的名字。想着前几天因头部受伤，记不得家的位置，耽误了救援，老头后悔得肠子都青了，所以，他拼命哭喊，说自己的老伴肯定没有死，求救援人员救救自家老婆子。

虎子翻译说："据大爷说，由于他的哭喊，早上已经有一个救援小队来过一次，没有探到生命迹象。大爷今天一天都在这里呼唤老伴，老伴一直没有回音，想必已经遇难了。但大爷总说老伴一定还活着。他一定要等到老伴挖出来后，亲眼看看她是死是活。"

李队长说:"现在,我们的任务就是将已经没有生命迹象的死者遗体挖掘出来,如果家人与亲人能指出具体位置,我们就必须全力挖掘。做到活见人,死见尸,以慰藉家人的心。"

虎子说:"好。我翻译给他听。"

老头听了虎子转达的话,哭着说:"她活着更好,如果死了,我要把她亲自埋了再走,就让我在最后时刻送一下老婆子吧。"

虎子一边说:"好好好,大爷放心。"一边把大爷扶到一处空地坐下。

因为不是专业救援人员,虎子一直没有动手亲自营救。

雨不停地在下……

就在遇难者的遗体被挖出来的那一瞬间,老头疯了一样扑上前去,虎子想拉他没有拉住。老头疯狂地哭着,大声地喊着,虎子只得一边将自己头上的头盔戴到老头头上,一边用四川话与他交流……

余震如预报的那样,如期而至……

虎子与老头交流的声音突然中断了,随着一声闷响,虎子倒了下去。

坍塌的旧楼顶上有一块水泥,在余震的摇动中,掉了下来,砸在虎子的后身上,大大小小的混凝块砸在他的头上……

等虎子从昏迷中醒来,已经是震后第十天。

他睁开眼,周围一片洁白。

他的头很痛,背也很痛,他想动一下,但手脚不听指挥,身体沉重而僵硬。他不知道,他已经躺了近四天了。那块水泥,不但砸中了他的背部,还砸伤了他的头部。好在砸在头上的水泥块不大,他的头并没有变成扁状,也没有凹凸不平的坑洼,这并不是最重要的。最重要的是,虎子醒来的时候,他不知道自己叫什么,也记不起自己为什么来到这里。

头痛得厉害,他不想说话,也不再动。他只是静静地躺着,让自己慢慢地去想清楚自己的来龙去脉。

他感觉自己应该有家,但自己的家在哪里?家里有什么摆设,家里还有什么人?如果从这里回家,具体的路线怎么走?他一概不知。

他越想越想不起来,越想不出来就越想,想得他脑仁都痛了。

他感觉有人在身旁轻轻地走动,也有人在耳边轻轻地与他说话,他想说:"让我静一会儿,我不想说话,我没有力气说话。"但这些声音并没有

发出来。

随后，他听到有音乐在耳边响起来，然后是一个女声轻轻地在问："喂，你好……是呀，机主是叫杨以轩，我是医院的护士，他还没有苏醒……我们所在的位置是……"那个女声后面又说了些什么，他听不清了，只感觉到杨以轩这个名字好熟，他感觉他与这个叫杨以轩的人应该有一种特殊的关系，是什么关系呢？哎呀，不知道。想想，想想。

虎子就这样，身体一动不动地躺着，脑子却开始努力地想着与杨以轩有关的一切事情。

然后，他又睡了过去。

等他再醒过来的时候，身边仍然有人在走动，仍然有人在与他轻轻说话。

他身上可能扎着管子，因为他感到一种约束与不便。

他慢慢地睁开了眼睛。

"啊，你醒了？"一个女声兴奋地叫起来，然后一个男声喊："虎子！"

虎子！对，自己叫虎子。叫自己的人不是阿坚吗？

好像睡了一会儿，脑子清醒了一些，关于自己的一些事也恍惚记起了一些。他轻轻地发出声音："阿坚！"

阿坚的眼圈红了。他抓着虎子的手说："我老汉儿在，我妈还有红儿，她们，都遇难了。冰娟在另一个医院里，不过伤势不重。阿宝只是受了惊吓，好在没有什么大伤……"

虎子记起来，红儿是阿坚的妹妹，李冰娟是阿坚的老婆，阿宝是阿坚唯一的儿子，今年三岁。

那……自己有老婆孩子吗？有吗？

可可！一个名字突然从脑中蹦出来。他说："可可……"

"对呀，可可呢？怎么没有见到可可。"阿坚四处张望，想在病房里看到可可的影子。

"可可找到了？"虎子问阿坚。

"不是，你问我，我也不知道啊……难道，你没有找到可可？"阿坚惊奇地问。

听到阿坚这样问，虎子想，肯定是没有找到可可。多久了，没有找到，肯定已经……

虎子闭上了眼睛，不敢往下想。两行眼泪急雨般顺着眼角流到枕头上，打得枕头"啪啪"响。

"丽静！"虎子的脑子里又闪出一个名字。

他记起了那个穿粉色小布衣的一岁多的小女孩。那是丽静交给他的孩子。

然后，他耳边又响起一个旋律。那旋律萦绕在耳边，像点了回旋播放一样，一遍一遍地唱着，是男女二重唱。他清清楚楚地听到他们唱的是：

众志成城，我们守在一起，
风霜雪雨，我们不离不弃。
鼓足勇气，我们拼尽全力，
让我的手保护你。

黑夜到天明，我们守在一起，
姐妹兄弟，请你不要哭泣。
坚持到底，一起迎接黎明，
让我的心温暖你。

请不要放弃，生命仍有希冀，
一分一秒，努力冲出废墟。
我不会放弃，忘记生死距离，
只要我能看到你，
只要我能拥抱你，
一起创造生命的奇迹！

他想起来了，这首歌叫《守在一起》。他也想起来了，一个叫闻若冰的歌者，一个叫翟一柳的歌者，坐在他旁边一起听他们唱歌的是崔丁丁。

他对自己说："虎子，快好起来吧，好多事情都在等着你呢。"

青花瓷

七　瓷　缘

虎子走出医院做的第一件事，就是将丽静的孩子找着。

同时，还要细细地了解阿坚家的情况。

震前，阿坚家住在正街的一栋临街二层水泥小楼上，他们夫妻与阿宝住在二楼，楼下的一层做了饭店，以川菜为主。

平日里，阿坚与妻子李冰娟，一个人在后厨掌勺，一个人在前台收银，小日子过得那叫一个红火。

阿坚做菜的手艺是父亲传给他的。在他们村子里，在映秀镇，提起黎家饭庄的老黎叔没有人不知道的，没有人说那菜的味道不好的。很多过路的司机，即使在成都赶上饭点，也要多开上二三十公里，赶到映秀来吃饭。

阿坚自小不爱学习，爱动好斗，但只要一做起菜来，就安静异常。而他做出来的菜，不但菜品搭配比父亲更有创意，味道也是比父亲做得更麻辣爽口。所以，一俟他娶妻生子，父亲就把经营多年的饭庄给了他，与母亲带着阿宝回山上村子里养花种菜，含饴弄孙去了。

阿坚的父母平时住在山上，一个离老虎口不远的村子。震前，阿坚接到虎子的电话，说要一起去陈炉，阿坚就打电话让父母从山上下来在饭店里帮几天忙。灾难发生时，午饭高潮期刚过，阿坚的父亲在饭店后厨收拾配菜，母亲在水池边刷锅洗碗。当时阿宝闹着喊困了，冰娟就带着阿宝上了二楼，一边唱歌一边哄阿宝睡午觉。

阿坚的父亲刚收拾完后厨正准备出饭店时，突然刮起一阵狂风，街上的垃圾飞得满天都是，瞬间整个世界飞尘弥漫。接着他感到脚下的大地横向动了起来，然后又是纵向的上下颠簸。他意识到是地震，想回后厨救阿坚母亲的时候，已经晚了。阿坚家的二层楼，在瞬间塌成粉末。在一楼后厨忙碌的阿坚母亲被深埋在废墟下，当场遇难。二楼的冰娟，为了保护阿宝，被从房顶上掉下来的一块水泥板压住了腿。这位坚强的母亲，硬是弯曲着自己没有受伤的上身替阿宝顶着压下来的楼板，在废墟中哄着只有三岁的孩子。她给阿宝讲故事，唱儿歌，背古诗。等从陈炉回来的阿坚跟着疯狂的父亲营救他们母子二人时，仍能听见她那虚弱而优美的声音在唱着……

阿坚本名叫黎文坚，妹妹叫黎文红。黎文红是旋口中学的一名教师。学校打上课铃不久，教学楼就开始剧烈地摇晃起来，刚刚开始讲课的红儿意识到是地震时，有片刻间的慌乱，她吓得差点哭出来。她是被父母宠大的孩子。上小学时，学校里镇子上有些小男孩老爱逗她，不是今天这个扯扯她的书包，就是明天那个揪揪她的小辫，都是一些小儿科的恶作剧，她就一直没有吭声。有一次，一个男孩做得太过分，竟然扯坏了她的衣服，她气急了，就告诉了阿坚。

作为哥哥，阿坚和虎子都特别疼红儿。尤其是虎子，自己家没有兄弟姐妹，他把阿坚与红儿当成自己家的亲兄妹一样看待。一听说红儿受了欺负，这俩当哥的，好好地把那些小屁孩叫在一起教训了一番，最后还冲那些小屁孩晃了晃拳头。从那以后，再没有人敢对红儿有半点骚扰。

黎文红是在镇小学上的小学，镇中学上的初中，镇高中上的高中，直到考上川大。她清楚地记得川大的校训是"海纳百川，有容乃大"。在大学里，她不再是一个被父母宠爱、靠哥哥威力庇护的小姑娘。她谈了恋爱，学会了自立。

大学毕业后，红儿的很多同学大多通过各种渠道、运用各种方法留在了成都，有一部分人则去了北京、上海、广州等一线城市发展。红儿心念父兄，心念风景如画的映秀，就回到家乡，通过参加阿坝藏族自治州教育局招聘乡镇教师的考试，回到母校当了一名高中英语教师。

灾难来临的那一瞬间，红儿本能的娇气与女孩子与生俱来的无助控制了她，她想哭，想脱口喊妈妈，但这一切只是一瞬，很快，她调整好自己，在摇晃得如筛子一样的楼体中，冷静下来。她是一名教师，她现在是大人，虽然比自己的学生大不了几岁，但她不再是被呵护者，而是保护者。为了保护自己的学生安全撤出，这位参加工作不到一年的女孩子，被楼房上刺下来的钢筋穿透了身体。

黎文红是被他们班的几个男孩子用手挖出来的。

十五六岁的小男子汉，正在变声期，看着自己美丽善良的老师，被生生穿在两根钢筋上，心痛不已，却无能为力，只能像一群小困兽，狂哭疯喊……

丽静的孩子很快就找到了。但虎子这边，自己大病初愈，可可还未找到。他知道，自己眼下根本无力、也没有经验日夜照顾一个刚牙牙学语的孩子。而阿坚那边，又要照顾孩子，又要照顾冰娟，还要安慰痛失爱女、痛失老伴的父亲，忙得焦头烂额。虎子只能先将丽静的孩子做了人口登记，暂时交给孤儿收养中心，他不知道孩子叫什么，也不知道孩子的父亲叫什么，只能按丽静的姓先给孩子取名叫宁安安。

在加入"快乐活着，传递大爱"震后心理机制重建的抗挫力训练营之前，虎子一直住在成都体育场灾民们的过渡房里。过渡房离孤儿收养中心很近，他几乎每天都要去那里看安安，陪安安玩耍。那段日子里，安安成为他心理上最大的慰藉。那小小的孩子，仿佛有极大的能量一样，支撑着他硕大的身体不倒下去。那时，他一天看不到安安就会心慌。无论多忙多累，内心有多苦，只要见到安安，一切烦恼与疲惫都会化成烟雾一样散了。

安安那圆嫩红润的肌肤，那黑亮如星的眸子，那如花如朵如太阳般的笑容，以及那清脆的笑声，抚慰着虎子内心最疼痛的地方。

抱着安安，他内心说："可可，你与我们的孩子还好吗？怎么就没有一点儿你的消息呢？你在哪里？给我一点点提示好不好？"

他还说："丽静，安安就是我的亲生女儿了，你在那边还好吗？在这边，我会带着安安，好好地活着。"

直到参加了抗挫力训练营，他才不得不与安安分开几天。

训练营安排在成都市郊的一个招待所里，此招待所的前身是成都军区某部营房，部队搬迁后划归地方所有，改为招待所，原来的营房变成一个个标准间。这里最大的优点是，有宽敞的操场、大而空旷的饭厅。

训练营里有 150 名队员，大多数来自灾区各个县市，都是家中有亲人遇难的幸存者,也有几个是自愿报名来的有心理障碍的人。

训练营的开营宗旨是"带着生命中的伤痛快乐前行"。活动偶尔在操场上进行,其余大部分时间都在饭厅。饭厅的餐桌全部靠墙而放,亮可鉴人的地板上,150人分成15组,每人一个坐垫,席地而坐,逐一进行主题训练。

作为志愿者,虎子是训练营中的助教。助教们提前几天做过统一培训,知道自己在整个场中的职责,也懂得一些学员因触发伤痛痛哭时,给予他们及时陪伴的办法及如何处理他们情绪的具体技巧。

训练营中,志愿者同时也是参与者,分到每一组去,陪同并引导本组的学员们一一做好各项练习,一一分享自己的心情故事。

训练营的分组游戏是《桃花朵朵开》。当150人穿着袜子,在光滑的地板上转着圈,唱着"我在这儿等着你回来,等着你回来看那桃花开"时,虎子的身心,在这样安心放松的氛围中,真的暂时忘却了灾难给他带来的伤痛。他们一遍一遍地唱着,一次一次随着导师"桃花桃花几朵开,×朵开"的口令,与周围的人抱在一起,那种肌体拥在一起的感觉极踏实,极安全,极舒服。虎子想:"可可,我此刻最想的,就是能拥着你的身体,告诉你,我有多想你,多爱你。"于是,在与团员们一起拥抱时,他每次都搂得很紧,抱得很狠,就像狠狠地、紧紧地抱着可可一样。

最后,虎子被分在第15组。

分组游戏结束后的第一个活动是"破冰",即破除隔在十个陌生人之间的感情障碍,让融化的水顺畅地流动在每个学员心间,达到手牵手、心连心之效。

"破冰"时,导师出的题目是,每人"讲一个自己亲身体会的很快乐的故事或自己感觉很好笑的故事"。讲故事时,大家一会儿笑,一会儿拍手,极是放松与开心。

十个人里,有一个女孩子引起了虎子的注意。她叫钟梓彤,也是助教。

钟梓彤是一个打扮得很中性、中性里又偏男性的女孩子。超短发,瘦高个,一米七二左右。不能说这个女孩漂亮,只能说她英气逼人。她的头发是那种洒上阳光后的金黄,烫成卷儿不明显的纹理,乱而有序地排列在头上,显得她尖瘦的脸呈出一丝圆润。她眼睛很大,眼珠很黑很圆。鼻如悬钩，嘴阔而有棱角。最惹人注目的是她那两条修长而笔直的腿。

第一天助教培训，虎子初次见她。她穿一件白底蓝灰横纹、无领紧身T恤，黑色牛仔短裤，黑色平底透气短靴，干净、利索、帅气。第二次见她时，她又换上了白色短袖衬衫，黑色西装短裤，一双细密带子缠过小腿的黑色平底凉鞋。

每次看到她，虎子总是被她身上某种熟悉而令人心跳的东西吸引。

虎子想：是什么？长相，性格，衣着？在"破冰"阶段，虎子一直坐在地上静静地观察她。

钟梓彤不像他熟悉的认识的哪怕只见过一面的任何人。无论长相、性格，还是衣着，他人生里从来没有出现过一个这一款的女生，也没有相类似的男性。她的性格野性而火辣，是典型的川妹子，与虎子第一次见可可时的感觉完全不一样。当时的可可活泼、风趣、幽默、大方、乐观，又不失北方女子的豪爽与野性。可可是那种珠圆玉润的女子，是站在黄土坡上唱信天游的女子，是坐在土炕上绣花花的女子，是掐一朵花敢大胆向意中人表白的女子，是倚着门儿念着唐诗宋词、羞涩涩地送情郎走西口的女子。其他女子都可能与可可一样，唯独钟梓彤不是这样的女子。后来的可可，沉静、沉默、冷淡，就像带着满身伤痛把自己藏在岁月深处的一个瓷瓶、一个瓷盆。经过千刀万刀的雕琢，经过熊熊大火的焚烧，在一场地震中，她埋入地下，沉寂而绝望，更与钟梓彤这种性格风马牛不相及。

这种感觉，是一种什么样的情愫呢？

爱情？

哦，爱情吗？

难道自己钟情的是这种男性打扮、火辣野性的女子吗？

钟梓彤是土生土长的成都郊县人，毕业于陕西服装艺术学院服装系，毕业后回到成都，当了一名职业服装设计师。她喜欢骑马、游泳、户外运动。钟梓彤的父母是郊县农村的农民，没有太多文化，在家庭教育方面也就没有太多规矩。虽然钟梓彤家境颇为贫寒，但从小父母亲的放养，让她形成了敢说敢干的男孩子性格。她设计的服装全以中性为主，女装统统精干而帅气，男装一律精致而"娘"味。

她说的最好笑的一件事是自己与一位女孩子在户外爬山时拍过几张

照片被人误解，闹得竟促成了一桩好姻缘。她边调侃自己边无所谓地叙述：那天，她穿着一身迷彩户外服，戴一顶户外人常戴的牛仔帽。脚上当然是厚重的登山靴。一路上，一群人边玩边拍照，而钟梓彤竟是女孩们争相合影的对象。一路上，有的人打趣说："妈呀，我男朋友长这么帅该多好呀！"还有的附和说："我就告诉别人，说这是我男朋友，看他们有什么反应。"其中一个女孩子更是摆出各种亲热姿势拍了很多照，回去后，直接选了一张放在电脑桌面上。女孩子的父母看见了，天天追着女孩子，问："宝贝，这男孩子是谁，什么学历呀，父母是干什么的？""哎呀，宝贝，快告诉妈妈，他在哪里工作，是干什么工作的？""宝贝，要不，有空带这个男孩子回来吃吃饭？"女孩子父母这边还没有消停，女孩子的一个男同事急了。原因是女孩子在办公室的电脑桌面上放了一张自己与钟梓彤的"过分"合影，那个暗恋她很久的男同事路过她座位时，脸"刷"地一下白了，当天就求另一个女同事，让女同事约她一起去吃饭。谁知女孩子到饭店后，那个女同事不在，那个男同事却正襟危坐地在预订的包间里等她。他穿着讲究，神态严肃，双手捧着一大束玫瑰，一张口就说："你不要嫁给他，我这辈子非你不娶。"其实，这个女孩子恰好对这个男同事有好感，却一直苦于无法向其表白，另一个女同学就给她出了这么一个"馊"主意，叫"请将不如激将"。不想，这一激，效果如预期得一样好。那天，那男孩子一坦率表白，女孩子兴奋得差点失态，也就佯装了一会儿矜持，然后，羞答答地接过了玫瑰，说："人家还小，还没有考虑过谈恋爱这事呢。不过，今天你都这样说了，人家就回去考虑考虑，与父母研究研究，然后嘛……再考验考验，如果觉得你真的不错，我一定会把那个一起旅游的'小子'忘了。"后来钟梓彤去那个女孩子公司找她，招得那男同事一阵白眼，直到三人在饭桌上近距离交锋，方知道这段"横刀夺爱"喜剧的"溃败者"是一位女生。三人在饭桌上都笑喷了。

　　钟梓彤讲故事的本事实堪一流，幽默风趣加"自黑"，大家边听边笑，直到最后笑得前仰后合，还有人提议："今后钟梓彤可以加设此项业务，专门假扮'第三者'，给那些不敢示爱的、喜新厌旧的男人们一壶'山西老陈醋'吃。"

　　虎子在这一局里竟有些走神，钟梓彤的故事，他没有听进去几句，他眼盯着钟梓彤，看着她的嘴一张一合，她说的什么却听不清，只在脑子里

琢磨：依我的个性，这一款的女人，怎么会是我一见钟情之人？

　　当大家笑的时候，他正百思不得其解地盯着钟梓彤想，自然是满脸"旧社会"，一丝笑意都没有，于是大家又拿他起哄，说："杨以轩，你就是不敢示爱的男人，对不对？""杨以轩，要不你就是喜新厌旧型的？""要不，你就是喜欢上钟梓彤了？"大家你一言，我一语，嗷嗷叫着让他说话，让他讲故事。

　　于是，虎子讲了一个大学期间的故事。

　　话说，一天早上，他起晚了，睁开眼时第一节课早上了。他一边惊呼一边急急忙忙套上 T 恤就往教室里冲。教大学语文的教授彼时正在讲台上摇头晃脑地讲些之乎者也的东西。他忙从书包里掏出一本书，准备听课。一个一直追随在他左右的"粉丝"同学，从课桌后面用笔戳了戳他的背，问："哎，杨以轩，你今天怎么把 T 恤穿反了？"他一愣，揪起前襟看看衣服，真的穿反了。为了掩饰尴尬，他佯装神气地转过头，说："切，你懂什么，这是今年最新流行款。"下课后，那个男生立马把自己的衣服也反穿着，引得全校男生一起跟着他反穿了一夏天的 T 恤，并扬言说是他们学校领导了本年度服装新潮流。到了那年秋天，市面上竟然真的出现了衣缝在外的夹克衫。

　　听了虎子的故事，大家一起笑着说："呵呵，钟梓彤搞服装设计的，说了户外旅游引发的故事。杨以轩搞户外的，却讲了领导服装新潮流的事。真是逗呀！"于是，大家又笑。

　　那天的"破冰"，数第15组的气氛最活跃，导师当场给他们组奖了50分。

　　本来虎子就对钟梓彤有种说不出、道不明的好奇，有了"破冰"时的这个情节后，他对钟梓彤更有了一种微妙的感觉。与她交往起来，像哥们那样轻松，像家人那么随意，她偶尔有一些女性化的表情或动作，又让他有男女间才有的那种暧昧的甜蜜。

　　这是他与可可之间从来没有过的感觉。

　　这种感觉竟出现在可可还未找见的时候，他为自己有这样的心理悸动而内疚。

　　一想到可可，他就想在最快的时间内回到陈炉，他要告诉可可的父母，他不会放弃。他需要用这种方式提醒自己，不要放弃。

虎子是在第三天的课间互动游戏时离开训练营的。

那天，导师让全体同学围成圈，每个人双手伸开，搭在自己相邻同伴的肩上，大家一起跳《兔子舞》。这是一种欢快的游戏。游戏开始的时候，大家同时跳起来，踢左脚，然后再跳起来，踢右脚，往前跳两步，再往后跳两步。150人一起跳起来，相当"嗨皮"，相当壮观。150个成年人都仿佛回到童年一样，跳得脸红眼亮。虎子也同样跳得很"嗨"。同时，他的目光不听话地又看向钟梓彤。

这一看，他竟惊呆了。

随着钟梓彤正在跳动的身体一起跳动的一个挂件进入他的视线。

那是什么？

一朵莲花！

对，与那件瓷瓶上缺失的莲花一模一样的一朵莲花！

半开未开的，红色的莲花！

不同的是，钟梓彤的这朵莲花，由一条与之相配的细铂金链子穿着，变成了一条项链的链坠。

这朵莲花，不知用什么材质做成，光滑可鉴，仿佛瓷器的釉质一样。虎子不懂瓷器，他只感觉那朵莲花的边缘肯定精心打磨过，要不，那花朵的每一个瓣齿不会那么细腻，边缘不会那样圆润。它被工匠用打磨机顺着莲花的叶瓣边缘，像电脑PS高手一样，抠出了一个细腻的轮廓。因此，这朵莲花仿佛天成一样，半开在钟梓彤的项下。在她跳动时，那朵菡萏又如一只火把，腾着红艳艳的火焰，美丽而残酷地烧灼着虎子的眼。

他不由地大吼一声："啊——"然后，用力抖掉搭在肩上的同伴的手，冲到钟梓彤面前问："你从哪里得到它的，从哪里得到的，你认识可可吗？告诉我，她现在在哪里，她还活着吗，孩子还在吗？"

在"破冰"环节，虎子只是简单介绍了一下自己是一个职业户外人，并没有谈起可可的事，因为他与可可之间的纠葛，他与可可之间的伤痛，他与可可之间未知的未来都让他不敢触及，更不想与外人道。因此，这个几天来看着冷静矜持的人，突然发狂地质问一个几天前还很陌生的女孩，问的又是语无伦次的话，不但钟梓彤被问得目瞪口呆，导师也被他的突然发

飙搞得有些发蒙。

150人的团体活动一下子停止了，有的人是愣愣的，有的人是好奇的，有的人是冷静的，但大家都无语地看着虎子。

虎子继续他语无伦次的问话："这一定是可可那天从地上找到的，她一定拿着这个出去找我了，要不怎么家里没人呢？你说，可可在哪里？这是那个青花瓷瓶上丢失的唯一一个碎片。我想知道，可可是不是还活着，我的孩子现在还在不在？你告诉我……快告诉我，我找她都快找疯了，她的父母亲也要发疯了！请你告诉我，可可她在哪里……"

幸亏主持训练营的导师经验丰富，她很快反应过来，走过去张开怀抱紧紧地抱住虎子。导师一边轻轻地轻抚着虎子的后背，一边轻声地在他耳边做着情绪处理。虎子渐渐地平静下来。业已恢复常态的钟梓彤从项上忙不迭地摘下那个青花瓷碎片做成的项链，诚惶诚恐地递到虎子手中，她说："这是我去成都某医院做志愿者时，在医院门诊楼前的地上捡到的。当时，医院里全是从灾区空运过来的伤员。我不知道哪位是你说的可可。"

虎子急切地问："她叫雷可可，当时怀有五个月左右的身孕。你服务的病人里有没有叫雷可可的？"

"没有听说过这个名字。因为有些患者一直处于昏迷状态，医院无法知道他们的信息，只有先救治再说，你可以去医院问问。"

那天，虎子狂奔着从招待所出来，他的手拉着钟梓彤的手死死不放。他要钟梓彤带着他去找可可。

两人跑到公路上，见到第一辆车，虎子就迎头拦了上去，司机还来不及说话，虎子已经在哭喊着恳求："师傅，求你了，快拉我到军区某医院吧，我要找我的爱人与孩子。你要多少钱都行，只求你快点拉我去！"

一场灾难，已经让中国人民成为一个团结的整体。司机是成都人，当然理解虎子寻亲的急切，他飞一样的将车开到医院门口。虎子下车时，好心的司机还送来一句暖心的安慰："不要着急，你一定能找到她，因为我们是一家人。"不等虎子把钱递过去，他已经开着车走了。

那时，虎子脑中又响起闻若冰与翟一柳合唱的《守在一起》。

对，只要找到可可，他要一生一世与她守在一起，永不分离。

当脚步离医院的住院部越来越近时，他的心竟跳得快要从胸膛里蹦出来似的。他想：马上就能见到可可了，马上就可以安慰远在陈炉镇的二老焦急的心了。

他在心里狂喊：可可，你不能死，你一定不会死。现在爸爸妈妈还有我都急切地想知道你的消息。你知道，你现在不是一个人，你现在是两个人了。此时此刻，我们需要你们，空前绝后地需要你们，希望与你们日夜相守，你，我，爸爸妈妈，还有咱们的孩子。

八　瓷　情

跑遍医院的每个角落，问遍医院的每个人，虎子恨不能将医院翻个底朝天，可是，就是没有可可的消息。

他颓废地靠在住院部的墙上，一点一点滑下去，泪如雨下。

钟梓彤不知该说些什么，便什么也不说，只满含热泪地看着他。

她想抚摸他乌黑挺硬的头发，给这个寻找爱人的男人以安慰；她想蹲下去抱抱他，给他一些寻找下去的力量，但她只是抬起手试了试，却没有落下去。

良久，虎子慢慢地止住了泪，慢慢地平复了心绪。他站起来，慢慢地将手中那枚青花瓷莲花项链重新戴回钟梓彤的脖子上。然后，他笑了。他笑得很勉强，微笑的眼睛里，依然透着隐隐的泪光。

他说："谢谢你，钟梓彤。起码现在我知道可可还活着，她一定在某家医院被救治，或者在某个地方等着我去找她。我相信，无论她在哪里，我都会找到她。这朵莲花，你先替我收藏着，只要你看到它，就会想起可可，就会帮我找她，对吗？请你，请你帮我，帮我打听可可去哪里了，好吗？如果见到她，就拿这朵莲花给她看，就说瓷瓶缺了这朵莲花就缺了生气，整个家少了她就没有了灵魂。就说我无时无刻不在想她，无时无刻不在找她。她的父母也无时无刻不在惦记她。我们全家人都爱她。"

将钟梓彤送回训练营，虎子心很乱，无法在训练营里待下去，就跟导师说明了情况，离开了训练营。只是，当他背着旅行包走出招待所大门时，却不知去往何处。他前所未有地开始想家。有家的时候他只想流浪，有爱人的时候他只想远离。如今，家没有了，爱人杳无音信，他却想回家了，想守着爱人了。

如果说有家，只能是那个没有了可可的、他只去过一次的陈炉镇的家了。他想回家。即使那个家他只去过一次，即使那个家里没有可可。

他仍想回去。即使，可可仍没有任何消息，他无法面对二老期盼的哭红的双眼，但他就是想回去，想见见他们，想与他们说说话。

可可的父母，成了他在这个世界上此时此刻最想念的、最想见的家人。不管有多远，起码可以见得着。

下了火车倒汽车，下了汽车又坐三轮车。陈炉镇，我又来了，你认我这个异乡的亲人吗？你原谅我这个喜欢流浪不负责任的女婿吗？

从村口走到池塘，仅仅几百米，虎子走了很久。肩上那个仅有 35L 的旅行包如山一样沉重，他步履艰难到自己都无法支撑自身重量的地步。

六月的池塘，正是塘水清凉、垂柳依依之时。

天有些热，陈炉人可能都在家里躲着，也许仍在坊间制坯画瓷。虎子进村后，竟没有看到一个人。他慢慢地走下池塘的斜坡，坐在蓝绿的水边。不知道魏明睿的灵魂是否仍在？虎子对着水面说："魏明睿，如果你在天有灵，请你保佑可可。如果你真爱他，就让她活着，我替你好好地爱她。"

仿佛真的有感召一样，虎子突然听到一声凄厉的哭声："明娃儿啊——"

他一惊，忙顺着声音看过去，没有人，但分明地，那哭喊声越来越近，"明娃儿啊——"

"是枝枝姨。"虎子条件反射地站起来。

果然，是枝枝。

相比一个月前，她的神情更加苍老，也显得更清瘦了些。那身原本尚合体的衣服，如今宽大得有些撑不起来了，显出垮垮的邋遢状。

后面没有财叔。

虎子走上前，扶着枝枝的臂膊，说："枝枝姨。"

枝枝的臂膊一挨着虎子的手，就紧紧地抓住不放了，她冲着虎子急切地喊道："明娃儿，明娃儿，明娃儿，你回来了？你从池塘里出来了？"她抱着虎子，伸长胳膊想摸他的脸，但瘦小的她，怎么也够不着高大而壮硕的虎子的脸。

于是，虎子弯下腰，把脸凑向她的手，让她摸着。他说："妈，我回来了，我从池塘里出来了，我只是游了一会儿泳，只游了一小会儿。这不，我回来了。"

枝枝仿佛听懂了虎子说的这些话，像个孩子似的委屈地大哭："你终于回来了，妈好想你呀。儿呀，走，咱回，跟着妈回。妈给你做你爱吃的臊子面、锅盔馍。"

虎子忍着泪说："走，咱回。我跟着你回，妈。"

这时，虎子看见魏发财急匆匆地从巷子口转出来，只听他一迭声地说："你看，你看，我稍一转身，你就跑了。"

看到虎子，魏发财的脸有些微微地变，显得尴尬又躲避。他紧走几步，从虎子手中想搀过枝枝，但枝枝却紧紧抱着虎子的胳膊不放，像个孩子一样神气十足地炫耀说："当家的，你看，明娃儿回来了。我说明娃儿会回来的吧。"然后，她冲着虎子傻傻地笑。

这次，是魏发财的脸"刷"地一下变白了，他气恼地说："他怎么会是明娃儿呢？他怎么会是咱明娃儿呢？"然后，气咻咻地把枝枝拉走了。枝枝被拉得脚不沾地，有些趔趄，却仍一直回头喊："明娃儿，明娃儿，你和可可要一会儿就回家哦，妈给你做臊子面、油泼辣子、锅盔馍。"

魏发财拉着枝枝，转过一座房子，不见了。

虎子站在那里，呆呆地，很久，很久。

他要回的陈炉的这个家，会给他多少沉重的东西呀！

"虎子，你一个热爱自由的人，你一个性格不羁的人，你能承受得了吗？你能承担得起来吗？"他问自己。

除了这对失去独子的父母，他还要面对那对随时可能失去独女的老人。不仅要面对，且必须面对。他不容许自己不面对。

他推开了那扇沉重的木质大门。

看到只有虎子一个人走进家门，正在院中忙着整理花圃的可可母亲没有问一句多余的话，她只颤抖着声音问："我娃……回来了，吃饭没？妈……给你做饭去。"然后，她大声喊道："可儿她爸，虎子回来了。"

可可的父亲应声出现在房门口。他原本满头的银发似乎更白了，在六月的大太阳下，放着柔和的银光，将那一张睿智而冷凝的脸映得黑的更黑，白的更白，红的更红。

可可的父亲也是什么话都没有问，只哑着声音说："一路上累了吧，快放下包，进来洗把脸。你妈做饭快，很快就好了！"然后，搂着虎子的肩膀把他拥进了房间。

虎子也没有说什么，只洗脸换衣服。收拾完毕后，跟着可可父亲进了他那间摆满瓷器的工作间。

工作台上，赫然放着那个青花瓷瓶。那白腻的瓷体，那青蓝的釉色，那流水的曲线……还有，还有，在整个瓶子上，唯一一朵鲜艳的左胸上的莲花，是那样完美地提升了整个瓶子的生气，整个瓶子因它而灵动起来，活泛起来。

不对！

红色的莲花！

那朵红色的莲花不是在钟梓彤的项上挂着吗？怎么那个缺洞没有了？这分明是一件没有任何缺失的完整的瓷瓶。难道还有另外一只相同的瓶子？

虎子转头疑惑地问："爸？"

一头银发的雷江涛，用含着泪的眼看着他，一字一字地说："瓷碎了，可以锔上；瓷缺了，可以补上。人的一生，和瓷的一生一样，总会碎的，总会没的。来自于土，归之于土，是一早一晚的事。日子还要往前走，是不？"

虎子被催眠了一样，喊："爸——"

两行热泪顺着他的脸颊如洪水一样奔泻而下。

这个在山里野惯了的汉子，这个不知祖籍何处的孩子，这个殁了父母的孤儿，心中突然涌起一股乡愁。

他认作脚下的这块地方，就是他父母逃出去的地方，就是他祖祖辈辈生养繁息的地方。

他说："爸，我可以把财叔请过来吗？我想跟你们商量个事。"

魏发财很快就过来了。

他进了客厅，主动和可可父亲打了个招呼，说："枝枝吃了药刚刚睡下，她每次犯病后，都特别疲乏，都会多睡一会儿。"

虎子正襟危坐，对着雷江涛也是对着魏发财，说："刚才我回来的路上，枝枝姨把我当魏明睿了……我想，这是命吧。不管是劫数也好，不管是缘分也好。爸，财叔，魏明睿因可可而死，可可因我至今杳无音信，我想凡事都有因果，不管以前的'因'是什么，现在，由我来承担这个'果'吧。"

虎子停顿了一会儿，接着说："我从小就不知道自己的祖辈在何处，父母也从没跟我说过。在我上大学时，父母又因一场车祸双双离世，留下我一个人在这个世界上。一直以来，我就像一根山间的野草，无亲无故，无牵无挂。父母去世后，无人管我，慢慢地，我习惯了自由散漫地活着，就是一个天不收地不管的野马驹子。其实，我以前不这样，我以前很恋家的，只是没了父母，那个家空荡荡的，一个人待着害怕。"说到这里，虎子拿手捂着眼睛，不说话。屋子里其他两个男人也静静的，不说话。

良久，虎子涩着声音说："可可跟了我之后，是我对不起她。我以为我总有一天会累的，我想等我累了的时候再陪她吧。我想我们还年轻，有的是大把的时间，过一阵子再陪她也不晚。我一直以为我还小，我任性地要过自己喜欢过的日子……可是，可是……"说到这里，虎子哭出了声音，他用手捂着眼睛，边哭边喘地说："可是，当这一切都失去后，我才知道很多东西不及时把握，就来不及了。"

虎子捂着眼睛哭了一会儿，直到他感到堵在胸口的那块东西没有了，才用手一抹脸，坚定地说："爸，财叔，虽然可可暂时还找不到，虽然魏明睿走了，但是，还有我。以后，我就是魏明睿，我就是雷可可。今后，我给你们四老养老送终。"

虎子说完，像跟谁赌气似的，噔噔噔地走了出去，片刻，从厨房里把可可妈妈拉了过来。他让三个老人并排坐在客厅沙发上，然后，"扑通"一声双膝跪地，"咚，咚，咚"，给三个老人磕了三个响头，说："爸，爸，妈。"

顷刻之间，三个老人一个儿子，哭叫着抱成一团。

……

三位老人陪虎子吃过饭，虎子一抹嘴，问："财爸，我枝枝妈现在醒了吗？"

魏发财连连点头，说，"应该，应该醒了。"

"我们现在过去看看她去，好吗？"

"当然好，当然好。"

于是，虎子扶着可可母亲，两个老头走在前面，向魏明睿家走去。

这是一个相对可可家要小一半的农家院子。虽然不像可可家那么讲究，那么霸气，那么显得儒味十足，但也房舍簇新，整洁利索。院墙也是用瓷瓮砌成，家门前的小路用一片片碎瓷拼成一个个外圆内方的古钱币形，小路两旁是开得正艳的月季花与串串红。院内的地也是用碎瓷片铺就，一排门房，两排厢房。前后院用一个大照壁相隔，照壁上的图案是由瓷器中的一种叫作琉璃的材质拼成的。据说，琉璃，是用各种颜色的人造水晶，采用脱蜡铸造法高温脱蜡而成的水晶作品。其色彩流云漓彩、精美绝伦；其品质晶莹剔透、光彩夺目。这个过程需经过数十道手工精心操作方能完成，稍有疏忽即可造成失败或瑕疵。由此可见，魏发财也是一位制瓷烧瓷的行家。此幅琉璃作品的内容是中央工艺美术学院教授祝大年制作的《森林之歌》。据说 20 世纪 80 年代初，祝大年途经云南省普洱市时发现了一棵古榕树，激动不已，一坐十几天，每天都在研究着这棵榕树。后来，祝大年以这棵古榕树为蓝本，为北京首都国际机场候机厅创作了一幅著名的描绘西南热带山水的、风格细密的壁画——《森林之歌》。不过首都国际机场那幅壁画是用陶瓷制成的，而魏发财家的这幅竟然是用纯琉璃制作的。后院可能是杂物间吧，也是瓦房。看起来，青砖细腻，勾缝严谨。

正当虎子痴迷地打量着这个小巧而齐整的小院时，听到院子里的人声，屋内的枝枝已从炕上坐起来，细着声音问："谁呀？"

四人前后进了屋。

看到雷江涛夫妻二人，枝枝有些不自然，她尴尬地举起双手，拢了拢头发，又长长地叹了一口气，然后慢慢地把脸扭向窗外，一心看着窗外两只小雀儿吵架，一副视屋里这几个人为空气的漠然态度。

此时的枝枝神志清醒，端庄清秀，不再是虎子两次见到时那种疯疯癫癫的样子。神色清爽时的枝枝，虽然年纪大了，但可以看出年轻时肯定是一个美女。

还是可可父亲冷静，他叫了一声："弟妹。"

枝枝没听见他说话一样，仍然看着窗外，但虎子发现她看窗外的眼珠还是稍稍动了一下。

可可父亲洞察一切地接着说话，丝毫不介意她的冷淡与敌对："弟妹，你今天必须要听我说一句了。心结宜解不宜结，儿女的事，咱们当爹妈的，不能太过计较了。你想想，自古有哪家父母不是巴望着自己孩子好的？又有哪家父母扭过了儿女？明娃儿与可娃儿的事谁都想不到结果会这样，谁也不愿意看到他们这样。不过，事已至此，这事，从今天起咱就撂过手了，行吗？今天，咱们四个黄土埋了半截的人，不谈过往，只说虎子的事。虎子是个好孩子。孩子没爸没妈的，也不容易，现在，孩子主动承担了给咱们四个养老送终的事，咱也不能就靠了人家孩子不是？咱这四把老骨头还不老，今后齐心协力，帮衬着他，让他少操些心，好不？"

一番话，通情达理，推心置腹，说得枝枝不再言语。虎子趁机又"扑通"一声跪在地上喊："妈——从今以后我就是魏明睿，我就是你亲儿子。你与我爸活着，我管你们衣食住行，孝敬你们；你们百年了，我给你们披麻戴孝，扶棺摔盆。妈，儿子这里给您磕头了。"话音未落，就"咚咚咚"地磕了三个响头。

憋了好久的枝枝，长哭一声，身子一软，从炕沿上滑溜下来。虎子膝行一步，倾身把她抱着，她顺势跪在地上，把虎子紧紧抱在怀里，大哭："我的儿子，明娃呀，我的明娃儿啊——"

九 户 外

仍然没有关于可可的任何消息。

虎子从陈炉镇回到映秀镇，去有关部门补填了震后失踪亲人登记表，这次他留下了从陈炉带回来的可可各个时期、不同角度的照片及自己的联系方式。

剩下的，仍然是等待，只有等待。

但是，虎子不知如何应付等待过程中这大把的难熬的日子。

映秀镇正在恢复建设，一切都刚刚从忙乱中稍稍整理出一些头绪，不要说映秀镇，整个灾区的人们都还处在阵痛过后的余痛之中。医院里的轻伤病员陆续出了院，重伤、重症、高危病人仍在救治之中。在这段时间里，已经没有具体的事情能让虎子做了。

他能做的，只有户外运动。会有关于可可的消息传来的。肯定会有的。与其在焦灼中等待，不如先去户外解解压。

且不说父母去世之前虎子多么幸福，也不说可可来到他生命中之前他多么自由，就是可可来到他生命里之后的那段日子，虎子也是无拘无束，毫无压力的。

一直以来，在虎子周围，团结着十个以上的驴友群，虎子的经济来源就是替这些驴友们购置装备，小到一个挂扣、一个颈巾、一个护腕，再到背包、头灯、登山杖，大到帐篷、登山鞋、冲锋衣、速干裤、山地车等。每次出行，都有新驴友加入，除了给这些新加入的驴友配备所需的装备外，虎子本人还参加了相邻几个省市的户外俱乐部，除了服务于自己组织的团队，他还为俱乐部组织的团队提供专业向导及安全保障。

虎子是一个技术上专业、人品上厚道、敬业负责的好团队领袖，深得众驴友的喜欢与好评，因此，只要几个俱乐部中哪个俱乐部有活动，都会在第一时间电话通知他。

所以，他过着自由而富足的生活。用自己的爱好去赚钱，或者说做着自己喜欢的事情，同时又能赚到钱，这是很多人一生都达不到的状态。

在工作与爱好的和谐处理上，虎子是个例外。他对自己的生存状态、生活状态、精神状态一直很满意、很知足。户外运动，是他乐在其中并准备终极一生去做的事。

灾难改变了一切。

就在他刚知道他要当爸爸的消息后不到两天时间里，可可失踪了，母子俩生死未卜；就在他去看望自己的岳父母时，除了对岳父母应尽的义务，他的肩上还多了对魏明睿父母的责任……也许还有对宁丽静的孩子宁安安的抚养与监护……短短的一个月时间，他的人生，如此颠沛流离，如此跌宕起伏，就算是写小说、演电影，他也会觉得这只是他人的事，这只是虚构的情节。不想有一天，这些大起大落的故事情节全在他身上不可思议地发生了。

责任与义务，说起来容易，但真正做起来是需要付诸实际行动的。他想去大山里好好静静，好好想想，他的人生方向要怎样从大山里拐出来，然后偏向那个位于祖国大西北的以烧青瓷闻名的小镇。

怕手机进山后没有信号，虎子把手机放在阿坚那里。他要阿坚二十四小时不关机。他预感，是找到可可的时候了。

阿坚一家四口暂时被安排在都江堰灾民过渡房里。坐在显得有些简陋的房子里，虎子对阿坚说："我收到了可可给我发出来的心灵信号。我想，我们开始心灵沟通了。她告诉我，我很快就可以见到她了。"他笑得很轻松，很有把握的样子，让阿坚都信以为真。

这是一次真正的野外生存训练。

组织这次野外生存训练活动的是虎子加入的一家俱乐部。

虎子这次没有担当团队队长，也不算专职教练，只负责一些辅助的后勤工作。原因是他不想让自己分心太多，他希望给自己留出空间来。在人与自然完全融合的地方，人的思维是单纯的、敏捷的，是天马行空的。他想真正地问问自己，不能选择自己想要的生活的时候，他该如何调整人生方向。如果找到了可可，他们带着两个孩子，该如何与四个老人生活；万一可可与孩子……他又该怎样活着？

这是一支由成都37号俱乐部组织的全国性的、网上自愿报名的、各地非专业人员拼团而成的队伍。主题定位是野外生存。野外生存较之户外旅游难些，又较野外求生容易些。这样大张旗鼓地举办一次活动，主题定位为纯旅游的话，没有挑战性，会让跃跃欲试的队员失望的；如果直接进入到野外求生层次，又怕这些没有经过专业训练的人承受不起，俱乐部不会轻易如此冒险。至于探险，这也不是合适的人群，因为他们来自各行各业，并不是一群诉求集中的科考爱好者，也不是一群探险迷。

报名人员按规定时间在规定地点聚齐后，一行十二人，从成都乘火车出发，直接到达广西桂林。

活动的基地选在广西壮族自治区桂林市龙胜县。龙胜各族自治县位于广西壮族自治区东北部，地处越城岭山脉西南麓的湘桂边陲，介于东经109°32'—100°14'北纬25°35'—26°17'之间，属亚热带季风气候，终年雨量充沛，气候宜人，加之山峰连绵，河谷幽深，因此近年来建成了以温泉为核心，集岩门峡漂流、瑶寨风情为一体的龙胜温泉国家级森林公园旅游区。

桂林市距龙胜县只需一个半小时车程。

下车后，虎子立即与当地一家联盟户外俱乐部联系。当地俱乐部很快派来车，把他们送到龙胜山口，约好大致下山时间，司机掉过车头，走了。

这支由联盟俱乐部刚刚送来的向导及成都来的十二个人组成的队伍，队员之间非常陌生，但一群年轻人却对这次活动充满新鲜感与兴奋感。

向导姓孙，他喜欢大家叫他的网名"孙行者"。孙行者是广西壮族人，普通话不是太好，但他讲的话大家基本都能听懂。他先告诉大家，这里虽然气候宜人，但早晚温差极大，且常年多雨，尤其是森林里，雨水比山下要充沛得多。他简单问了一下大家防雨衣带了没有，又细心查看了一下蛇伤药、创可贴、绷带之类东西的准备情况，队伍就出发了。

对于虎子而言，不论峻峭而冷硬的北方的山，还是秀丽而温润的南方的山，他都见识过。但这样的热带丛林他还是初次接触，一进山，那心旷

神怡的绿，那鸟鸣山涧的幽，那溪水潺潺的凉，那远离尘嚣的静，让他心中的一切烦恼一下子烟消云散了，只剩下一腔纯净的氧。他可以触摸到自己的兴奋与激动。

这次的队伍里有钟梓彤。虎子接到俱乐部的电话时，第一个念头就是叫上钟梓彤一同去。

这个有些男孩子性格的女子，问清楚活动时间、活动地点、活动内容后，考虑都没有考虑，就答应了。

可以说，钟梓彤一直是一个很怕接近男性的女孩。奇怪的是，在抗挫训练营的"破冰"阶段，她竟开始注意服饰、性格都与众不同的虎子。

首先，虎子的外形她很喜欢，他不像南方男人那样瘦弱单薄，而是带有北方男人那样的高大与强壮。虎子的五官长得极帅，因长期在户外运动，他的肤色呈古铜色，黑而硬的头发总是理成很清爽的短寸，他的眉毛浓且短，像人用毛笔极认真地画出一个隶书的"一"字。这样的眉形衬着他一双大大的、亮亮的眼睛，让他的整个面孔极生动、极诱人，任谁看他一眼，都会被他的光彩所吸引。他五官里长的最好的，要算嘴唇。他的鼻子还算高挺，但与嘴唇相比，出彩的肯定是那厚实而轮廓分明的双唇。让人看一眼，就不由得有想亲吻一下的冲动，以感受它的温度与唇感。他那硬朗而健美的身材上，时常穿着颇有个性的休闲装、户外服，更是浑身散发着浓郁的男性气概。

抛开外形，虎子吸引人的主要是他的性格。在他亲切而温和的外表背后，藏着一种霸气与主观的气质，他有北方男人才有的大男子主义，又有南方男人才有的细腻与温和，是她喜欢的双重性格。

在训练营的那几天，钟梓彤想走近他，却苦于无法突破自己。不想，项上的青花瓷碎片做成的项链竟促使她有缘与之相识，并了解了关于他的爱情点滴。对虎子，她多了一份好奇与怜惜。她想亲近他，那种冲动来势汹涌。

这种冲动，也许缘于虎子身上男性的豪气，也许缘于她与生俱来的女人天性。

来广西前，虎子还通知了与他一直玩得很好的驴友飘飘。

飘飘头大而圆，是一个极具弥勒佛范儿的胖子。他长年留一头齐肩长发，显得头特别大，所以虎子他们都叫他"大头飘飘"。大头飘飘是专业摄影记者，他创办了以自己名字命名的飘飘广告传媒公司。工作之余，他总是左拊右提地拿着他的长短镜头，随虎子的团队一起去深山野营，也因此抓拍了一些别人拍不到的内容。有几幅气势磅礴的照片还被《国家地理》杂志、《中国摄影报》刊载，更多的一些照片也出现在成都拍客网、成都旅游网、成都旅游论坛等相关网站上。

飘飘平时总是笑眯眯的，是个与人为善、超有人缘的家伙。得到要去龙胜野外生存的消息后，虎子想：飘飘这个家伙肯定不会错过这次对很多人而言望而生畏、对飘飘而言求之不得的精彩之行，他的镜头，也不会落下任何一个对别人而言熟视无睹、对他而言却精彩万分的瞬间。果然，虎子在电话里稍一提此事，大头飘飘立马就飞奔过来了。因为他的器材多而重，因此，他的背囊就显得比别人更大更沉。虎子像以往一样，将大头飘飘的一些行李塞进自己的超大号旅行包中，替他分担一部分重负。

坐了好长时间火车，又坐了一个小时的汽车，一行人被折腾得腰酸腿痛，女生们更是娇呼连连。不过，一旦亲近了绿水青山，在清爽迷人的山间，走在平缓的土石小路上，这群人又瞬间变得脚力非凡。不一会儿就翻过一个不高的小山头，来到一条小溪前。领队与向导嘀咕了几句，就大喊："大家先在这里休息一下吧。虽然气温不太高，但这种天气最容易中暑。大家洗洗脸，降降温。"

大家纷纷把背包放下来，嗷嗷叫着扑向溪水。

再次与虎子在一起，钟梓彤的心里有些忐忑不安。她有复杂的故事，有不被外人知道、也不被常人理解的经历。

虎子参加这次户外生存，本是因为有些落寞，但与大山生来就有的缘分，让他一时忘记了可可失踪的痛苦，也忘记了四个老人苦苦的相盼。他表现出与他内心压力相矛盾的轻松与放纵。他跳进溪水里，发出阵阵大叫，冲着凉。结实而光滑的皮肤在阳光下闪着油亮而健康的光泽。

钟梓彤看得心跳口干。她忙转过头去，低头有一口没一口地喝着水。这次来，这个野性十足的假小子，倒显出几分与往日不同的文静与深沉来。她想摸出香烟来抽，但看看虎子，她伸向背包的手又缩了回来。

她爱上虎子了？要不为何她突然这么在乎他的眼光与感受？这么在乎

自己在他面前的形象?

为何一向特立独行的自己,一下子这样忸怩不安?

不,他有可可,他有可可,而自己……

此时,大头飘飘正把镜头对着钟梓彤。钟梓彤没有兴奋,也没有慌乱,她马上自然地配合大头飘飘,开始拍照。她先酷酷地摆了几个与这个环境、与她的着衣相配的姿势。她是服装设计师,她常常与演示她作品的模特进行切磋,她不懂得如何摄影,却懂得如何被拍。

看她如此专业与配合,大头飘飘的创作灵感被激发得"咕咕嘟嘟"直冒泡。于是,两人越合作越"嗨",到最后,钟梓彤竟扔下虎子不管,爬上大树,像猴子一起倒挂起来让飘飘拍,跳到水里泼着水让飘飘拍,甚至在草地上扭呀扭地走猫步,趴在草窠里探出脑袋,在巨石前摆成大字,在山石上作飞翔姿势。

钟梓彤与大头飘飘的合作,可谓是专业模特与专业摄影师的一次强强联手。

接下来的路程让兴奋了半天的人们有些沮丧,且越来越沮丧。尤其是来自北京某外企的白领丽人周小岑,这位平素间除了开车就是打的的新新人类,即便是咬碎银牙,也跟不上队伍。道路曲折,灌木丛生,稍不注意,就会失去方向。虎子只能在后面扶着她,以免她被一丛丛茂密的野生藤萝掩埋。

这样的地方,万一失踪了,再大的声音呼救,稍远一些的人们也不容易听见。

广西的山间,多的是蛇,甚至是毒蛇。为安全起见,虎子一手拿着一根登山杖,左右不断地拨打着脚下的野草,这叫"打草惊蛇",为的是提醒蛇,有人来了,请早早离开;一手扶着周小岑细弱的臂膊,听着她忍也忍不住的呻吟。

户外人有一条铁的纪律,那就是一旦群体开始行动,就不会扔下任何人不管,也不容许任何人掉队。

与刚进山时的轻快前进不同,下午的队伍行走迟缓,致使整队的行动比预计的时间多了一个小时,亏得俱乐部在安排行程时想到了这些问题,将第一晚的宿营地安排得较近。这样的安排,即使是他们走得再慢,也会在天黑时到达预定的地方露营。

终于，赶在太阳收尽最后一缕光线之前，一顶顶帐篷搭起来了。

山间潮气太大，根本不能像北方那样找堆干柴来燃起篝火。大家只能就地吃些干粮，用酒精炉烧些溪水泡碗面。

夜幕扯呀扯地遮住了整个天空，将龙胜山严严实实地笼罩其中。时值农历五月的上旬，一勾新月不甘沉寂地用镰刀将夜幕划开一道口子，羞羞答答地从天幕东边探出半只脸。众多星星也看样儿似的，从那道口子里排着队钻出来。坐在草地上，抬头仰望天空，满眼都是星星。顺着北极星，可以轻松地找到大熊星座，那由北斗七星组成的巨大勺子就挂在北方墨黑的天空上。

颠簸劳累了一天的队员们，纷纷钻进帐篷睡了。

这样高强度的户外运动，对于新参加户外的"草驴"们而言，也许有些超限，但对像孙行者、虎子、大头飘飘，还有这次活动的总领队张江波而言，是很轻松的休闲度假游。孙行者的体内流着壮族人"能学善歌"的血液。看大家伙都睡了，几个人就围坐在一起，听孙行者摆龙门阵。

他说："所谓歌，就是壮民自盘古开天地一直唱到如今的壮歌。壮族人，几乎人人能歌善唱，已近'以歌代言'的地步。所谓学，就是学各种野兽的声音，或随手摘一片树叶，或在路旁揪一片草叶，用叶子吹出各种鸟儿的叫声。"

从孙行者那里，虎子知道了壮族古代民间歌谣包括：诉苦歌（长工苦歌、媳妇苦歌、单身苦歌、叹苦歌、怨命歌等）、情歌（散歌、套歌、探问歌、赞美歌、讨欢歌、示爱歌、定情歌、交友歌、发誓歌、分别歌等）、风俗歌（庆贺歌、祝祷歌、仪式歌、敬酒歌、迎宾歌、送客歌、摇篮曲、哭丧歌、哭嫁歌等）、生产劳动歌（农事歌、农闲歌、时令歌、节气歌、喜雨歌、苦旱歌等）、盘歌（又称问答歌、碰头歌、猜谜歌、斗智歌，都是以对唱形式表现）、历史歌、时政歌、童谣、革命歌曲等。壮歌不但内容丰富，而且形式多样，除了行歌互答外，还有抛绣球、碰彩蛋、抢花炮、打扁担、唱师公戏、壮戏、采茶戏等精彩的民族活动。

越说越兴奋，越聊越精神，最后，说到酣畅处，孙行者竟一首接一首地唱起来。除了有名的《吹片木叶唱首歌》、《明日赶圩歌》，还即兴哼

唱了一些没歌名、没歌词的曲调。后来，虎子他们与孙行者对话，孙行者也不用说的，而是用山歌来回答。四个男人，直至月上柳梢头、星转山峰后，才意犹未尽地散了。

就在虎子他们一伙"酒逢知己千杯少"地畅聊时，钟梓彤却郁郁寡欢地在自己的帐篷里独自垂泪。哭够了，抹干泪，又默默坐了很久，直至他们语停歌歇，各自进了各自的帐篷，钟梓彤才在辗转反侧中迷离睡去。

第二天一早，大家是被一缕缕花香、一阵阵鸟鸣惊醒的。山间的早晨，美得让人沉醉，那天边的朝霞与日出时震慑人心的景象，是常人在电视里、图片里怎么也想象不出的美。

早晨，红雾稀薄，光线清澈。在透过红雾照进山间的七彩阳光中，大头飘飘疯狂地进行着忘我的创作。

虎子早就听说这儿有一个很大的瀑布群。只是群瀑神秘，只有常年住在山里的老乡才能找到。这次来了，他岂能错过如此良机。

他凑到孙行者跟前商量："嗨，孙行者，你知不知去龙胜山最大瀑布群的路？"

孙行者昨夜壮歌唱得舒畅，回到帐篷后觉又睡得香甜。一早醒来，心情好极了。一听虎子竟知道瀑布群，就极自信地说："去瀑布群的路，除了我，知道的人还真不多。"

虎子有些挑衅地激他，说："敢不敢带我们去？"

孙行者被激得热血贲张，说："有什么不敢的？今儿，咱还就去了！"

虎子看自己的激将法奏了效，应了一声："得嘞，今天，咱们去瀑布群走走。"

然后，虎子把大家招呼在一起，问："来了龙胜山，不去看瀑布群，那叫白来一趟呀。不知道大家想不想去，愿不愿去？"

一十二个人，个个荷尔蒙分泌过盛，哪有一个退缩的？

吃过早饭，一声令下，大家一起奔赴瀑布群。

这天一早，一行人八点出发，不到中午十二点就找到了瀑布群最底层的那挂瀑布。那个兴奋，那个疯狂。

孙行者自豪地说："我们龙胜山的瀑布，不看终生遗憾呀！"

领队张江波说："不如大家就地休息，吃个饭，趁机好好地欣赏一番，如何?"

虎子说:"'欧'了,吃饭。"

酒足饭饱,玩得兴尽。一行人顺着瀑布形成的台阶式的水流,接着向上攀爬,直爬到最高的一挂瀑布上面后,众人才停止脚步。

孙行者与领队张江波宣布当晚就在瀑布上面,稍离瀑布远一些的那片空地上安营扎寨。

孙行者说,将营地扎在瀑布之上,并离瀑布远一些,是因为如果在瀑布下面的话,万一下大雨发洪水,他们会被瀑布上冲下来的水淹死。如果离瀑布太近,也有此危险。再说,在南方,本身地面就潮湿多虫,离水太近,容易着凉,虫子也会钻进帐篷。

张江波下令说:"离天黑尚有一段时间,请大家相互协作着支好帐篷。然后就是好——好——玩!"

大家又嗷嗷叫着,扑到哗哗的巨大的水流下面去玩。

经过又一天的接触与相互扶持,一行人之间都已经相互熟悉,并体现出难得的团队精神。极度劳累后的放纵,让人群中那股亲情与温暖又散发出来,大家相互戏闹着,肆意说笑着,打情骂俏着。有的相互泼水,有的在瀑布下冲凉,有的冲着山谷大叫……整个场面极富感染力。连平时沉默内向的几个人都放开了自己,尽情地享受着只有回归自我之后,才能找见的真实状态。

周小岑早忘记了一天里的呻吟,也把再也不来野外生存的誓言抛在脑后,欢叫着跳上蹿下地玩水去了。领队张江波也忘记了自己的身份,跳下水去与她相互泼着水疯狂。一队人都可以看出来,张江波已经明显向周小岑示好。

周小岑呢,虽然刚开始因虎子细致周到的照顾,对虎子产生了极强烈的依赖心理,但虎子身上说不清道不明的距离感又让她无可奈何。好在她调整能力极强,很快弄清形势,转移了方向,把注意力放在向她频频放电的张江波身上。

看着大家忘我地疯玩,尤其看见周小岑与张江波两情相悦的情形,虎子不由想起钟梓彤。一想到钟梓彤,他才想到两天来一直没有听到钟梓彤的声音。他转过头刚准备寻找,就看到钟梓彤坐在溪水潆成的巨大水潭边

正看着他，就大喊："嗨！"然后拿起一块大石头，向她面前的水潭掷去。

石头激起的巨大水花溅了钟梓彤一身，也把她身上的野性溅了出来，她立刻嗷嗷叫着扑着虎子，两个人对打起来，两天来她的沉默状态一下子被打破了……

"啊——"就在大家玩得正疯时，一声惊叫，让众人不由自主地停下戏闹。周小岑因为被张江波用水泼得张不开眼睛，就闭着眼睛频频后退，不知何时已跟跟跄跄地退到了水潭边缘。湍急的溪水从上游流下来，把站在边缘上仍在闭眼泼水的她击打得站立不稳，一个趔趄，她倒在水中。常年被溪水冲刷得异常光滑的水潭边缘，长满了稀滑的苔藓，整块石头形成的水池没有一点可抓扑的地方。人在水中会本能产生恐惧心理，求生欲望又迫使她一边慌乱得双手乱抓，一边大声地惊叫。

大家听见她的叫声，抬头看时，张江波正惶恐地想扑过去拉住她，但不等他走到周小岑跟前，周小岑就在水潭边打了几个旋儿，被溪水冲着，顺着瀑布巨大的水流流了下去！

所有人的眼都直了，所有人的脸都发白发凉。

要出人命了！

向导孙行者果断地对领队张江波说："快下到瀑布下面去，还有救。快！"

惊魂未定的张江波一听，急了，从水中艰难地走上岸，就要疾步往山下冲。虎子一把拉住他，果断地说："你是领队，你不能走。你得在这里给大家做主心骨。我与孙行者、大头飘飘下去……再说，"虎子的声音柔和了许多，"你的衣服全湿了，换身衣服定定神。她没事，有我呢！"

说完，虎子第一个冲了下去，孙行者紧随其后。大头飘飘飞快地将相机递给身边的钟梓彤，跟在虎子与孙行者后面，狂奔而下。

这个巨大的瀑布群，由呈梯形的山崖一级一级形成的一个一个递增式的瀑布组成。这些瀑布，一个瀑布比一个瀑布高，而每一个瀑布之间的高度落差最少在五六米之上。

由于刚刚爬上最高的这个瀑布，大家都还记得在这个瀑布之前，有一段较长的水道，周小岑很可能被冲到下面的那个水道上搁浅。

三个人飞快到达那个瀑布底下时，却没有如预料的那样看到被水冲下来的周小岑的影子。难道冲到下一个瀑布下面了？

虎子说："我在这个瀑布下面再细细地找一找，孙行者，你与大头飘飘再去下一个瀑布。"

大头飘飘与孙行者答应一声，急速前往下一个瀑布。虎子低着头，紧张万分地在这个瀑布的水流里寻找周小岑那草绿色的影子。平时，他喜欢让自己的队员们着鲜艳的户外服，比如，可以穿在夜色里容易被发现的红色运动装，比如，在绿色中显得非常耀眼的黄色运动装，再不济也是明亮的橙色或有别于绿色的蓝色。但这次所有人穿的衣服都是俱乐部统一配发的迷彩户外服。这种绿，很容易隐在树叶之间，是作战时期最好的隐蔽色，却是户外人员遇难时最怕的颜色。因为无论是在阴天的树丛里，还是阳光下的草地上，它极好的仿生原理让救援人员很难发现营救目标。

"杨以轩！你看——"随着一声喊，虎子回过头，他看到了钟梓彤。

钟梓彤挎着大头飘飘的相机，正玉树临风地站在瀑布下的一块平地上。顺着钟梓彤手指的方向，虎子看到一个绿色的影子挂在瀑布半空的一棵榕树上。

是周小岑。

她软软地如一枝刚从大树上劈下来的枝杈一样挂在那里。

虎子先用步话机告知了瀑布之上的领队张江波，叫他放心，赶快做饭。然后又呼叫去下一个瀑布寻找的孙行者与飘飘："孙行者，飘飘，周小岑已经找到，你们别再往下走了，赶快回来。"

然后，他仔细地察看地形，寻找最佳的落脚地，以便爬上去把周小岑驮下来。他知道，这个时候，周小岑肯定呛晕了，时间就是生命。

"杨以轩——"钟梓彤又叫了他一声，他回过头，再次看她。她也看着虎子的眼睛，火辣辣地说："注意安全，我不允许你再出危险。"

虎子看了她几秒，不由得对她展颜一笑，又冲她调皮地眨了眨眼，重重地点了点头。

虎子慢慢地，聚精会神地，看准每一个落脚点，小心翼翼，又敏捷快速地往上爬。

钟梓彤紧张地，充满钦佩与爱慕地远远看着他，用大头飘飘的相机拍下了整个营救过程。

幸好周小岑只是被水呛了一下，然后吓晕了过去。

虎子把周小岑从山崖上驮下来，钟梓彤替她检查了一下身体，发现并无大碍，只是受了一些轻微的皮外伤。

做过人工呼吸后，周小岑醒了过来。

给她做人工呼吸的是虎子，背着她回到宿营地的也是虎子。

看到虎子口对口地与周小岑零距离接触，钟梓彤的心有些莫名地痛。她只能一遍遍告诉自己：人工呼吸而已，人工呼吸而已嘛。况且这件事只能是虎子做，孙行者不太懂户外救援知识，大头飘飘也不太懂，只有虎子是最专业的。他不做谁做？救人嘛，又不是做坏事。

一行五个人回到宿营地，众人自是一片哗然。大家已经烧好了热水，冲了速溶咖啡给虎子与周小岑。周小岑喝过咖啡，由张江波横抱着送进帐篷，休息去了。虎子当然累得够呛，也就早早地钻进帐篷躺下了。与他同一帐篷的大头飘飘陪在他旁边，二人信马由缰地摆起龙门阵。

钟梓彤再一次选择了逃避。

她按捺住去看虎子的冲动，钻进自己的帐篷。

注定今夜无眠。

她辗转睡不着，于是，又轻手轻脚地钻出帐篷。

万籁俱寂。

所有的花儿、草儿、树儿都睡了，连惯于夜游的虫子也停止了歌唱。

夜黑得像打翻了墨汁瓶。

只有钟梓彤唇间的那粒香烟，红红地，在浓浓的夜色里，一闪一闪。

这一夜，不仅钟梓彤一个人无眠。

不知何时，与飘飘说了很久话的虎子，也钻出帐篷，向这一粒火光走来。

"给我一支。"他低低地、清晰地说。

钟梓彤将嘴中的烟递给他，他顺手接了，抽了一口，向夜空里吐出一团烟雾。

钟梓彤又点了一支给自己，也一口一口地吐着。

无语。

两人就这样一支接一支地抽。

很久，钟梓彤说了第一句话："我是一个不婚主义者。"

虎子没有说话。他知道，她要打开话匣子说很多话。他不打断她。

一任她倾诉。

十 不 婚

钟梓彤一口一口地抽着香烟，一前一后地摇着身子，眼睛一直看着黑得没有底的夜空，仿佛夜空上写满了她要说的话，她只需把上面的文字读下来：

"上大二的时候，我喜欢上了一个男孩子。他是西安人，叫王浩维。刚开始我不知道为什么同学们都叫他王子，后来才打听到，王子是他的乳名……那时候，我有很多款裙子，拖地的，中长的，齐膝的，超短的，净色的，带花的，棉布的，牛仔的，雪纺的，仿真丝的。我的头发很长，我喜欢梳个马尾辫。走起路来，辫子在脑袋后面晃呀晃的。为了追他，我新买了几条长裙子，有直筒的傣族裙，有大花的波西米亚裙，还有大摆的喇叭裙。我将头发披下来，拉成长长的直发，每天提着裙子走路，伪装得像个古典美人一样。我是下了很大决心才开始追他的。他是我们学校轮滑队的队长。每天晚上，他都会带着他的队员在学校教学楼前的广场上玩轮滑。他们会变换各种花样，那自如飞翔的感觉真让人艳羡。我是一次无意间路过他们队的宣传版面时，一眼就爱上他的。那张版面上，有他们队几个主力队员的技能展示照，其中他那张最帅。

王子是典型的北方男孩，偏瘦，但很有型，高且帅。王子喜欢穿黑、白、普蓝三种颜色的衣服。我常常在他们玩轮滑时，坐在学校广场边的花坛上观察他。他是一个随和、快乐得没有任何心理阴影的阳光男孩。他文质彬彬的外表之后，是偏强势的大男子主义性格。他很有组织能力，也很有头脑。从大二第一学期开始到大四第一学期结束，我追了他整整两年半……"

男追女，隔座山；女追男，隔层纱！但是钟梓彤在那两年半里，为了追王子，也参加了王子的轮滑队，天天练习各种动作到深夜，也跟着王子的轮滑队在每年的"六六节"参加西安市民间自发组织的扫街活动。所谓扫街，与环卫队的扫街不是一回事，与销售人员的扫街也不是一回事，但却有相同的含义：都是顺着大街——穿过，如笤子一样不漏掉任何一个大街小巷。轮滑队员扫街时，会有一排一排穿着轮滑鞋的人手拉着手或手扶着腰浩浩荡荡地从大街的这一头滑向另一头，然后再从这条大街滑向另一条大街。

扫街时，王子会悉心照顾每一个新招进来的队员，钟梓彤初入队时，也被他悉心照顾过。可惜的是，很快，有更新的新人加入进来，王子又会去照顾更新的新人。曾经，为了多蒙王子的照顾，钟梓彤故意学得很慢，一个动作，明明她可以做好，但她就是故意摔跟头，故意大声呼喊，她的本意是吸引王子的注意力，但事与愿违，她的"作"与"作"出来的娇滴滴及伪装出来的"笨"，让王子渐渐失去了对她的耐心，何况王子有更多的新人要照顾，有更多的事情要处理，就把她交给了一个他们称之为胖子的人。胖子名叫辛文，是一个体重足有二百六十斤的男孩，内蒙古乌兰察布市察右中旗人，他头圆如球，身高如墙。辛文很小的时候，父母双双车祸身亡，他是由奶奶带大的。奶奶做得一手好菜，因儿子与儿媳过世，老人家对辛文的照顾可谓是细致入微。辛文呢，把奶奶对他的呵护与照顾，转嫁到了钟梓彤身上。对这个身材高挑、相貌漂亮，又带着些许娇骄二气的很会"作"的南方女孩，胖子侍奉如女皇。胖子的鞍前马后、殷勤周到使钟梓彤哭笑不得。

她说："哎哎哎，胖子，是个人都能看出来，我喜欢的是王子。你跟我这儿瞎起什么哄？"

胖子说："哎哎哎，钟梓彤，是个人都能看出来，是我喜欢你，不是王子。你跟他那儿瞎表什么情？"

她说："我可告诉你，胖子，你追我，两字，没戏。"

胖子说："我也告诉你，钟梓彤，你追他，也两字，没戏。"

她说："那咱们就试试，看谁能如愿以偿。"

胖子说："试试就试试。我就要看看，是你能追上他呀，还是我能追

上你。"

相对于在王子面前"作"出来的娇态，在胖子面前，钟梓彤则是一副恶得不能再恶的"恶婆婆相"。她对辛文，真可谓是非打即骂，又呵斥又贬损，将辛文的一片痴情撕得像一片破布一样。她的变本加厉常常把胖子伤得像只破布娃娃，而王子对她的退避三舍又让她心如刀割。

有一次，王子曾单独约过她。她以为王子终于被她的痴情感动了，乐不颠的梳妆打扮停当，就去了那家咖啡馆。

王子早早一身正装坐在那里。他给自己点了一杯卡布其诺，问她要什么？

她说："清咖。"

咖啡来了，她不错眼地看着王子的脸，看着他，如何答应接受自己这份众所周知的情感。

王子开口了，说："梓彤，今天我约你来，是有很重要的话说。"

钟梓彤撒娇地说："我知道，很重要，不重要你还不亲自出马呢。"

王子说："那你会好好听吗？"

钟梓彤说："只要是你说的话，我都会好好听的，你说。"然后，她冲着王子眨眨眼睛，千娇百媚地笑。

王子说："我知道，你喜欢我，我很荣幸，也谢谢你的错爱。"

钟梓彤心情大悦，掩不住满心欢喜地说："不客气。"

王子说："听我说完。我知道你喜欢我，一直知道，但是，但是，我，我对你没有感觉。你知道吗？我的意思是，我不能接受你的这份爱。如果我有感觉，我肯定会跟着感觉走，但我问过我自己的内心，我就是没有感觉。也许，我们的缘分都还没有到。不，也许你的缘分到了，胖子辛文就非常喜欢你，你可以试着把你的眼睛从我这里收回去，去好好看看胖子。胖子其实是一个非常好的男孩。他善良，脾气好，他家里没有父母，所以，今后你们俩什么事都可以自己说了算，不用跟公公婆婆打交道，会过得很自由很欢喜的。胖子与我是好哥们，我是真心希望你们俩好，如果那样，我们会是一生的好朋友，你觉得呢？"

王子的话虽然句句真诚，但在钟梓彤耳中，却字字如刀，每一字都扎得她心脏冒血。最后，她忍无可忍地问："你拒绝我也就罢了，为什么要为胖子做媒，你就那么希望我快快地远离你，希望我从此刻起不再纠缠你？"

王子好脾气地说："没有，不是。我只是明确地告诉你，我不能接受你的错爱，我谢谢你，我怕耽误你。至于你接不接受胖子，决定权当然在你，我只是建议。你不喜欢他，你可以拒绝。己所不欲，勿施于人。我不会勉强你的，也勉强不了，就像你勉强不了我一样。当然，我希望，对不起，我只是希望，你对胖子好点，他没有了父母，已经很受伤了，你再那么对他，于心何忍？人心都是肉长的。"

钟梓彤那个时候也许是有些疯了，她拍着桌子冲王子大喊："是，人心都是肉长的，我就不信你偏偏是铁石心肠。如果你不接受我，我就折磨胖子，直到你接受我，你爱上我为止。"

王子也生气了，但他看看咖啡店里对他们纷纷侧目的客人，只能压抑着自己的情绪，冷静地说："钟梓彤，请你不要这样。你越这样，我越对你没有感觉。你对胖子好点，也许我们能是朋友，如果你继续折磨胖子，我想我们朋友都做不成了。我希望你好好想一想，冷静冷静。"

说完，王子招呼服务生端来一杯冰的蜂蜜柚子茶，他双手把柚子茶放到她面前，说："你再在这里冷静一会儿，我还有事，不好意思。"然后，结账走了。

此后，钟梓彤有两周没有参加轮滑队的练习，也就两周没有见到王子。

两周后的一天，她还是没有忍住，又去了轮滑队的练习场。

那一天，是她上大四的那个冬天里的一天……

那一天，是北方冬天里很平常的一天。北方的冬天很冷，虽然钟梓彤已经习惯了那种寒彻入骨的冷。但那个冬天，是钟梓彤人生中最寒冷的一个冬天，那个冬天的那一天，是钟梓彤人生中最寒冷的一天。

那一天，钟梓彤早早换了轮滑鞋，在场子里慢慢地滑。不一会儿，王子、胖子，带着新招进的大一学生任可涵一起来了。

那一天，任可涵买了一双新轮滑鞋，因为不会穿，王子就耐心地蹲在地上手把手地教她。

任可涵是一个北方女孩。瘦，瘦得有些让人心疼。静，静得让人怜

惜。她皮肤干净白皙。她乌发如墨似水，剪一个已经过时的童花头，像从五四时期过来的女学生。她很爱笑，一笑，就露出一排细碎美丽的牙齿，那双细细的单眼皮眼睛，随着她的笑会弯成两弯新月。任可涵说话的声音总是很小，她的话也很少，却不是弱不禁风的样子。

初练习时，每个新人都会摔倒，都会叫痛，但任可涵从不叫苦，从不喊痛。每次摔倒，她都是一声不吭地自己爬起来。王子要扶她，她总说："不用，真的不用，我可以的，我能行的。"然后推开王子伸过来的手，坚持自己站起来，笑笑，继续练。

那个冬天的那天晚上，广场昏黄的灯下，王子陪任可涵练了很久。钟梓彤在一边装模作样地滑着，眼睛却一直偷偷往那边瞄。她看到，任可涵很快就可以离开抓杆单独滑了。但在她滑的时候，王子始终慢慢地跟在她后面。钟梓彤看了他们几个小时，王子的目光连往她身上瞧一眼都没有，只是分秒不离地看着任可涵。

气极的她，速滑过去，故意绕着任可涵转了几圈，做了几个花样，把任可涵吓得躲在栏杆旁，不敢滑了。

王子终于把眼光放在了她的身上，他说："哟，钟梓彤，你也来了？你是师姐，任可涵刚学，你速滑的时候离她远一点。"

钟梓彤酸酸地说："我们王子殿下什么时候学会惜香怜玉了呀？"

胖子这个时候滑了过来，说："哟，梓彤，好久不见你来玩了，你还好吧？来，我新学了几个动作，教教你。"说着，就过来拉她的手，准备把她拉到场子的另一头。

钟梓彤气恼地说："动作是吧？好像谁不会似的。我做一个给你看看。"

当时，钟梓彤因为好久不练习，腿已经有些硬。王子教他们时，告诉过他们，做动作前一定要先热身，等筋骨开了，才能慢慢练习动作。所以，胖子一听她要做动作，忙制止她，说："梓彤，咱现在不做动作，咱不做，咱要等一会儿腿脚活动开了再做，好不好？"

钟梓彤任性地说："我就现在做。"

然后，她起滑、加速，做了一个难度极大的后空翻动作。那个后空翻对任何一个玩轮滑的人而言，都是极难完成的，何况她的后空翻从来没有成功过，又加之两周没有练习，要想一气呵成，谈何容易？况且冬天衣服穿得又那么厚。

"咣——"的一声巨响，她当然地摔倒在地上，身体随之飞了出去。然后就是身体惯性地向前，速度极快地滑动。她的身体向前滑动的时候，轮滑鞋冲力十足地撞到了躲在一边的任可涵的轮滑鞋上。任可涵本来就刚学，什么都不懂，心里很害怕，突然被她一撞，没有任何技巧地摔了个四仰八叉，头重重地磕在地上。钟梓彤随着惯性往前又飞了几米后，停住了，她只感觉全身无一处不在剧痛。她感觉她要死了。

可是，她的眼睛还是看到王子扑到任可涵面前，在紧张地给任可涵检查伤势。

而她钟梓彤，也重重地摔在一边，甚至比任可涵摔得更重、更惨，王子竟问也不问，看也不看。

最后，是胖子赶过来。

胖子想扶她坐起来，可是，她全身痛得动也动不了。

后来，她听了一个声音，是王子的："胖子，快，抱起她，去医院。"

那天，王子抱着任可涵打了一辆车，胖子抱着她打了一辆车。两辆车火急火燎地去了医院。

任可涵脑袋着地，又摔得毫无技巧，所以是重度脑震荡，那么硬的地！

而她，是骨盆着地，不仅尾骨骨折，且子宫被断掉的骨头刺裂。

起初，她与任可涵同一病房，后来，任可涵转到脑科病房，她做完子宫摘除手术后，转进了骨科病房。

王子每天照顾任可涵，忙得一塌糊涂，自然是胖子辛文跑前跑后地照顾着她。

同班同学，同室舍友，轮滑队队员听说她摔得很厉害，纷纷过来看她。后来，听说她摔伤的原因后，来看她的人就越来越少，最后，只剩下胖子辛文了。

而王子，也是以轮滑队长的名义，领着轮滑队的几名副队长来过一次，送来了大家买的慰问品，说了些安心养病、不要难过之类的话。之后，再没有来过。后来，倒是托胖子捎过来一张纸条，字条上只有20个字："敬请好自为之，不要因爱生恨，伤害自己，祸及他人。"

那次事件，让她对王子彻底死心了。

她对照顾她的胖子辛文说："谢谢你，只是我们都没有赢，我没有追到王子，你也没有追到我。"

胖子说："我追你也到此为止了。你追王子也到此为止吧。"

她自暴自弃地说："不得不止了。我还没有结婚，就没有子宫了，还有谁会要？我也是咎由自取。"说这话时，她的泪流得像小溪里的水。

胖子说："任可涵也伤得不轻，她今后恐怕当不了会计了。她说一看东西眼就模糊，一想问题头就痛。"

她说："是我害了她，也害了我自己。"

胖子说："老人们常说，听天由命。也许这就是你俩的命吧。"

她对胖子说："我谢谢你喜欢我。除了我爸，你是今生今世第一个无条件喜欢我的男人。今后，找个好女孩结婚生子，好好侍候你奶奶吧。我不配你。"

胖子说："与配和不配无关，是你不喜欢我。"

她说："胖子，帮我做最后一件事吧，把我送回成都老家去。我要在成都养病，在这里，我心里太难受。"

那年的寒假还没到，钟梓彤就由胖子辛文护送着，回到了成都。

大四的第二学期，钟梓彤的父母在成都找熟人签了一个就业协议书，寄给了胖子，胖子帮她带给班主任，办了离校手续，她没有再去学校。毕业证书也是胖子帮她领了邮寄过来的。

她再也没有见过王子。

胖子也谈恋爱了，她也没再见过胖子。

钟梓彤大学里学的专业是服装设计。她把伤养好后，就找了一家服装公司上班了。她就业的那家公司是集服装设计、制作、销售于一身的中外合资企业。刚去时，她在设计部任设计师助理。

工作之后的钟梓彤，一直对谈恋爱讳莫如深。有段时间，她很讨厌自己长裙长发的样子，也讨厌那个为了爱而变得狭隘恶毒的自己，就索性剪掉长发，脱掉长裙，变成与大学时期的自己完全不同风格的人，也成为一个彻头彻尾的不婚不恋主义者。她的穿衣风格，也从十分女性化渐渐偏向中性打扮。

那是她上班后第一次参加公司年会。

公司年会的酒宴，在成都一家叫作星座风尚的酒店举行。一年里，大家纠纠葛葛，分分合合。年终的酒一喝，一切不睦与争斗都在酒里化成了暖暖的亲情，甚至有几个同事趁着酒意，对暗恋的对象展开了猛烈的攻势。

发誓一生不婚不恋的钟梓彤，在杯推盏往中，在觥筹交错中，不知不觉多喝了几杯。

酒入愁肠化作泪。很少喝酒的钟梓彤在猛灌几杯后，一下子有些蒙，她看人的眼神也迷离了，说话的声音也黏稠了，平时稍显冷冰的行为也有些随便了。总经理怕她影响年会气氛，让销售部一个叫颜如玉的同事送她回家。

第二天早晨，钟梓彤在双颊剧烈的疼痛中醒过来。

她睁开眼，发现自己躺在一个陌生的、装潢考究的房间里。

是一间公主套房。

粉色的从屋顶垂下来的纱幔如梦如幻，蕾丝边的床饰华贵精致，细细织就的沙发罩诉说着无尽的风情，跷脚的化妆软凳等待着主人款款地走来，高背包软皮的欧式木椅如同绅士彬彬有礼，洒金花的双层缎料窗帘低垂着，像无所不知却什么也不说的博士……

她正睡着的那张陌生的、欧式的淡粉色大包床，大大方方地，霸气十足地端居公主套房的正中间。

这是哪里？是谁的房间？

就在她纳闷时，同事颜如玉推门走进来，气场十足地问道："早晨好？昨晚睡得好吗？"

钟梓彤与颜如玉并不太熟。

两人之间甚至有些相互不屑的感觉。

可以说，公司里的同事间，其他人都还算客气，即使彼此间并不亲密无间，但至少一团和气。

只有她与颜如玉，与众不同，格格不入。

钟梓彤在公司里，对任何人的态度都是不卑不亢，不冷不热，不远不近，这应该是那次轮滑摔跤事件的心理后遗症。

而颜如玉，则时尚张扬，傲气十足，凡事用钱说话，是那种富家女才有的大脾气。

她们在公司有一个共同的特点：从来不追人，也没有人敢追。

她俩之间，也是井水不犯河水，各自保持个性。因为在工作上相互之间并没有需要交流沟通的部分，所以，两人几乎没有交集。

想必她俩都是不太受大家欢迎的人，所以，年会上，总经理提前将她俩支了出来，以便大家更无拘无束地玩。

钟梓彤看见颜如玉进来，不咸不淡地问："这是你家？"

颜如玉挑衅地问她："不然呢？"

钟梓彤从床上跳下来，淡淡地说："谢谢你昨天晚上照顾我。我酒醒了，该回去了。"

颜如玉也不冷不热地说："不客气，同事之间，举手之劳。不过，该说感谢的人是我。要不是你昨晚酒后发酒疯，我还找不到离开那种场合的理由呢。"

钟梓彤的口气变得温和了许多，说："你也不喜欢那种过分热烈的气氛？"

颜如玉调皮地用四川话说："凡是过分亲热的、过分热闹的、过分暧昧的、过分温暖的场合，我都不喜欢。"

钟梓彤看了她一眼，笑了："想不到，你我竟是同类。"

颜如玉得意扬扬地说："当然是同类。你不是公开宣布你是不婚不恋主义者吗？我——也——是。"

钟梓彤抢白道："我不婚不恋，有我的原因，你凭什么？"

颜如玉回敬她："每一种生存都有理由，每一种状态都有原因。你不要只强调你的客观，我也有客观。"

那天，是公司年会后统一的休假日。两个女人，窝在颜如玉的闺房里，谈天说地，迅速成为一对情投意合的中国好闺蜜。

之后，她俩经常结伴购物，经常一起去吃大餐。颜如玉喜欢出入高档专卖店，每次她买衣服、买化妆品，都会给钟梓彤也买上几件，捎上几套。钟梓彤给她钱，她怎么也不要。钟梓彤如果万般推辞，她就佯装生气，弄得钟梓彤哭笑不得，只能一次又一次给她下最后通牒，但她还是那种豪爽大气的款姐范，决不改变。

两年下来，颜如玉与钟梓彤的姐妹情升级到"白热化"的程度。

一次，两人闲聊，颜如玉说："彤彤，不如咱俩合开一家公司吧！"

钟梓彤当即附和道："好哇！咱俩合开公司，那简直就是天作之合，会配合得天衣无缝呢！"

说干就干。两人当即同时从原来的公司辞了职，共同开了一家"钟颜工作室"，经营方向是高端服装的设计、制作与销售。

二人离职时，在原来的公司，颜如玉已做到销售部主管之位，钟梓彤也是设计部的得力干将。两人联手，可谓强强联合。

在"钟颜工作室"，公司的市场预测、前期宣传、市场销售等工作由颜如玉全权打理，钟梓彤只负责设计打版、工艺制作。工作室做前期投资时，颜如玉说资金投入全部由她来承担，而钟梓彤说尽管自己钱不多，但必须尽力而为。在钟梓彤的一再坚持下，二人才达成协议，颜如玉出资70%，钟梓彤出资30%。颜如玉任公司总经理，钟梓彤任副总。

可以说，钟梓彤生活中的知己是颜如玉，事业上的搭档也是颜如玉。两个不婚不恋主义者相约，在生活上相互理解，在事业上相互支持，等将来老了，就一起住进同一家养老院，终老一生。

不想，钟梓彤遇上了虎子。

遇上虎子后，偶尔与虎子的对视中，钟梓彤会有突然的心跳与面热。这种感觉，即使与王子在一起时，也是从未有过的。

回望青涩岁月里的自己，钟梓彤看到的是一个因不懂爱、不会爱而扭曲了自己的女孩，是一个被满腔的怒火与强烈的占有欲烧晕了的女孩。那个女孩很不快乐，很累。而与虎子在一起时，她发现，自己是幸福的，是羞涩的。

人常说，幸福是一种心理感觉。不在乎言语的多少，不在乎金钱的多少，不在乎谁为谁付出多少。幸福可以是一瞬间的生理反应，也可以是一瞬间的心理状态。

她喜欢看他木讷时瞪一双大眼睛的傻相，也喜欢看他耿直地做一些别人不太能接受的事时投入的样子。她喜欢偷偷地闻他身上微微的男人的汗味，还有他偶尔吸烟后，散发出来的淡淡的烟草气，甚至他的鼾音，都能让她心跳加速，血脉贲张。

她知道，她爱了。

她知道，自己并不是一个可以不婚不恋的人。

她知道，她只是在某段时间暂时关闭了爱情的大门。她只是在青春期，不懂爱的时候，因为另一个男孩子无意的行为而自以为受到了伤害，就停止了对爱情的追求。

她不是爱无能，她爱的能力并没有死去。它只是与她躲猫猫，顽皮地沉睡了几年而已。

一旦春回大地，阳光暖暖地一照，仅仅干枯了一冬的树又发芽了，又长出了新的嫩叶。

残酷的是，一切，都为时已晚。

她在对的时间，遇上了错的人。又在错的时间，邂逅了对的人。

虎子已经有了可可。

而自己是一个没有子宫的女人。

那天晚上，虎子是一个最好的听众。她听着钟梓彤最真实的表白，最痛苦的回忆，最无奈的叹息。

那天晚上，有两粒火光，在深不见底的夜里闪了很久很久……

十一　瓷　化

　　从龙胜山回到桂林，虎子做的第一件事是给阿坚打电话。他心中有一种预感，他要找到他的可可了。因为他听到了可可对他急切的呼唤。

　　在那个与虎子谈了很多的晚上，结束了长长的诉说后，钟梓彤扔掉最后一个烟头，鼓足勇气走过来，想拥抱一下虎子，可是虎子躲开了。

　　他本来是很喜欢与她在一起的，他甚至有过一些暧昧的想法。

　　钟梓彤给他讲故事时，他是理解她的，并感动于她的坦荡。

　　但讲述结束后，他突然感觉，他与钟梓彤之间，有了一道越不过去的屏障。

　　他不知道，是因为可可的存在，还是因为钟梓彤的身体。也许，都有吧。

　　那晚，钟梓彤在他的一躲之后，本能地一愣，然后，头也不回地钻进了帐篷。

　　虎子知道，钟梓彤又受伤了。

　　他一个人在外面又坐了很久。

　　天快亮的时候，漆黑的天空慢慢变亮、变蓝，后来，竟有星星像报到的学生一样，一颗一颗慢慢地闪烁起来。他望着天上的大熊星座，在心中问：大熊，你在天上，肯定能看见地上发生的一切，你告诉我，可可去了哪里？如果你看见了她，让她给我一点信息，让我能感知到她还活着，让我知道她也在找我。也许是心理作用，

青
花
瓷

112

也许是出现了幻觉，在旷野中，虎子真的听到了可可的呼唤声，她说："虎子，你快点回来，我受不了了。"这是那次他出山后，可可在电话里对他说的话。她现在又说，她受不了了。

那时，他并不知道可可承担了什么。如今，他已了解，她内心藏了太多的事。那几个月里，她一定一次又一次地调整着自己，才能做到不给他增添任何烦恼。唯有灾难来临时，她内心的那根弦终于在大地磁场的拨动下紊乱了。她才告诉他，她撑不住了。那些往事在她心底发酵后，开始膨胀，膨胀得她想找个人倾诉，想找个肩膀哭泣。而自己，不但不理解，还打破了她的瓷瓶……

那个晚上，虎子越想越心急，当下竟有回到凡间去的迫切，回到凡间关心可可的甘苦，给予可可他能给的一切。

那天以后，钟梓彤也沉默了。

直至上了回桂林的车时，两人也没有说过几句话。

上车时，虎子作为团队负责安全工作的助手，最后一个上车，钟梓彤上的也较迟。他们上车后，车上就剩下前排那两个座位了。按说正好二人同座，但钟梓彤却把周小岑旁边的张江波拉起来，扔到虎子的座位上，自己一屁股坐在周小岑旁边，气得周小岑拿眼神把她杀了千万次。而她，若无其事地大声开着玩笑说："嗨，一会儿不见大头飘飘，我这心里就想得慌。哎——飘儿，你想我吗？你肉肉的肩膀可否借我靠一靠？本姑娘想睡一会儿。"然后又径直坐到大头飘飘身边，把飘飘身边的孙行者挤得不知坐哪里好，只好又把张江波拉着交还给周小岑，自己一屁股坐在虎子身边。

一车人，都莫名其妙地看着明显闹了别扭的虎子与钟梓彤。

虎子的心并不专注于此。

一上车，虎子就给阿坚打电话。拨通的铃声刚响了一声，话筒里就传来阿坚急切的声音："虎子，快回来，可可找到了。"

虎子兴奋地大喊："真的吗？"

这一声，太过突然，吓得车上的人更疑惑地看着他。他忙压低了声音，却压不住兴奋地问："真的找到可可了？她好吗？孩子好吗？你让她接电话！"

阿坚说："你别急，你别急，听我慢慢说。"

原来，因为虎子登记的失踪人员表里没有可可的照片，所以无法查寻。这次他从陈炉镇拿到了可可的照片，有关人员把可可的照片扫描后发到内部网上，很快就查出一位至今昏迷不醒的孕妇与可可长得非常相像。阿坚已经去了一趟医院，确认那个孕妇就是可可。

阿坚在电话里说："可可被救时，头部伤势太重，又是孕妇，某军区医院当时床位太紧张就没有让她入院，而是直接将她送到了成都总医院。所以，上次你去军区医院找她时没有找着。因为可可至今昏迷不醒，所以医院一直不知道她叫什么名字，哪里人，她身上也没有带手机，医院也就一直联系不到家人。医院倒是在网上发了一些消息，但我们都不习惯上网，所以没有看见。阴差阳错，耽误到现在。不过，好在现在终于找到了。"

虎子也连连点头，说："是呀，是呀，找到就好，找到就好。我马上飞回去。"

听到如此让人振奋又让人心焦的消息，虎子当然不能坐慢吞吞的火车回去。放下电话，他扭过头对着张江波说："头儿，你带大家慢慢回，我等不及了，我要先走了。"然后，他扭过头问与钟梓彤坐在一起的飘飘，"飘儿，你呢？一起飞吗？"

飘飘把长发往脑后一捋，说："呵呵，飞就飞吧。公司一大摊子事儿呢。"

得到飘飘的答复，虎子并没有把目光收回，仍直直地看着他们那个座位。

钟梓彤故意扭头望着窗外，仿佛窗外的景色比虎子的话题更有趣。

虎子无奈，只得直接问："梓彤，你呢？要不要一起'挥'回去？"虎子故意幽默了一下，一是想缓和一下二人尴尬的关系；二是可可找到了，他心情大好；再一个就是，只要可可在，他就有不接受钟梓彤感情的理由，对她就不算伤害……

可可静静地躺着，躺在一个白得没有任何色彩的世界里。白墙、白窗帘、白被罩、白床单、白枕套，可可的肌肤也是雪白的。

在分别了三十四天零十三个小时后，她的腹部更鼓了一些。

青花瓷

　　虎子进病房的那一瞬间，他分明看见可可腹部的床单正在慢慢地动，从腹部直动到腰部。是胎动，仿佛小家伙已经睡足了，她伸了一个长长的懒腰，还打了一个大大的呵欠，但她的妈妈，却一动不动，连呼吸声音也没有。可可面色红润，眉目如画，唇艳欲滴，但就是一动不动。

　　医生说："她的昏迷可能是因为颅部受外伤后震荡了内颅。据救援人员说，发现她时，她在一辆汶川县城开往成都市茶店子车站的长途公共汽车上。因无法确认她是哪里人，所以一直无法通知家属。那个车里的人，很多都遇难了，也有少部分人只受了轻伤。你爱人的情况，介于二者之间。现在她的外伤早已愈合，颅内的瘀血也抽掉了。至于为什么现在仍昏迷不醒，我们会诊过的结论是：瘀血过多，尚有小部分残留。这残留的抽不干净的部分需要她凭借自己的体力慢慢吸收。这个过程，有快有慢。如果快，几天就完成了，如果慢，就具体说不清了。现在唯一要做的就是等。不过……"医生沉吟了一下，又接着说："据我们推测，她也有可能受过心理创伤，希望用这种昏迷的方式逃避一些在现实生活中无法应对的矛盾，或逃避现实生活中可能遇到的心理伤害。昏迷状态是她认为的最安全的状态，因此她的意志告诉自己不要醒来。这就需要家人来自精神方面的配合与支持。鉴于她怀有孩子，所以医院一直在给她输入能量，以保证她与体内孩子所需的生命营养。现在家人来了，你们看看如何处理？她的状态已经不是灾后伤残，只要家人同意，最好拿上营养液回家静养。家人需要天天与她说话，给她精神鼓励与心理支持，减轻她的思想压力，并对她全身进行科学的保健按摩。相信她，很快会醒的。"

　　虽然找到了可可，可可却如同瓷化了一样，不吃、不喝，不哭、不笑。

　　虎子拉可可的手，抚她的脸与发，她仍然一动不动，像一尊用细瓷做的睡美人。

　　虎子全身抽搐地哭了。

　　哭够了，平静了，方拨通陈炉的电话。他说："爸，妈，找到可可了，孩子也很好。我这就与她回去看你们去。"不等老人说话，他迅速挂断了电话。他怕老人要求与可可通话。而可可又如何能亲自向二老报个平安呢？

　　地震发生一个多月来，虎子的电话一直不断，每天都有驴友送来关切的问候。可可一直没有找到，大家的心也就一直悬着。当护送可可回陈炉一事迫在眉睫时，虎子对一直不离左右的大头飘飘说："我要送可可回家，你能不能用最快的速度找辆大一些的车过来？"他需要一辆加长面包车。

大头飘飘二话没说，让自己的同事很快将摄影车开过来了。车身上还喷着"《蓉城都市报》摄影车"的字样，背景是一幅大头飘飘拍的经典风景照。这帧照片是飘飘与虎子一起野营时，飘飘经过千难万险，爬到一个悬崖顶上俯拍的。

摄影车的后座全部拆掉了，可可的活动床正好可以放进去。

人们把可可小心翼翼地抬上车，医生把她需要的营养液装箱送过来。

车快启动时，有一个叫小燕子的护士突然想起什么似的，说："对了，杨先生，那条狗你还要不要？"

"狗？ LUCK 吗？"

小燕子说："我不知道狗叫什么名字。据救援人员说，救你爱人时，她在映秀去成都的一辆长途大巴上。那辆大巴刚走过金花大桥，可能就发生地震了，大巴被山上的滚石砸坏了，车上的很多人都遇了难。而你爱人当时还有呼吸，只是头部受了重伤。在她身边有一条白色直毛遮目狗，狗当时并未受伤。救援人员说，他们抬了你爱人在前面走，狗就在后面追。跟到救护车前面时，它就围着救援人员的腿转圈，仿佛在请求把它也带上。没办法，就把它抱上了车。你爱人转到我们医院后，这条狗一直卧在你爱人的病房门口，医生怎么赶也赶不走它。医院不让养狗，我才把狗抱回家的。现在它还在我家呢。如果你不要了，就把狗送给我吧。"

虎子说："不，那是我爱人最喜欢的朋友。我怎能不要它？"

好在小燕子家并不远，很快就把 LUCK 抱来了。

小燕子把 LUCK 照顾得非常好。虎子把依然雪白柔软的 LUCK 抱在怀里，像抱着可可一样。然后，他拉着可可的手贴在自己脸上，说："可可，咱回家，找爸妈去。他们非常想你和孩子。"

一路上，他与 LUCK 就那样守在可可身边，一刻也不离。

仿佛怕把沉睡中的可可摇醒，车开得很慢。

平时擅长说笑的大头飘飘，今天少言寡语，一直在前面专心致志地开着车。副驾驶座上一袭帅气中性打扮的假小子钟梓彤，保持着这几天一直

有的低调沉静。二人目视前方，仿佛前方有敌情一样，神情专注，心无旁骛，摆出一副车后面发生任何事都跟他们无关的架势。

车内一直无人说话，也不放音乐，一任车体发出单调而持续的"嗡嗡"声。

虎子也关闭了耳目。充耳不闻身外事，视而不见身边人。他一手抱着LUCK，一手握着可可温热的手，定定地看着她。他想象着可可会突然坐起来，就像白雪公主在突然一颠中吐出毒苹果，从水晶棺中坐起来一样；或者经他一吻，睡美人突然展颜一笑，周围的荆棘纷纷退后，给他们让出一条平坦而幸福的人生大道。

每当车辆稍有颠簸，虎子都会瞪大眼睛，看着可可。看她会不会突然醒来。他甚至弯下腰，真的一次一次吻她的唇，希望他的真情与虔诚能解除巫婆施在可可身上的诅咒。

可是，可可一直静静地躺着，一动不动。懂事的LUCK，也一动不动，眼睛亮亮地看着她。

当晚中途休息，他们住在广元市一个叫剑门关的酒店里。四个人，登记了两个房间。

把可可推进房间后，钟梓彤赶了好几次，才把虎子赶回他与大头飘飘的房间。

虎子走后，钟梓彤用热水给可可擦过澡，然后蹲在她的床前，看着她细瓷一般的面孔。看着看着，她的心软成一方流泪的手绢。她不知道虎子与可可之间有着怎样的爱情故事，虎子也从未提起过他俩的事。但她想象着，虎子一定爱极了这个我见犹怜的女孩。因为，从第一眼起，她也爱上了她。

钟梓彤将那枚青花瓷莲花项链戴到可可项上，然后拉着可可的手轻轻地握着，说："可可，捡到这枚青花瓷莲花项链的时候，我竟不知那是上帝之手的牵引。我不知道这枚青花瓷莲花项链的故事，也不知道那天你怎么把它丢在了医院门口。是这枚青花瓷莲花项链，让我介入了杨以轩的生活，也让杨以轩走进了我的世界。时隔一个月，又是这枚青花瓷莲花项链，让你我相遇了。我想，冥冥之中，一定有一种既定的安排，我不能拒绝，也不会苛求。我只随着心顺着感觉往前走。你要醒来啊，守住你的杨以轩。要不，我肯定会把他夺走的，你敢不敢与我竞争一下？如果你爱杨以轩，就起来，与我争，与我抢。要不你就是个懦夫。"

睡着的可可，并不因为有竞争者的出现而有丝毫反应。也许钟梓彤的话并没有触碰到她的冰山吧。钟梓彤，你怎么会知道可可对魏明睿的内疚？钟梓彤，你又怎能体会可可当时所处的窘境？只是可可不知道，她的生命里已经有了虎子。他那男子汉的肩，已经替她挑起了所有的烦恼。他那双男子汉的手，已经拨散了笼在她头上的所有愁云。

"钟梓彤，我是懦夫，却不是与虎子爱情的懦夫，我是伏在命运之神脚下的懦夫。我不是害怕面对爱情，我是害怕面对命运。我爱杨以轩吗？不知道，真的不知道。我只是在某一天爱上了他的生活方式。爱上了与他交谈时那个真实的自己……虎子，有一句话不是这样写的吗？我爱你，不是因为你是谁，而是因为与你在一起时我知道我是谁。英文是这样的：I love you not because of who you are, but because of who I am when I am with you。是的，因为与你在一起，我寻找到了我自己。这句话，还有另一种版本的翻译：我爱你，不是因为你是一个怎样的人，而是因为与你在一起时我知道我是怎样的一个人——I love you not because of who you are, but because I am in love with the feeling of being with you。不管怎么样翻译，我都感觉我是一个只知道爱自己的自私女孩。"

第二天中午，大头飘飘的那辆加长面包车，缓缓地停在陈炉镇可可家那扇纯木大门前，大头飘飘与虎子小心翼翼地把沉睡中的可可抬了下来。

可可的母亲终于见到远走他乡半年之久的女儿。女儿却早已不是出走时的样子，曾经活泼灵动的女儿沉睡着，曾经体态轻盈的女儿腹部高高隆起，她已经有六个多月的身孕了。她像一件瓷器一样，安静，雪白。她瓷化了吗？她变成那个瓷瓶了吗？

可怜的女人，不敢惊动女儿，也不敢触碰女儿，只能强忍着哭声，捂着嘴软在自家男人的怀中。

大家忙乱时，钟梓彤随便走进了一个安静一些的房间。

这个房间，正是可可父亲的工作室。

在可可父亲的工作室里，服装设计师钟梓彤看到了一个让她震惊的物件，那是一只青花瓷瓶。它那样亭亭玉立，它那样优美迷人，它那样典雅

青花瓷

118

高贵，又那样清新可人，如同可可。

在可可父亲的工作室里，服装设计师钟梓彤还看到一个让她震惊的世界。这个世界，是瓷的世界。这个世界，与她的世界完全不同，却让她痴迷留恋，让她灵感迸发。

在这个世界，钟梓彤似乎弄明白了那个青花瓷碎片的来历，因为那朵曾经戴在她胸前的红色莲花，与这只青花瓷瓶上的莲花一模一样。同时，那枚碎片似乎又更神秘了，因为她不知道那么完美的一个瓷瓶上，从哪里掉下了这片曾经极不规则的碎瓷。

这个世界，让一向主张时尚的钟梓彤，让一向张扬个性的钟梓彤，受到了巨大的冲击。钟梓彤一贯的服装设计风格，在这个冲击下，站不稳脚跟。与这个世界相比，一向不在服装里掺杂任何文化元素、没有任何民族气息的钟梓彤的作品，显得浅薄可笑，显得苍白无力。

她站在一个大西北普通农民的瓷器博物馆里，仿佛观看了一场让她醍醐灌顶的服装秀。

她狂喜地对自己说："我要开一次自己的服装展，我要给自己的服装品牌重新定位，给我的服装品牌重新命名。这个品牌应该叫'青花瓷'。"

十二　瓷　语

　　大头飘飘与钟梓彤都还有很多工作要做，将可可平安送到陈炉后，草草吃过饭，两人依次上前拍拍虎子的肩膀，那辆熟悉的车带着那幅熟悉的风景，顺着那条盘山公路，颠颠簸簸地走了，远了。

　　虎子留了下来。他要像医生说的那样，科学地，耐心地，照顾可可。每天呼唤她，与她说话，给她放音乐，给她心理支持，给她身体按摩。他相信，可可并不想丢下他们。一个多月来，她一定也在苦苦挣扎，在拼命地努力地醒过来。

　　可可被接回来的消息在陈炉镇像春天的风一样，只轻轻一吹，全镇的人都知道了。来看可可的村民络绎不绝。有叹息着夸这孩子以前多聪明多懂事的，有摇着头劝可可父母宽心等待的，有说好人会有好报的。可可的小学初中高中同学也纷纷前来探望。她们有的已结婚生子，有的正在热恋之中……

　　面对一群群、一队队陌生的人，虎子说着自己不想说但应该说的话，做着自己不想做但应该做的事。

　　每来一个人，对于可可父母与虎子而言，都是一次折磨与煎熬，但他们不能说不要来了。虎子看见，可可的母亲迅速地衰老下去，可可父亲一向挺直的背也有些驼了。他们仍然每天早早地起床，可可母亲像平常一样，扫院子，擦家具，做饭，洗衣，可可的父亲如以往一样，在自己的工作间里埋头设计。林娃照样去窑坊，带领工人制坯、画瓷、烧瓷，每天过来请示或汇报工作，然后，开着他的小皮卡，给新客户打电话，给老客户送成品。

　　日子仿佛没有什么改变。但究竟有没有改变，每个人心里都明

青
花
瓷

白。

　　一直在走、一直在忙的虎子，空前地成为一个静止的人，成为一个闲人。

　　每天早晨，趁他去卫生间洗漱的时候，可可妈妈也就进入他们的卧室里帮可可洗脸、擦身了。他洗漱完毕，就在院子里走两圈，锻炼一会儿，可可妈妈给可可擦洗完，他再回他们的卧室。

　　说是他们的卧室，其实是可可原先的闺房。

　　可可父亲说，这个闺房，是可可自己设计的。

　　床头墙上，是一幅可可自己画的瓷画，画由一片一片的瓷砖拼贴而成。这是一幅美艳的秋景图。主画面是从画框下方的左右两角出发，伸向画框上方正中的两排无边无尽的法国梧桐。在秋风中，每棵树都萧瑟着一头金发，橘黄色的暖阳透过有些稀疏的枝叶，洒下一地的灿烂。整个画面以金色、黄色、橘色为主，只有近处飘着一片枫叶，一片艳红的枫叶。那片叶子，叶梗富于质感，叶脉清晰，叶缘的齿牙俏丽，整片叶子透出娇骄二气。房间的窗帘则以绿色为主，草绿色的底色上印有碧绿色的植物，再用手绣上墨绿色的本色小花，床单被罩是以黄绿为主的大方格，橱柜是嫩绿色，地板砖是淡绿色。整个房间温暖青春，欢快清爽，又不失沉静。

　　每天早晨，在可可母亲给可可洗脸擦手的时候，虎子会在院子里走一走。站在鸟语花香、干净整洁的院子里，虎子整个身心都浴进氧气十足的幽境中。这是一个和谐美满的家庭，父慈母贤，夫刚妻柔，男外女内。而且夫妻双方配合得十分精当，恰到好处。

　　父亲雷江涛不常出门，每天只抽出一小部分时间去窑场看看，大部分时间都在他的工作室里设计新产品的样式及花纹，设计成形的定稿就拿去让窑场的工人生产。

　　新产品整个的销售与送货由林娃负责。

　　林娃没有上过大学，勉强上完高中后就到雷江涛的窑场当了助理。别看他学习上不开窍，但在经营上却不点自通。也多亏他的全力以赴，雷江涛的事业才能如此稳中求升，才能在照顾了家庭的同时，又让自己的妻子女儿过上富足安宁的生活。

　　母亲王莲莲是一个大门很少出、二门很少迈的典型居家妇女。她是雷江涛父亲从老家给雷江涛带过来的媳妇。当年，陈炉镇本地女子不愿嫁到雷家这个外来户家里，雷江涛的父亲就回到老家，将自己一个结拜老哥哥的小女儿带了过来做了儿媳妇。王莲莲娘家兄弟姐妹多，在全国人民都吃不饱饭的年代，走一口人就是少了一个抢饭碗的人，何况雷家只有一个儿子，日子再怎么着也比自己家好过些。王莲莲很庆幸自己嫁给雷江涛，这个男人不但有本事，而且对她极好。不像老家的男人们，动不动就打老婆，天天喝酒耍酒疯。

刚结婚时，日子难一些，但勤俭持家是她很小时就会的本领，所以，她并不觉得日子有多苦有多难。有了可可后，国家政策也好了，日子就像芝麻开花一样，一天比一天好。她就更安心地侍候好老公，照顾好女儿。她不常说话，大多数的时间她都在劳作。遇上大事小情的，有丈夫雷江涛挡在前面。丈夫就是他的天。她是家里的一把好手，做得一手好饭，绣得一手好女红。每天除了把家里门外打扫擦拭得一尘不染外，就是准时准点把色香味俱佳的可口饭菜摆上桌。一般的农家妇女很少有她的好手艺。她尤其擅长做农村的酵面馒头、手工擀面、油炸饼、烤锅盔。她只是一个典型的家庭妇女，但可以看出，没有她，这个家不可能如此平安幸福。

再次看到王莲莲，虎子才明白，为什么这个家的装饰瓷砖全是莲花，为什么可可那个青花瓷瓶上画的，也是莲花，因为可可的母亲名字叫莲。这个女人，不仅凭自己的勤劳善良让丈夫女儿无比喜欢她，连虎子也在短时间内感到了她的可亲可敬。

虎子虽然生在四川，但他想他的祖籍肯定是北方的某个省。因为从小到大，他的母亲也常常给他做些馒头油饼，擀些面条，熬些小米粥什么的。因此，陕西的饭菜对他而言，不是不能适应，而是仿佛乡愁一样，让他吃一次就忘不掉。天天吃这样的饭菜，他感觉自己天生就是这块黄土地上生出来、长起来的。

接回可可后，人来人往地忙活了好几天，大门口的车马也就慢慢稀疏了。再后来，来看望可可的人几乎没有几个了。

刚开始，魏发财一个人先过来看了看，拿了些礼品，有些拘束地坐着，尴尬地笑着，想一句问一句地说些不自然的话语。虎子"爸、爸"地叫着，让他在拘束之中有些释然，也有些怆然。他走的时候，虎子看着他

有些佝偻的背，心里酸酸的。后来，枝枝也磨磨蹭蹭地过来了。她先是拗在大门口，像个孩童一样羞涩忸怩，魏发财拉着她，她才半推半就地蹭进来。虎子脆脆地叫她："妈。"枝枝没有答应，只是不住地点头，那泪就流了下来。虎子这句"妈"叫得声音很大，叫得可可母亲答应着从房间里走出来。两个母亲见面，都很感性，然后，可可母亲拉着枝枝走进房间看可可去了。

魏发财告诉虎子，自打虎子认枝枝当义母后，枝枝犯病的间隔一次比一次长，心情也比以前大好了。虎子说："心病还得心来医，解铃还须系铃人。让妈与可可多接触一下，对她的病有益处。爸，你也多带妈过来，与这边爸妈多聊聊天，也就不闷了。人的病总是闷出来的。"魏发财听后，连连点头，这个口讷的男人，竟找不到合适的词来回答。

虎子很庆幸自己的介入，如果因为他，两家心存芥蒂的大人，能够冰释前嫌，也算他对可可的一个弥补。两家虽不能和好如初，但也能为可可醒来后扫清心障。如果可可醒来，看到两家大人又开始亲热地有来有往，她会长舒一口气的。

大头飘飘与钟梓彤走后的两个月多里，每天闲来没事，虎子就守在可可身旁，与她说话，给她按摩。他还学会了扎针，定时给可可身体里输送营养液。可可的闺房里，每天"宅"着虎子这头户外酷驴，怎么看怎么不合适，但虎子住得很安心。

这个房间，没有虎子与可可的任何记忆。虎子住进来时，就是与沉睡中的可可一起，每天只有自己在走路，自己在说话，一个人叹气，一个人呼吸，可可始终不为此所动。

两个多月，对一个长年活动在户外的人，对一个只知道走不知道停的人，是前所未有的考验。他坚持下来了。

虎子原打算，训练营结束后，他先回到映秀镇，看看已经搬出都江堰过渡房、搬回映秀简易板房里的阿坚一家，再去成都福利院关心关心小安安的现状。安安已经会自己吃饭了吧，可以连续地说一句完整的话了吧……然后，就是寻找可可。不想可可突然间找见了，突然间，自己就在陈炉了。

两个多月来，他只能通过电话与阿坚交流，询问安安的情况。阿坚告诉他，丽静的老公也死了。阿坚还告诉他，丽静老公的名字叫魏佳祥，从户口档案上来看，安安叫魏姝婷。魏佳祥是映秀镇党委办公室的一名秘书。在灾难发生时，他正在办公楼里写一份汇报材料。他意识到发生了地震时，从镇办公楼上飞速而下，没有人知道他当时有没有想到自己的妻子与才一岁多的女儿，被他营救出来的几个人，只看到他忙碌的身影以及最后被余震震塌的楼板压在他身上的情景。

如此这样，安安真的成孤儿了。不管她有没有其他亲人，丽静临走之前将安安亲手交给了他，他就是安安的父亲，他必须承担起当父亲的责任。

看看可可与可可日渐隆起的腹，虎子感到他的责任越来越重。除了安安，他还有一个自己的孩子，自己与可可的孩子。

他想好了，安安仍叫安安，宁安安。他们的孩子就叫平平，杨平平。经历了这场劫难，他感到平安是最重要的，其他的都可以忽略不计。

那些天，虎子守着可可，向她絮絮叨叨地讲了很多话，他说他们还没有真正了解过对方，现在就由他先来吧，等可可醒了，一定要把他的故事全部讲出来。他说了他的父母，说自己的父母如何恩爱，如何疼他；他说了自己的童年，说自己、阿坚、冯自军三个发小组成的"三人帮"，如何去偷了家里的钱买烟抽，如何躲在镇子外面的一个菜窖里偷偷练习少林拳；讲他们初中的时候，如何帮冯自军哄开追他的女孩，又如何帮着阿坚在他父母面前替他与第一个小女朋友打掩护；讲三人如何拿着压岁钱进了一堆廉价的炮仗在春节前卖被城管抓……高中的时候他是喜欢过一个女孩，还试着追人家来着，他想抓人家的手，人家却反手打了他一巴掌，高中毕业时，女孩又向他道歉，请求他原谅，说愿意与他在一起，可他对女孩却没有了感觉；大学的时候，他也曾经与一个女孩在外面租房子同居过一段时间，可是，两个不懂相互忍让的孩子在一起，总是不停地吵，吵完和好，和好后又吵，最后他终于累了。当时，父母又突然遭遇车祸，他情绪极其低落，就说了分手，退了学，从出租屋里搬回了家，再没有去过学校，两人也就没有见过面；他退学后无以谋生，也无法待在家里，就去户外当了一名"驴子"，这中间，不止一个女"驴友"喜欢他，也许是因为失去父母的痛还未散去，也许是他害怕再失去到手的幸福。所以，他对那

些女性的主动追求总是淡淡的没感觉，即便是遇上可可，他也没有一下子喜欢上她，内心虽然没有反感但仍在逃避……

他每天都讲，想起什么讲什么。

他还讲："你知道吗？地震发生的第二天早晨，我与阿坚步行回去救你。当时我们路过金花大桥，看见金花大桥上有许多被石头砸毁的车，只是当时我并不知道你就在其中一辆车上，我只知道回家，只知道在家里找你，我们两人就那样错过了。要是当时我知道你在车上多好，我就不会找你找得那么辛苦了。你就不会在医院孤独地躺那么些日子了。好在，我终于找到你了，我们现在也终于回家了，两家父母的关系也缓和了，一切都在往好的方向发展，不是吗？快醒醒吧，没事的，一切都没事了，有我在呢！"

讲累了，他就吻她，问："我们的孩子叫杨平平，好不好？"可可没有回答。

他又问："你醒来后，是跟着我回映秀镇呢，还是留在陈炉？我想，你还是留在陈炉吧，这里有你的父母，有魏明睿的父母，还有你热爱的瓷。"可可仍没有回答。

他又说："要不，跟我回映秀镇吧？重建后的映秀镇肯定非常漂亮，你在家带着平平与安安，画瓷。我就在镇上开一个户外装备店。今后，我保证能不出去时就不出去，在家里守着你们娘儿仨，好不好？"可可始终没有回答。

在这段时间，虎子还会与LUCK说话。

这个注入了人的灵魂，却生就一个宠物身体的生灵，有一双亮如宝石的眼睛。

在虎子对可可说话时，LUCK常常卧在他俩身边，一会儿看看虎子，一会儿看看可可。有时，它会用舌头舔可可的脸，仿佛在说："主人，快醒醒呀，你看，我们多么需要你呀。"有时，它也会贴在虎子身边，用嘴拱他，用头拱他，用湿湿的鼻尖一下一下蹭虎子的脸。

虎子想，LUCK肯定有很多话要对他说。只可惜，它是一个不会说话的朋友。

十三　瓷殇

　　两个月后的一天，虎子照例给可可进行了全身按摩，可可照例一动不动；虎子照例给可可说了很多话，可可照例没有吭一声。于是，说着说着，虎子的眼皮越来越沉，最后，他躺在可可的身边睡了过去。

　　虎子是被一阵凄然但又有些陌生的声音惊醒的，发出那声音的人竟是可可。

　　"啊——啊——"瓷化了三个多月的可可，突然发出一声声凄厉的、对虎子而言又有些陌生的声音，他一下子被吓醒了。可可的父母也同样听到了叫声，他们忙不迭地跑进来。大家真切地看到，可可在挣扎，真切地听到，可可在呻吟。想必是腹中的阵痛让她实在睡不着了，她发出"啊——啊——"几声呼叫后，随即便是一连串的呻吟。

　　从 5 月 12 日昏迷到 8 月 17 日，三个多月时间里，可可一直在沉睡，但她体内的孩子并没有因此而停止生长，母子二人就靠着每天输入的营养液维持着生命。虎子在很多次与可可对话时，都看到她体内那个鲜活的生命正在顽强地成长着。虽然可可不动，可她在动。在给可可擦拭身体时，在给可可进行全身按摩时，他都能感到可可体内那个鲜活的生命正在焦急地呐喊着，她在说："我活着，我在成长着，我与妈妈在一起，妈妈为了我没放弃，我也不会放弃。"

　　很多次，虎子也会与她对话，告诉她："杨平平，我是爸爸。爸爸叫杨以轩，妈妈叫雷可可。虽然爸爸不知道你是哪一天跑到妈

妈肚子里的，但爸爸肯定会看着你降临，看着你长大。"那个时候，不知她在乖乖地听，还是睡着了，虎子竟一次也没有听到类似回应的悸动。虎子等着，等着，等着，等着她用响亮的哭声宣告她来到这个世界的那一天。

是时候了，这一天终于来了。

她来了。

这个在母亲昏迷中仍顽强生长的小生命，在降临之前，大张旗鼓地让母亲痛着，让母亲喊着。

她用她的来临，让沉睡的母亲从瓷化状态灵动起来。

可是，才八个月呀，她是不是按捺不住了？二老忙不迭地收拾着早准备好的小被子、小褥子，小衣服、小尿布。可可母亲还不停地说着："阿弥陀佛，这可怎么办呀？七成八不成呀，这孩子才八个月，成不了可怎么办呀？"可可父亲斥道："别乱说，你看，可可这不是醒了吗？可可醒了，肯定母子平安……对，开车，开车去医院……我去叫林娃……"

还没等他走出院子，就有汽车的声音停在门前。

雷江涛以为是林娃，他大喊："林娃，快，快。可可要生了！"进来的却是大头飘飘与钟梓彤。可可父亲顾不得与他们寒暄，忙叫他们把车后座拆开，送可可去医院。

此时的可可，已经睁开了眼睛，她虚弱地叫着："妈妈，妈妈。"急得母亲不知要给她弄点吃的好，还是要护着她上车好。

虎子大喊着："妈，顾不得了，你先与我爸上车，钟梓彤与大头飘飘帮着抬可可。"

可可的活动床又一次被抬上飘飘的加长面包车，车稳稳且急速地向耀州区医院驶去。

一路上，虎子蹲跪在可可床前，钟梓彤也紧紧地拉着可可的手。

车行至医院，三人抬着可可的活动床，进了急救室。后赶过来的林娃紧走几步扶住了可可父母。

鉴于可可已经沉睡了三个多月，没有力气生孩子的情况，医院决定剖腹产。但剖腹之前，要对可可身体的各项指标进行一下全面检查。好在她只是出现了短期的阵痛，离生产至少还有二十四小时。

医院的医生护士忙着做可可手术前的各项检查，虎子也忙前忙后地办着手续，安顿着众人。

一路上不停呻吟的可可却停止了呻吟，她努力地睁开眼睛，疑惑地看着这个对她而言十分陌生的地方。她呆呆地看着天花板，眼珠一动不动，仿佛从天花板上可以读到她想要的答案。

终于，她记起了。

魏明睿死了。那几天，因为魏明睿的死带给太多人震惊，魏明睿的父母又天天来家里闹，她这个间接害死魏明睿的罪魁祸首，怎么会吃得香，睡得着。

起初她不想吃饭，只是以为魏明睿的事儿让她心绪不佳，身体异常。后来，她开始恶心、呕吐，讨厌母亲端过来的油炒过的菜。她想自己一定是怀孕了。

她没有声张，偷偷买了早早孕试纸一测，那道明显的红线让她心胆俱裂。

她发现自己——怀了明睿的孩子！

而明睿——死了。

她不得不去映秀镇，她得给孩子找一个"亲生父亲"。

在映秀镇，她心里藏着满满的对魏明睿的内疚，同时她又不敢直视虎子的眼睛。

好在虎子一直在走，她正好一个人静静地在那个属于虎子父母的屋子里待着。

五个月里，她一直在好好地控制自己的情绪。她认为自己没有权利要求虎子为她做任何事，甚至没有权利要求虎子留下来陪他。她没有权利要求虎子对一个虎子自认为是自己孩子的孩子负责。

那天，也许是灾难之前的预兆，也许是地震前人体都会有的预感，她情绪烦躁到自己不能控制的地步。那时，她的负面情绪像决堤的洪水一样泛滥成灾。

"就算我没有权利要求你，就算你对这个孩子没有义务，但我把自己无条件地给了你，你也应该自觉地为我付出哪怕几天的时间也好呀，哪怕对我过去的伤痛送上几句温情的问候也好。我虽然做错了，但也需要理解与宽容呀，为什么要让我一个人独自忍受这一切？"

于是，她打电话叫回了虎子。

于是，她与他无理取闹地冷战……

后来，虎子走了。

带着那只破碎的青花瓷瓶，走了。

虎子走后，一切又复归冷寂。

除了丫头与LUCK。

在那个小镇上，在这个世界上，自己竟没有一个能够说说心里话的人。

魏明睿死后的几个月里，她封闭了自己，不与同学联系，不与好朋友联系，不与父母联系，除了林娃。

对林娃，这个只知道为她付出，却不求她任何回报的痴情男孩，她还能要求他替她排忧解难吗？而他，又能为自己做什么？除了默默地听从她的指挥，他在她面前，是连说话也小心翼翼的。

那几个月里，可可被种种矛盾纠缠着，被种种内疚折磨着。

她对不起父母。魏明睿的死，让自己的父母在他父母面前无法做人，他们可是相处了几十年的老弟兄好姐妹。

她对不起魏明睿的父母。从小疼自己的枝枝姨因魏明睿的死疯掉了，一直对自己与魏明睿的事情打着掩护的财叔，日子也艰难到苦难了。

她对不起魏明睿。突然之间的毁婚让他失去了年轻的生命，他本该前途无量才是。魏明睿一直想进市政府工作，凭借他的努力，他终于考上了公务员，那是多少刚走出校门的大学生梦寐以求的理想呀！

她对不起虎子。这个只有一面之交的男孩，这个一向视自由为生命的男孩，在自己的任性中，突然做了丈夫，又在不知所措中，稀里糊涂地做了别人孩子的父亲。

她对不起孩子。她不知道这个孩子生下来后，自己如何解释不能给她一个亲生父亲的原因与理由。

她对不起林娃。一个早该娶妻生子的小伙子，为了自己，一直坚守到如今。而且，永远不会有守到云开见月明的机会……

好在一场灾难来了。

灾难让她有了一个很好的理由。

好在有一块石头砸下来，透过车顶的铁板，砸中了自己的头部。

选择沉睡是她唯一可以逃避的方式。

虎子走后那天，她仿佛预感到了要发生些什么，先是打开笼子，放了丫头，对它说："丫头，走吧，自由对人很重要，对你也同样重要。生命对人很重要，对你也同样重要。我给你自由与生命。"丫头疑疑惑惑地钻出笼子，在她头顶环飞了几周，当确认自己已经获释，它兴奋地夺窗而逃。然后，她想放生 LUCK，可 LUCK 怎么也不走。

直到晚上，LUCK 仍在狂吠。她想把 LUCK 抱在怀里，一直乖巧的LUCK 却挣扎开去，在院子里蹿来蹿去，直到它精疲力竭。

5 月 12 日那天早晨，可可很晚才醒来。LUCK 太闹了，她几乎一夜没睡。直到 LUCK 自己闹累了，静静地卧在她身边，她才渐渐地迷离过去。等再睁眼，已经是下午一点左右。LUCK 没有再闹，一反常态地傻愣愣地望着窗外出神。她给自己与 LUCK 弄些吃的，LUCK 摇着尾巴怎么也不好好吃，她自己也不想吃。抱着 LUCK，她不知自己该做些什么。不想干活，也不想待在家里，具体想去何处，又不知道，只感觉到在某一个地方，有个人在哭着呼唤着她的名字，切切地，不停地在呼唤。她坐着，不知道这是一种什么感觉，不知道是谁在呼唤自己。

好久，她惊醒了，这是乡愁。

那是父母亲切切的思念，日日的呼唤。

仿佛井喷一样。地底下的石油，不挖，一直埋在地壳深处。一旦被掘开一个口子，瞬间喷发的能量巨大，势不可挡。

五个多月来，可可一直压抑的思亲之情像被点燃了的爆竹一样，噼噼啪啪炸开了。

为了让自己静下心，她用打扫房间来转移情绪。笤帚划过沙发底下时，"哗啦——"响起一个很轻微的声音，凭她多年练就的耳力，她听出这是碎瓷在笤帚下的呻吟。再一划，一块极不规则的红色莲花出现在木制地板上。

那是青花瓷瓶上的一块碎瓷。

这给了她一个回家的理由："虎子回陈炉镇瓷去了，没有这块带莲花的碎瓷，瓷瓶是不完整的。我是回去给他送碎瓷片的。"

"对，我回去是送碎瓷片的。"仿佛她嘟囔的这句话是神奇的咒语，念

过几遍后，心中的胆怯一扫而光。她信心百倍地决定回去。

她简单地收拾了一下，抱着 LUCK 朝镇子的南部走去。

有一条叫 213 的国道，从北边的汶川县城蜿蜒而来，穿过映秀镇，从镇子南边通往成都。

从映秀到成都，不过四十分钟的路程而已。

从成都到西安，坐火车也只需要十七个小时而已。

从西安到陈炉，不过三四个小时而已。

也就是二十多个小时，一天一夜的时间，她就可以回到家去。

再说，也没有谁阻止过她回家。

对，回去。回到父母身边去。

5月12日中午14点左右，她拦住一辆路过映秀的长途大巴，坐了上去。LUCK 呆呆傻傻地坐卧在她怀里，这个小狗，只是一个晚上没睡够，今天就一下子失去了往日的灵性。可可自己，一旦坐上车，刚才的自信又在越来越浓的忐忑不安中荡然无存。她后悔自己不该如此冲动地就要回家。回到家，她如何面对那一系列无法面对的事情，面对无法面对的众人？为了给自己信心，她又拿出那片被摔得极不规则的青花瓷碎片看着，心中再一次默念咒语："我是回去送青花瓷碎片的。我是回去送青花瓷碎片的。"正念的时候，一个小小的声音尖尖地响起："那又怎么样呢？一个瓷片就是原谅你的理由吗？"可可被问得一下子噤了声："是呀，那又怎么样呢？"她还是一个不可饶恕的罪人。

一个碎瓷片，根本救不活魏明睿的命。

突然，她希望车因为没油而停下来，或者因为发动机事故坏在半道上。那样，她就可以不用回陈炉了，不用面对那些烦心事了。

如同神助，正当她默默祷告的时候，汽车突然"咚咚咚"地动起来，起先是上下摇动，然后是左右晃动。她以为自己精神不振而出现了错觉，但座下的车开始更加剧烈地晃动起来。她还没有弄明白是什么原因，头上就被一个硬物重重地一击——好痛呀，痛得她想睡觉。

于是，她睡着了——

她睡着了，睡了很久，睡得很舒服，睡得很轻松。她感觉只要睡着，就不用去想那些烦心的、不用去面对那些解决不了的事情。

她可以感觉到人们在熙熙攘攘地抢救她，可以感觉到那枚碎瓷片掉在地上的声音，可以感觉到在医院里，自己一直被一个叫小燕子的护士照顾着。她也可以感觉到 LUCK 一直守在她的身边。只是，她不想醒来。

　　直到有一天，她最不愿面对的虎子来了。虎子身边，还有一个那么爱虎子的女孩子。自己的存在，让这个爱虎子的女孩子想爱而不敢爱，不爱却不知如何罢休，她叫钟梓彤，不是吗？那天夜里，不是她对自己说，让自己守住杨以轩吗？不是她自己说，如果自己守不住，她就要把杨以轩夺走吗？自己是守住虎子，还是把他让给钟梓彤呢？如果守住，虎子跟自己会幸福吗？虎子会爱自己与魏明睿的孩子吗？自己还要再与虎子生一个他们自己的孩子吗？如果没有了自己，虎子岂不是可以无事一身轻地与钟梓彤好了？可是，自己的父母怎么办？魏明睿的父母怎么办？这个虎子取名叫杨平平的孩子怎么办？最后，她在想：钟梓彤把那枚青花瓷碎片做的项链挂在我脖子上是什么意思？她要撤吗？是因为她不能生孩子吗？这么好的女孩，不能生孩子又怎么样？要怎样才能把她留在虎子身边？哦，难道自己真的要把虎子送给她吗？自己究竟该怎么办？

　　她又添了一个无法面对的人，多了一件无法解决的事。

　　两个多月来，她一直在听，听虎子对她说的每一句话。她想答应，却不知如何回答他。也许是躯体的僵硬救了她，她可以用沉睡来逃避她要面对的现实，回避她要回答的一个个问题。也许是她无法回答这一连串的问题，无法解决这纠缠不清的矛盾，她才不愿醒来。如今，她不能不醒了。她再不醒，她就永远没有机会了⋯⋯

　　于是，雷可可使出浑身的力气，伸出一只手，拉住了两个月以来每天都拉着她的那只温暖而厚实的手。

　　一只手紧紧地拉住了忙碌中的虎子的手。

　　虎子让她一扯，一下子呆住了。他回过头，看见可可三个月来未睁的眼睛，正切切地看着他。那双眼睛里，藏着太多太多要说的话，埋着太多太多想说的事。虎子不知道她要说什么，只呆呆地看着她的眼睛。

　　一滴泪，从他大大的眼睛里急速地滚出来，落下来。紧接着，第二滴，第三滴，那一滴一滴的泪凝成硕大的泪珠，一串一串地掉下来，最后是一条小溪。

这三个月，他经历的，他体验的，也有千言万语，是的，他也是有太多太多要说的话，也是有太多太多要说的事。

最后，他慢慢地蹲下身子，深情地说："可可，你终于醒了？我有很多话要对你说，可是我现在想先听你说。"

可可看着虎子流满泪水的脸，用弱弱的声音说："对不起。"

虎子没有听见，但他看清了她的唇形。他不确定她是不是说了那三个字，就跪在她床前，把耳朵放在她的唇边，说："你说什么？"

可可虚弱地，但清清楚楚地说："对——不——起。"

虎子清楚地听见了这三个字，就拿眼睛看着她的眼。他的眼睛在问："为什么这样说？"

她闭了一下眼睛，又睁开了，仿佛下了很大决心似的，把嘴贴在他的耳边，说："孩子，孩子是魏明睿的。对不起，对不起……"

虎子只觉得浑身一软，"咕咚"一声坐在了地上。

可可并没有因此而停止，她拼着命继续说："孩子不是你的……你可以不负任何责任……把孩子留下……留在陈炉……你无牵无挂地……与钟梓彤……去寻找……属于你们……自己的……幸福。"

然后，可可的手松开了。

仿佛她的手带走了巨大的能量，她一松开，虎子再也没有力气站起来，他久久地坐在地上，只有一双眼睛痴痴呆呆地望着病床上的可可。

大头飘飘以为虎子累坏了，忙走进病房把他扶了出去，让他坐在走廊的椅子上。

坐在椅子上的虎子，一下子什么也听不见了，看东西时眼睛也模糊不清了。他只感到医院在一瞬间变成了一个无声的世界。而这个世界，也只有一团一团白色的影子在动，在动，动着，动着，就飘远了，消失了。

万籁俱寂。

后来，他仿佛看见钟梓彤进了病房，林娃与可可父母也进去了。他们再出来的时候，都坐在他周围，不知道他们说话了没有，反正他听不见，他也不想听见，他就那样坐着。

直到他看到手术室里推出一张手术床。手术床上的人，用白床单盖着头。他不知道床单下面是谁，他想揭开看看。他刚要去揭床单，却看到可可的母亲倒在他的脚下。林娃冲着他喊着什么，可可父亲对着手术床上的人哭喊着什么……

陡地，耳边喧闹不已，嘈杂不堪。他听到有人喊他的名字，有钟梓彤，有大头飘飘，有林娃。他听到有人喊可可的名字，是可可父母亲。他忙过去帮林娃与飘飘把可可母亲抬起来，医护人员七手八脚地把他们簇拥进急救室，又七手八脚地把他们推出来。

一切，复归寂静。

走廊里，几个人，没有一个人再说一句话。可可父亲低着头无声而压抑地哭，林娃蹲在他身旁无声地陪伴着。飘飘与钟梓彤齐齐地把目光看向虎子，而虎子，把头调向窗外。

不知是酸是苦的泪水，顺着虎子刚硬的脸，一道一道地犁下来……

虎子分明听到自己的耳边，再次响过一声瓷器从高高的空中掉在地上的声音。

"咣——"

那巨大的破碎的声浪让他害怕。他本能地躲了一下。他用意念看到——

瓷器碎成了瓷渣，竟没有一块能称之为"碎片"。

十四　瓷　问

飘飘那辆加长面包车后面，仍放着可可的活动床。床上，仍躺着可可。只是，可可的脸色不再红润，肌肤不再温热。虎子，仍像来时一样，蹲在活动床旁守着可可。不同的是，曾经充满热望的心如同可可的遗体一样冰凉。

驾驶位上，飘飘无语地开着车，钟梓彤不知在想什么，定定地望着正前方，形同蜡像。

另一辆车上，林娃一边流泪一边开车，他恨不得让车窗上的雨刷刷去自己脸上的泪水与心中的伤痛。林娃身后，是悲痛欲绝的可可父亲。可可用生命换回的那个孩子抱在可可母亲的怀里。

可可母亲没有让虎子看一眼孩子，也没有人要求虎子看她一眼。这个虎子给她取名叫杨平平的孩子，现在还叫杨平平吗？没有了可可，这个孩子本应该由虎子来负责，因为他是孩子的父亲。

但现在，虎子与这个孩子无关，可可父亲为此悲哀。

虎子也同样为此悲哀。

可可是孩子的母亲，魏明睿是孩子的父亲。可可父母是孩子的姥爷姥姥，魏明睿的父母是孩子的爷爷奶奶，而为了这个孩子，在那间房子里坚守了两个月，天天与她对话的"爸爸"却不是她的爸爸。那个死不瞑目的魏明睿可以含笑九泉了，因为这个孩子，成全了他与可可的感情。

孩子是魏家与雷家共同的后代。

正因为有这个孩子，虎子才可以大大方方地留在雷家，等着孩子的出生，等着孩子出生后与可可、与可可父母一起养大她。并且对魏明睿的父母负一份自己许诺的义务与责任。

如今，可可死了，他不再是雷家的女婿；孩子是魏明睿的，他连与雷家最后的一点血缘关系也没有了。这叫他以前的诺言如何实现？

只是这个孩子的命好硬，也好苦。一生下来，就没有父母。好在她有肯定爱她的爷爷奶奶、姥姥姥爷。

你看，魏明睿的父母不是早早地等在可可家门口了吗？

即使暴雨如注，也阻挡不了他们迎接自己亲孙子的激动心情。

车行至可可家门口。

魏明睿的父母分别听到了两个让他们悲到极限、又喜到极限的消息：

可可生下孩子后，殁了。

这个孩子，是魏明睿的。

枝枝同时听到两个消息后，精神上没有表现出什么异常，她只是把孩子紧紧地抱在怀里，大叫一声："明娃——我的儿，你给妈留下希望了。"然后，把孩子的脸贴在自己脸上，无声地压抑地啜泣。

那一天，从午时大家进了家门，至晚上，没有一个人说话，每个人都低头沉浸在自己的情绪中。不论是百感交集的虎子，还是中年丧女的可可父母；不论是喜得后嗣的明睿父母，还是难以言说自己心情的钟梓彤。

大头飘飘是事外人。这个与人为善，处事细腻的男人，一天里只静静地待在他应该待的地方。他做人有自己的信条："我就在我在的地方，离你不远不近。不远的界限为：你需要我的时候，我会马上出现；不近的距离是：当你需要安静的时候，我会给你完全的自我空间，决不干扰。"

这一天，孩子由魏明睿父亲魏发财堂而皇之地抱回了魏家，无人干涉，也无人支持。也许可可父母以为，此时不是争夺孩子的时候，当下问题的中心在于怎么对虎子交代。

整个事情在发展时，虎子一直被牢牢地牵住，深深地卷入，被动地成了主角。

事情结束时，虎子成为最委屈的一个。他莫名其妙地被降为一个无关紧要的配角。

明睿与可可闹矛盾，让虎子突然之间有了婚姻。可可怀孕几个月，这个准父亲日思夜盼。孩子生下来，自己却不是她的亲生父亲。明睿因可可

的任性失去了性命，又是虎子担起了给两家老人养老的责任。如今，可可殁了，他倒突然成了一个不相干的外人。

这让二老怎么有脸对虎子说任何有关去留的问题？

沉默是被魏发财打破的。

天临近黑的时候，魏发财再一次磨磨蹭蹭地过来了。

他走进雷江涛的工作间，屋里一片漆黑。他知道雷江涛在，他喊："亲家。"

这是他第一次喊雷江涛亲家。

雷江涛没应，把灯打开。

灯下的雷江涛，发如飞蓬，面如土色，神色悲凉，精神颓丧。

魏发财吓得再叫一声："亲家！"

雷江涛缓和了一下情绪，沉声道："说吧。"

魏发财嘟嘟囔囔地说："我想让明娃与可儿配阴婚。"

雷江涛没有听清，神色萧然地说："我没听清，你大点声。"

魏发财以为雷江涛生气了，吓得不再吱声。

这时，另一个人从门帘的缝隙边上挤进来，是枝枝。她尖着嗓子说："明娃与可儿孩子都生了，理应是夫妻。再说他们二人自幼青梅竹马，现在可儿随明睿走了，明娃在下面会好好照顾她。他们一直要好，现在可儿又生了明娃的孩子，他们在下面肯定会更要好的。"

雷江涛这才明白魏发财刚才说的话。他没有看枝枝一眼，而是震惊地压低嗓音，对着魏发财喊："你刚才说的是配阴婚？亏你想得出来！现在都什么年代了，谁还兴这一套？这是封建迷信。如果明娃与可儿上天有知，也不会同意的。他们生前是什么样的人？是'80后'，他们会由着你们这样胡闹吗？"说到这里，雷江涛平淡了声音，"再说，这事你们得问虎子，我能做得了这个主？虽说可可与虎子没有领结婚证，但他们是大家公认的夫妻。"最后，他坚定了语气，决然地说，"就算孩子是明娃的，这事也得虎子说了算。"

所谓阴婚，也叫冥婚，是为死去的未婚男女找配偶。有的少男少女在订婚后，未等迎娶过门就因故双方身亡。老人们认为，他们的灵魄仍然在，如果不替他（她）们完婚，他（她）们的鬼魂就会在人间作怪，使家宅不安。因此，一定要为他（她）们举行一个阴婚仪式，最后将他（她）们并骨合葬在一起，成为夫妻，才会安宁。所谓自古祖坟里向来不出现孤坟，也有的阴婚是了却父母心愿，未婚男或女尚未婚配就亡故后，爱子女的父母也会为其选择同样尚未婚配的亡故者合葬，这叫弥婚，意为弥补性的婚姻。

阴婚在汉朝以前就有了。由于阴婚耗费社会上的人力、物力巨大，且毫无意义，曾一度予以禁止。《周礼》云："禁迁葬与嫁殇者。"但此风气，在民间始终没有杜绝，甚至有的直接表现在统治者身上。例如，曹操最喜爱的儿子曹冲十三岁就死了，曹操便下聘已死的甄小姐作为曹冲的妻子，把他（她）们合葬在一起。

当魏明睿父母磨磨蹭蹭进到可可的闺房，把这件事嗫嗫嚅嚅地说与低头坐在床沿、已经发了多半天呆的虎子。

虎子还没有回答，陪在旁边的大头飘飘先震惊了。这个平时轻易不说话，轻易不发怒的人，竟发起飙来，说："配阴婚？什么年代了，还有配阴婚一说？可可如果可以说话，你们认为她会答应吗？再说……"他指了指虎子，狠狠地盯着魏氏夫妇："再说……再说……他……他……"他说不下去了，大睁着双眼看着虎子，只怕情绪还没有平复下来的虎子再次受到打击。

果然，压抑了许久的虎子用虎啸一样的声音吼出两个字："不行。"说过这句话，他感觉还不够坚决，感觉内心的抗拒还没有完全表达充分，就再用雷一样的声音狂吼："绝对不行！"然后，头也不回地，"嗵嗵嗵"冲出了家门。

一直在可可父母卧室陪着可可母亲的钟梓彤听到吼声，出了房门，看到虎子像一头暴怒的狮子狂躁不羁，忙随着大头飘飘追了出去。

那天是月初。

暴雨后的天空蓝如宝石，满满一天的星星像宝石上镶嵌的明珠。

只是不见月亮。

乡村的夜晚，家家户户都关了门，村巷里没有路灯。

早年间的陈炉村，"瓷场自麓至巅，东西三里，南北绵延五里，炉火昼夜不熄，弥夜皆明，山外远眺，莹莹然一鳌山灯也"。"炉山不夜"奇

观被列为古同官八景（济阳夕照、仙洞朝霞、姜祠清风、瀑泉飞雨、三山春雪、二水冬冰、高峰连云、炉山不夜）之一。古人赋诗赞曰："山外遥看长不夜，星流月奔互参差。"这是当时陈炉瓷业繁盛的真实写照。如今，此景不再，有的，也只是零零点点的炉火闪着不甘心的火光。

三个二十几岁的"80后"，漫无目的地走在陈炉古镇的街道上，谈着对他们这个年龄段而言荒诞可笑的、自以为遥不可及、终生不会遇到，现在却迫在眉睫的事——配阴婚。

阴婚，一个想起来就让人感到寒气森森，恶心得想呕吐的词，也许它还有一系列多得让人难以置信的仪式。活人这样做的目的，只是自以为这样就可以告慰亡者们的在天之灵，让他们在九泉之下可以相伴相陪。又有谁知道，以活人的意志相配的两个人，在另一个世界是否能相亲相爱，是否愿意相陪相伴。活人这样做，只是为了让自己的内心得到安慰，使自己的要求得到满足，却假借着为死者着想的幌子，办着让人不屑的事情。

可可活着的时候，多么想走出陈炉世代相传的传统观念围成的笼子，又多么想去一个陈炉的旧传统旧观念熏染不到的纯净地方。如今，却让她死去的灵魂困在这里，不得自由吗？

那又将可可的骨灰葬在哪里？映秀镇吗？如果亡者果真地下有灵，那映秀镇的地下又有多少因灾难而死去的人？映秀镇的上空，又飘荡着几多孤魂？

可可在成千上万个陌生的孤魂中可以安生吗？

虎子问可可："可可，你愿意吗？你愿意吗？没有我，你在那边孤独吗？你愿意让魏明睿陪着你吗？"

"也许……也许，有魏明睿陪你，你会快乐一些？也许，这是最好的结局？"

当虎子的思路走到这里时，他大滴大滴的泪再次滚了下来，仿佛要将自己心爱的人儿送给别人一样，他的心痛得无以复加。

他说："飘飘，你说，可可生前为什么要与魏明睿退婚，不就是想离开这个小镇，去过一种自由的新鲜的生活吗？可是，现在，这样一个清灵美丽的女子，就要在一种让我都恶心得想吐的仪式中，配给另外一个已经死去半年多的人，她会开心吗？"不等飘飘回答，他真的干呕起来。

飘飘忙扶他到一棵大树下。这是第一次来陈炉时，虎子与阿坚露营的那棵大树。

　　扶着树干，像一个喝酒喝得胃肠翻滚的醉汉，虎子"哗哗"地狂吐不止。

　　堵在胸口的块垒，在痛快淋漓地吐过之后，骤然消失了，但他的一颗心也仿佛一起吐出来了一样。他说："我感到胸膛里空荡荡的，内心有一种深深的失落感，是一种从未有过的惆怅。"他开始哭，边喋喋不休地诉说边哭："可可配了阴婚，我同可可的婚姻就不存在了，我在陈炉镇，连可可爱人这个名分也没有了，没有了。你说，我留在这里算什么？我他妈的算什么？我无父无母，只想着，可可生了孩子，我就有了父母亲，有了岳父母，有了老婆，有了自己的孩子，我杨以轩这一生赖好也修个圆满。可是，现在，我他妈的算什么？"

　　飘飘与钟梓彤知道说什么也没用，就什么也不说，一任他想说就说，想哭就哭，想骂就骂。

　　最后，虎子终于痛苦而充满无奈地彻底妥协了。

　　他哭着喊："配阴婚吧，配吧。只要可可不孤独，只要有人陪可可，我愿意。我他妈的同意了，同意了！你们把我的心挖去吧，把我的命拿去吧，让我去陪可可吧——可可，你孤独吗？你同意配阴婚吗？如果你孤独，如果你同意，就让这月初的夜空上出现一弯月亮吧。"

　　那个夜里，陈炉镇蓝宝色的、繁星点点的天空上，渐渐地，渐渐地，升起一弯清晰的红色的新月。

　　那个夜里，整个陈炉镇的人，都能听到虎子那撕心裂肺的哭声与让人肝肠寸断的质问声。

　　如同魏明睿死的那个晚上陈炉人永不再提起一样，这个晚上，也成为陈炉人讳莫如深的一夜。

十五　阴　婚

可可的尸床停在院子西墙根。一顶草绿色帆布军帐，搭成了临时灵堂。一张可可生前笑得最灿烂的照片，成了她灵前遗像，被黑框框着，放在棺木前的灵桌上。

灵桌上，中间放一个瓷质香炉，两边是两个瓷质烛台。

两支白蜡烛，没黑没白地亮着，意为长明灯，为死者照亮去阴间的路。

香炉前，放着几把香，一盒火柴。再前面是一把36朵的玫瑰花束，花语为"我的爱只留给你"；一把八朵的天堂鸟花束，花语是"深深的歉意，请你原谅"；再一把是红色康乃馨花束，花语是"我的心为你而痛"。

在棺木周围，满是亲朋好友送来的花圈。有蜡纸扎的，有鲜花做的。

与普通人家办丧事不一样的地方是，所有来祭奠的人，不像村子里的风俗那样，为了营造悲伤的气氛而假哭，也没有人号啕大哭。所有人来，都是送完花圈，焚香作揖，然后默默离去，即使有哭的，也是压抑着，不敢发出声音。那几天，也不像其他有白事的人家，闹哄哄的，吃饭喝酒。

所有的人，都是无声祭奠，默默离去，没有一个人留下来吃饭，更无人喝酒。

在陕西农村，老人去世为喜丧，因此大家会在家里大闹三天或五天。农村里有个不成文的规矩——"喜事叫，丧事到"。也就是停尸在家的这几天，凡是知道老人去世消息的人，不用主家派人请，要自觉地到主人家来帮忙、吃席。这几天时间里，晚辈亲人要戴孝、坐草。戴孝，也就是穿没有缝衣服边的麻衣，孝衣的缝制虽然简单，但讲究颇多，如缝头要在外面，不包边，不钉扣子，以宽大为主。坐草亦即守灵，也就是在放棺木的正房地板上，铺满麦秸，孝子贤孙们日夜坐在上面。守灵也大有讲究：棺木大头那边坐男孝，小头这边坐女孝；凡有亲朋来吊孝，孝子贤孙要陪哭。哭的时间一般把握在：吊孝亲朋一哭，孝子贤孙马上哭，亲朋哭声一停，孝子贤孙的号啕也要马上止住。

"大闹"意为花大钱唱大戏。孝子贤孙们为了表示自己对去世老人的孝敬，也为表示对来帮忙的乡里乡亲的感谢，一般都要叫戏剧团的人来唱戏，歌舞团的人来唱歌跳舞。戏剧团、歌舞团里的人会在离主家不远的地方，找一个宽敞的场地搭个台子。从发丧那天晚上开始，一直到出殡前一天晚上，天天热闹。具体流程是，天一擦黑，戏剧团先开始，锣鼓家伙一敲，一折一折的地方戏，直唱到众位乡邻各位亲戚一拨一拨的流水席吃完。吃席的人一吃完，就轮到歌舞团的节目登台。歌舞团都是年轻人，晚上十点以后，一个个歌手，一个个舞者，光鲜亮丽地又唱又舞，虽不如大歌舞团那样专业、有水平，但敢出来以此赚钱的，也差不到哪里去。叫歌舞团来助兴是近几年才兴起的，一些不喜传统戏剧而学了现代歌舞的年轻人，为了在经济化了的农村市场，与传统戏曲共争一碗粥吃，不惜拼体力地连夜演出，甚至通宵达旦。所以，等咿咿呀呀的戏一停，现代风味的歌舞就粉墨登场了，板胡锣钹变成电子声乐。此时，就由孝子贤孙们出钱点歌，十元一首，或十五元一首。如果晚辈多的，歌舞团可以一直唱到天亮。

而太过年轻的人去世，这样的大闹是十分不适宜的。年轻人早夭，本身在村子里就是一件十分悲痛、十分惋惜、十分忌讳的事。因此，村里人只自觉地封上礼钱，送来花圈，却不吃饭，不热闹。

雷家在陈炉属外来户，可可的辈分又低，雷家几乎没有孝子。与可可结亲的魏明睿家是陈炉本地人，不论远近，七大姑八大姨还算有几家亲戚。配阴婚属红事白事一起办。魏家这些亲戚家里晚魏明睿一辈的孩子们就有几个替可可戴了孝。但几个半大的孩子聚在一起，会乖乖地坐在狭小的灵堂吗？那些孩子们，虽穿着孝，却都在村子里四处疯玩。留在家里的，只有一些亲近些的婶子大爷。这样的场合里，他们也是话语不多，只

青花瓷

低头本本分分守着空空荡荡的院子，做些诸如烧茶、倒水、做饭、接待客人的事。

停灵满三天，下葬。

下葬那天，周围十里八村的人都远远地跑来送葬。

一大早，起灵。

起灵时，可可门前那条巷子两边已经站满了人，因家里有事晚来一些的人，已经挤不进去，有知道魏明睿墓地的，就顺着去往魏明睿墓地的路排过去。远远看去，黑压压的，全是人，整个场面空前宏大。不论老的少的，不论男的女的，都神色肃穆，摇头叹息。有的还在窃窃私语，说一些自己知道的有关可可、魏明睿、虎子的闲闻轶事。

虽然城市里实行了火葬，但北方农村还是土葬的多。因此，主家有人去世，"抬棺"就是一件极其重要的事。很多家里的长辈在教育孩子时，都要教自己的孩子友善乡里，提前"放账"，其目的之一就是怕自己去世后，村子里无人给自己抬棺。抬棺是一件很苦很累的活。几百斤上千斤的棺木，需要抬棺人用肩膀扛着，不停脚地抬到坟地。如果坟地近些还好说，如果棺木的材质轻些也好说，就怕遇上坟地既远、棺木材质又用了上好柏木的主家，那抬棺人的肩膀会吃很大苦头的。

近年来，村子里的年轻人去大城市做生意，打工的越来越多，已经很少有主家用人力抬棺了。即使村里的年轻人能凑够抬棺的人数，如今的"80后"、"90后"哪个不是娇生惯养，几个能吃得了这样的苦？于是，村子的风俗也来了个与时俱进。如今村里老人去世时，都是专门做此项生意的人提前过来询问，预定，然后直接开灵车过来，用灵车拉了棺木，直接送到地里头。

虎子说，他不用灵车，他要亲自抬棺送可可。

大头飘飘当然地充当虎子的左右手，而假小子钟梓彤，本来个子就高，也举手加入了抬棺送葬的队伍。

送葬那天，时辰一到。先是村子里的人自发开了个追悼会，主持人念了悼词；接着一队由半大孩子们组成的孝子排着队，一一给可可磕头告别；再就是村子里的亲朋好友一一进行吊唁。最后，由可可的小、初、高、大学同学组成的庞大送葬队伍密密麻麻地站在院子里，统一进行遗体告别。

由一名学生代表念悼词。

哭可可

可可，在这火热的夏天，带着火热的同学情，我们来了。

可可，在生你养你二十五年的村子里，我们来了。

这里，我们早该来了，耀州区陈炉村，在我们的记忆里，这个地方已经深深镌刻在心底里。今天，我们才真正地来到这里，竟不是因生来约会，却是为死而告别。

可可，二十五年来，你一脸清新，一身阳光，走向世界；你满脸春风，满眼笑意，走向世界；你一身正气，一身书卷，走向世界。

二十五年后，你竟不言不语，就这样悄然离去。

可可，你知道吗？没有你的日子里，我们会怎样地想念你？可可，你知道吗？你走后的岁月里，我们会怎样地寻找你？

天上人间，生死有别，你要让我们如何煎熬？

可可！我们知道，你有父母，你肯定不能安心地走，所以你放心，你的父母就是我们共同的父母！

可可！我们知道，你有幼女，你肯定不能安心地走，所以你放心，你的孩子就是我们共同的孩子！

悲哉！生者在偷生，死者长已矣！

痛哉！君生我也生，君死我不能！

可可！一路走好！

在学生代表致悼词时，同学队伍里所有女生都在流泪，先是小声啜泣，后来，听着悼词的内容，有一个女生忍不住大哭起来。这一哭，引得众女同学一起大哭起来，先是女生大哭，再是男生大哭。一时间，追悼会竟不能顺利地进行下一个节目。

可可的母亲自从医院回来就一直躺在卧室里，没有出来，可可父亲始

终坐在老伴的身边。几天里，二老虽未有垂泪，也是神情郁悒。现在，听到外面山崩海啸般的哭声，可可母亲再也忍不住的悲伤一下子喷发出来。她拉长了声音喊了一声"我可怜的可可呀——"后，戛然昏厥过去。急得在旁边守候着的钟梓彤一连声地叫："虎子——虎子——"

此时此刻的虎子，坐在与可可共度过两个月的卧室里，双泪长流。

从他同意可可与魏明睿配阴婚起，他就再没有吃过饭。无论大头飘飘如何劝说，他总是说不饿。

三天里，他的脑子里像过电影一样，闪过初见可可时的情景。那时的可可，活泼大方，青春靓丽，任性自我。一个月后，再在自己的家里见到可可，他再也没有见可可大笑过。那五个月，只要他回到家，可可总是紧紧地彻夜搂着他，一刻也不撒手。对于他的行走，除过最后一次见面时的争吵，可可一次也没有反对过。他回来，可可会惊喜万分，他走时，可可总是掩藏了心中所有的不舍，送他出门。

那段日子，最让他回味的就是每次出山回来，在有信号的地方，用手机给她讲他在户外遇到的种种趣事，她在电话那头乖乖地听着，时不时也讲一些自己在家画瓷的灵感，讲一些关于LUCK与丫头的小举动。他们几乎没有吵过嘴，即使那次可可叫他回来，俩人也只是冷战，双方表达自己内心感受的时候，也是压抑着内心的火气，尽量冷静地表达自己的建议与意见。

他不恨自己，因为那时的自己还不懂可可。他只后悔，自己为什么没有发现她的变化，没有觉察到她内心压着的痛苦与无奈。否则，他会尽自己的力，在可可有生之年，对她好一些，多陪她几天，多安慰她几句。

就这样，他想一想，哭一哭；哭一哭，想一想。竟然忽略了在一旁陪了他三天的大头飘飘。飘飘这个爱说爱笑的家伙，在虎子最需要他却又忽略掉他的时候，就那样，默默地陪伴着虎子。虎子不说话，他也不说话。虎子做什么，他又第一个站起来支持并付诸行动。

直到听到钟梓彤焦急万分的呼喊，虎子才从幽思中醒过来，狂奔出屋。飘飘也跟着奔了出去。

屋外的景象让虎子惊呆了。在他的幽思冥想中，耳朵与眼睛便屏蔽了身边世界的一切声响，不承想院内竟发生了这样大的变化。他知道灵堂是何时搭起来的，却不知道追悼会是何时举行的。他知道自己要为可可抬棺，却不知道送葬前有这么烦琐的程序。

出了房间门，虎子看到，院子里密密匝匝站了一院子人，那是可可的同学们。院子外也站满了人，那是来送葬的村民们。

所有的人，都在痛哭。

这些真实的痛哭，让那些玩闹的孩子也肃然了，他们乖乖地站在灵堂一侧，不知所措地流着不明原因的泪。

这些发出内心的真实的惋惜，让那些亲朋好友更凄然了。女人们哭得哈拉子长流，而男人们也像一只只熊一样，发出沉闷且痛心的声音。

可可父母亲的卧室里，可可的父亲一边喊着"可儿她妈，可儿她妈"，一边哭着"可儿，可儿"。这个沉稳的老人，在痛失爱女时，再也不能沉稳如山。

他也彻底崩溃了。

虎子抱着可可母亲，左手拇指用力地掐住她的人中穴，右手拇指用力地掐着她的合谷穴。

良久，可可的母亲终于长长地叹了一声："我的可儿呀——"醒了过来。

安顿好可可父母，虎子来到灵前。他燃起三根香，对着棺木前笑得灿烂明丽的可可三鞠到底，插香到香炉里，然后，他沉声说："可可，我送你——走——"他本想说"我送你出嫁"，但没有说出口。

一转身，面对满院送葬的人们，他单腿跪在地上，双手抱拳给大家做了一个揖，朗声喊道："各位兄弟，有劳了。"

然后，他拿起一根最粗的棒子，塞进抬棺的绳扣里。

林娃也挑了一根棒子，与他站在平排。飘飘、钟梓彤也拿起棒子。

同学群中的男生纷纷拿起抬棺的棒子，依次塞进抬棺的绳扣里，呈马步状，蹲下身子，蓄势待发……

然后，只听林娃大喝一声："起——"

仿佛这声"起——"是打开水闸的阀门，四围顿时响起震天的哭声，随着哭着，可可长眠于内的黑棺缓缓地离了支架，被一群长哭的年轻人抬起。

林娃又大喝一声："转——"

如军令一样，抬棺的队伍步调统一，按黑棺大头朝外的规矩，以逆时针方向摆正。棺材大头是亡者头部安枕的方向。

最后，林娃用含着泪的声音大嘶："走——"

排在黑棺两边的人们一起迈动了步子。

林娃喊着口号："左，右，左，右，左，右……"

抬棺队伍中，虎子与林娃一边把一个，是第一排；大头飘飘与钟梓彤一边把一个，是第二排，后面是魏明睿与可可生前的男同学，一排接一排，并然有序。

棺材后面，是长长的，由各色人等组成的送葬队伍。

随着送葬队伍的移动，身后的路上，洒落一地洁白的纸钱……

唢呐凄长的曲调，久久地，久久地回荡在陈炉古镇的上空，直到将送葬队伍引领到墓地，那撕碎人心的声音才渐渐停息。

墓地，在一片新种的山楂林里。

是魏明睿家的自留地。

九个月前，魏明睿埋在这里。今天，可可要与他同冢合葬。

农历八月的山楂树，结满了将熟未熟的山楂果。红青色的山楂果隐在茂密的树叶之间。

一堆新黄的土，是要埋可可的地方。

虎子从未见过北方的葬礼，但这一切仿佛做过千百遍一样，他熟稔地做着。

"棺木下坑——"司仪一声令下，他领着人们喊着"嘿哟——嘿哟——"的号子把黑棺慢慢放下墓坑。

"推棺入窖——"令下后，他带头跳下墓坑，与飘飘、林娃一起，将黑棺推进坑内掏出来的棺窖内。

"喷火消毒——"声音一落，代表棺窖口已被掩埋得只剩下一个很小的缝隙了，他就满满地喝了一大口酒，"扑"的一声，将口中的酒喷入有黄表纸正在燃烧的窖口里，见了酒的黄表纸更加激烈地燃烧起来。

"埋土隔氧——"这声令刚下，窖口的几个人早已将手中的土快速塞在仅剩的小缝隙里。

"填土埋葬——"最后一个命令一下，来墓地送葬的人们又轰然响起号哭声。

虎子与飘飘跳出墓坑。虎子抓起一把铁锹，扔下第一锹土，然后是林娃、飘飘，每人扔下一锹土。最后，所有的铁锹集体扔起来，一锹锹的土"扑——扑——扑"地填进墓坑，那深深的土坑迅速被填成一个凸起的坟头。

做这一切的时候，虎子已经很冷静，冷静到可可与他没有任何关系，冷静到仿佛在埋一个陌生的、与他无关的人。

那天，远远看去，山楂林仍是山楂林，只有林梢上面飘着高高的经幡，只有通往山楂林的路上洒了一地雪白的纸钱。

那天，远远看去，虎子不悲不喜，不哭不喊。只有他知道，在他平静得尽乎麻木的外表下来，他的心，汩汩地流着不愿示人的鲜血。

墓地上，众人纷纷散去，最后只剩他们三个人。

虎子坐在田埂上，飘飘与钟梓彤守在左右。

良久，飘飘拍拍虎子的肩，心疼地说："虎子，哭一声吧，想哭就哭出来。"

虎子看着新鲜黄土堆起的土冢，低声说："不用，我一生里最亲的亲人都是我亲手埋葬的，我爸，我妈，还有她，可可！我应该高兴才是，他们应该也是高兴的。"

飘飘挨着虎子坐下来，抬头看着天空，说："你爸与你妈会在天上照看她的，魏明睿也会好好照顾她。就让他们在天上看着你，如何快乐地活着吧。"

虎子自顾自地沉浸在自己的世界里，他说："我念诗给你听。题目是《你与山楂林》。"

飘飘回身看看这片结满山楂的树林，然后望向钟梓彤。

钟梓彤正站在一棵山楂树下面，摘下一颗未熟的山楂果放在嘴里，那酸涩的滋味让她痛苦地将脸的五官紧紧地拧在一起。看到飘飘看她，她忙鸡啄米一样的点点头，飘飘再回过头来，看着虎子的侧影，重重地点点头，说："好。"

你与山楂林

新土　方冢
纷纷的纸钱如雪
秋日的黄土地上
开满各色蜡染的花朵

唢呐如哭　送葬队伍
如排列的字符
这是你最后的一首乡土诗
诗作者不是你　主角却是

秋天的风景　不再丰盈湿润
这块土地
最初与最后的印象
竟是哭着送你

前半生的想象中　这里
如梦如歌　因有你
一个村名
被梦中的呓语念成口头禅

这里　又是后半生的回忆
不再有你
抑或永远有你
你留在这片土地里

不　不是归宿
你一直在走　这里不是你的终极
累了　你只是想在故乡的土里休憩

用微笑告诉我们　只是稍息

你躺在一片山楂林里
春天山楂树会开白色的花
秋天的果是血红的
你会写诗吧　在花白果红的季节

我说你会在这里写诗的时候
飘飘哭了　钟梓彤哭了
所有的人都哭了
多久没有写诗了
你这个曾经写诗的女孩

忘记一切　关于你的曾经
关于你的遗憾
想起你　只需想象白色楂花
落满你的坟茔

你从此与山楂树长相厮守
抑或成了一棵山楂树
抑或徘徊在缤纷落英之上
微笑　吟哦　吟哦　微笑
……

在虎子轻声而深情的吟诵中，飘飘慢慢地低下了头，双泪成行。
远远站着的钟梓彤，慢慢地走到虎子侧旁，蹲了下来，双泪成行。
虎子自己，眼睛空空地望着前方，双泪成行。
及至念到最后一句，已哽咽难言！

十六　LUCK

当人类在悲痛的时候，LUCK 被遗忘在人类的悲痛之外。

LUCK，痛在自己的痛里。

那三天，家中悲痛的亲人们，没有人记着吃饭，当然也就忘记关心 LUCK 有没有吃东西。

可可被拉回来的时候，是躺在一张活动床上。那张床，从成都回来后就一直陪着可可。那是虎子专门为可可准备的。可可还没有入殓前，她的遗体放在临时搭起的灵堂里。她的活动床下，一直卧着悲痛欲绝的 LUCK。

LUCK 从那个时候开始绝食。

在虎子等待可可醒来的那两个多月里，虎子常把可可推出房间，在朝霞刚刚渲染了东边天空的时候，让她呼吸一些新鲜空气。彼时，LUCK 就在可可的床下卧着，那是它忠诚于主人的方式。夕阳西下时，虎子也会把可可推出来，在凉爽的夏季的黄昏，与可可说些关于过去、现在与将来的种种事情。彼时，LUCK 就绕在虎子的脚下，仿佛一家三口在一起玩游戏。

虎子说："可可，你看，LUCK 就像咱们的孩子，让你我提前享受着孩子绕膝的快乐。等将来有一天啊，咱们的孩子长大了，会像 LUCK 这样，在咱们身边快乐地玩耍，我要带着他骑车、踢球、赛马、游泳。呵呵，你不知道吧，我挺会唱歌的，大学时，每年的元旦联欢晚会都有我的保留节目呢。等咱们的孩子大一些，我就教他唱歌，你是知道的，大学里，男孩子会唱歌有多迷女孩。对了，你要教咱们孩子学绘画哦。没事的时候，他三笔两笔，也帮你画个瓷，再烧出来，那就是传世之宝呀。对了，我也会画几笔，呵呵，你也不知道吧，我可喜欢画画了……"

那两个月，虎子天天这样唠叨着，LUCK天天尽心地陪着。现在想来，那样的日子，不是LUCK提前让他们享受了，而是LUCK知晓可可永远没有机会了，便抓紧时间让他们能多一次就多一次地享受天伦之乐。

每天晚上虎子上床，LUCK肯定也会跟着上床，卧在虎子与可可之间，然后用一双玻璃珠一样透明闪光的眼睛看着他们。如果虎子在屋里待闷了，出去走走，LUCK会自己待在屋子里，卧在可可身边，好像在说："妈妈，爸爸不在的时候，有我陪你。"

两个月的每个夜晚，LUCK都与他们睡在一起，不叫也不闹。

"多么灵性的畜生呀！"可可妈妈曾经这样评价。虎子反对说："妈，它不是畜生，它是咱们家一口子。我不在的日子里，是LUCK一直陪着可可。可可失踪的日子，也是LUCK守在可可的身边。它比我们任何一个人都疼可可，它比我们任何一个人都懂可可。它是可可的命，可可也是它的命。"

可可的人生终结了，想必LUCK的生命也没有了。

它不吃，不喝，守在可可的灵前。任小孩子们如何逗它，任来帮忙的人们如何赶它，它就是不走。

那三天三夜，可可父母亲与虎子他们沉浸于悲痛之中时，是LUCK，独自陪在可可灵前；在几个未成年的孝子玩乐于街头巷尾时，是LUCK，不吃不喝，守着自己永远的主人。

送葬那天，可可的棺木被抬起，被抬走，LUCK感到自己的灵魂，被那棺木上一股强大的气场吸着，从身体里抽出来，随着可可去了。

送葬的队伍走后，LUCK在帮忙的人们打扫凌乱的院子时，悄悄地出了门。它顺着一路铺着的纸钱，一步一挨地，去了坟地。

LUCK知道，就是那堆插满花圈的新鲜黄土里，埋着可可。它看见虎子坐在不远处的一个田埂上，正念着什么。

双泪长流的虎子旁边，是双泪长流的大头飘飘与钟梓彤。

LUCK狺狺地叫着，跪在可可的坟前。

虎子抬头看见他，惊奇地喊："LUCK！"大头飘飘与钟梓彤也震惊地

无语对视。

虎子把 LUCK 抱在怀里，LUCK 静静地，不再动也不再叫，仿佛是享受着人间最后的如春的温暖。

一滴泪顺着它的鼻梁流下来，流了虎子一手。

虎子说："LUCK，有你这条义犬，可可这辈子也没白活。"

LUCK 狺狺地叫着作为回答。

那天晚上，虎子陪大头飘飘住在客房，钟梓彤住在可可的闺房。

人去房空，钟梓彤也有说不出的悲凉。

她从脖子上摘下可可临终前又返送回来的青花瓷莲花项链，细细地看着，那天可可留给她的最后的话，又响在耳边。

那天，虎子从病房里出来后，可可父母亲进去了，然后可可母亲把钟梓彤也叫了进去，说可可有话对她说。

钟梓彤疑惑地走进去。

可可看见她，笑了。

可可软绵无力地拉着钟梓彤的手，一字一喘地说："你是钟梓彤，是吧？我知道你爱虎子。现在，我把虎子交给你，把我的孩子也交给你。不管孩子姓杨，姓雷，还是姓魏，我都拜托你，好好地照顾虎子，好好地照顾我的平平。"

钟梓彤惊异于可可的机体功能。她虽然沉睡着，但她沉睡时发生的事，她竟件件明白，桩桩记得。

生命弥留之际，可可把那枚艳红得迷人的青花瓷莲花项链费力地从自己脖子上摘下来，交到钟梓彤手上。

她留给钟梓彤的话，是她在人世间最后的一句话："虎子与平平就交给你了，不言谢了，我会在天上保佑你们。"

这句话，几天来，一直在钟梓彤耳边回响。

如今，这枚青花瓷碎片做成的莲花项链，就在她的手里，她拿出来，定定地看着。她问自己："钟梓彤，虎子能接受你吗？"

此刻的 LUCK，突然像疯了一样，扑向钟梓彤，咬向她的手。她手一扬，项链落在 LUCK 脚下。

LUCK 抱着项链，两行泪从那双玻璃珠一样的眼睛里流了下来。

"LUCK，你知道这个关于青花瓷莲花项链的故事，对不？可是，你怎样才能告诉我这个故事的始末呢？"

"LUCK，可可临终前，把这枚项链交给了我。我知道，她这是把一副重担交到了我的肩上。我能打开虎子的心扉，让他接纳我吗？我能在还未结婚时，就当两个孩子的妈妈吗？在今后漫长的日子里，我该怎么与孩子们相处？LUCK，你告诉我，我该怎么办？可可，你告诉我，我应该怎么办？"

LUCK一声不吭，紧紧地抱着那枚青花瓷莲花项链。

"可是，LUCK，既然可可把这枚莲花项链交给了我，我就不能再问它的来龙，我只要把握好它的去脉就行了。可可，虎子是我真心爱着的人，他值得我用一生去爱，值得我用生命去守护。而平平，就让她做我们四个人共同的女儿吧。我会做好妻子，做好妈妈的。"

"LUCK，你知道什么是爱吧！我想，你比任何人都懂爱。爱就是奉献，爱就是付出，为所爱的人，奉献自己的所有，甚至生命。因为我爱了，因为我爱着，所以，我也懂了。LUCK，咱们定个约定吧？我与虎子结婚后，就过来看你，好吗？"

慢慢地，LUCK松开了那枚莲花项链，然后，闭起那双玻璃球一样的眼睛，依偎着钟梓彤，貌似睡着了。

LUCK是可可在前往映秀镇的路上遇见的一只流浪狗。不，也许LUCK不是流浪狗，它只是一时走失了。抑或不是走失，它是前世与可可相约，约好在那个路口相见的。

可可一生只走过一次去映秀镇的路。在去映秀镇的路上，路过一个貌似别墅区的住宅群时，在马路边，且行且停的有一只很小的纯白的影子。

可可下了车，把它抱在怀里。它竟不挣不叫，任可可抱着，一双水似的玻璃眼睛看着可可。

它的毛发洁白如雪，干净得如同一根根蚕丝线。想必是主人家精心呵护的宠物。主人一时不小心，把它弄丢了。

可是没有主人来寻。路上寂无一人。

可可就让林娃把车靠在路边，自己抱着LUCK硬等。

那天，等得林娃都眯了一觉了，主人仍然没有来寻。

可可说："它就是来找我的。但愿遇上它之后，给我带来好运。"

于是，可可给它取名叫 GOOD LUCK，小名 LUCK。

不管是前生的缘，还是今生的分。从那天起，LUCK 与可可，就再也没有分开过。

直到可可离去。

第二天，钟梓彤起床后逗弄 LUCK 玩，LUCK 竟一动不动，再一摸，它小小的身躯，已经硬了。

夜里，它闭上眼睛后，就随可可去了。

本来就很小的宠物狗，因几天的绝食，瘦得只剩一把骨头。

它的毛发，却仍然洁白如雪，一根一根的，干净得如同蚕丝线。

那双像玻璃珠一样的眼睛，永远闭上了。

可可葬后的第二天早晨，虎子、飘飘、钟梓彤三人，又把 LUCK 葬在可可坟旁。

虎子说："可可，有魏明睿与 LUCK 陪你，我放心了。"

钟梓彤说："可可，我不会辜负你对我的重托。LUCK，我也不会忘记我与你的约定。"

那天，山楂林上空，突然降下了北方少有的太阳雨。

十七　瓷　迷

　　关于平平的事，一直悬而未决，虎子还需要在陈炉停留几天。

　　大头飘飘因一周后要去贵州山区拍一些有关山区教育的公益片，必须回去做准备。

　　一行五人吃过早饭，大头飘飘就开始收拾行李，收拾车。

　　钟梓彤迟迟不动。

　　虎子问："钟梓彤，你怎么磨磨蹭蹭的？快一点还能早些到成都，要不到成都天就黑了。"

　　钟梓彤大大咧咧地说："那就让大头一个人回去嘛，这个地方我还没有待够，我想再待几天。对了，我想开一次自己的服装展，主题就叫'青花瓷'，我要好好向雷叔叔请教请教呢。"

　　对钟梓彤的心思明了如镜的大头飘飘宽厚地说："那就让她多陪你几天吧。我一个人先走了，有事电话联系。"他做了一个打电话的手势。

　　没有了可可，没有了LUCK，大头飘飘也走了，虎子一下子感到身体被抽空了一样。不是轻松，是空虚。是没着没落的失落。是对任何事没有兴趣的惆怅与倦怠。

　　他需要一个人陪着他。

　　这几天，平平一直由枝枝管着。

　　在农村，生下孩子的第三天，一般要"闹三天"。

　　"闹三天"这天一早，亲戚朋友会拿着鸡蛋、红糖、挂面等有益于产妇滋补的食物来看望产妇，在大人们聊天闲谈之时，仿佛不经意间，会给孩子的襁褓里塞些币值不等的见面礼。孩子满月时，

要大闹，叫"做满月"。大闹时客人要送大礼，主人家需设流水席，让亲朋好友们喝好吃好玩痛快了。

平平生下的第三天，正是可可下葬之时，同时可可又要与魏明睿配阴婚。那天的魏家，也是喜忧交加，哪有时间、哪有心情"闹三天"。

魏发财把平平抱回家那天，就找了一个刚生完孩子的产妇作奶娘，让人家给平平吃口奶。

作奶娘的产妇是村里有名的壮实媳妇，能吃能喝能睡，能说能笑还会唱两嗓子，因为她名字里带个"果"字，镇里人都叫她"乐果果"。"乐果"本是给果树喷洒的一种农药，价格低，效果好。而"乐果果"是取其"乐"意，意思是给镇子里的人带来了很实惠却很有用的快乐。乐果果天生心善，是可可上小学时低她一年级的学妹。当年，对可可羡慕嫉妒恨的也不过那五六个女生，没有欺负过可可的女生还不少，如果说女生里还有保护过可可的女生，乐果果算是一个。那时，乐果果虽然低可可一届，但凭着她强壮的身体，乐果果还替可可打过两次架。平素间，两人交往也甚好。两个月前可可从成都回来，乐果果还挺着大肚子看过可可。可可产女后身亡的消息刚传到村子里，乐果果就抹起了眼泪。如果不是乐果果坐月子，她肯定会去看看可可的。只是身子不便，便坐在炕头上边哭边与侍候她的娘家妈说些与可可的陈年往事。

那天，乐果果正哭着说着，魏发财抱着孩子来了。

陕西农村女人坐月子，月子房是不允许男人进的。魏发财就坐在乐果果公公婆婆房间说明了来意。听到婆婆传话，说魏发财想让乐果果给可可的孩子喂几口奶，如果乐果果奶水充足，能不能就势就奶了这孩子？乐果果一听，哪有不愿意的？忙让娘家妈把孩子抱进来。一看平平，乐果果笑了，说："多亲一个孩子，跟她妈一样，是个美人胚子。"本身与可可关系不错，再是看孩子没爹没娘可怜，乐果果一手抱一个地给两孩子喂奶，一边快人快语地说："胎娃娃，生下来就得吃妈的奶，可怜的娃刚生下来就没了娘。在胎里的时候，孩子又是靠打营养液长大的，身子骨当然比不得我们这些能跑能走的孕妇生下的娃儿皮实。让这嫩芽芽喝奶粉，谁见了都不落忍。罢了罢了，我奶水也多，何况平平本身就比别的孩子身体弱，我就当替可可给孩子当妈吧。今后，平平就是我亲闺女了。"

听到乐果果婆婆传过来的话，魏发财赔笑着的脸笑得皮肤都僵了。他躬身哈腰地告辞，转身又送去一大堆补养品，说："乐果果奶两个孩子，身子需要补足养分，拿这些东西，不是见外，乐果果吃了权当是给孩子吃了。"

　　乐果果的公公婆婆推辞了再推辞，推不过，也就由着他去了。随后，婆婆将东西一股脑放到乐果果房间里，说："果娃，奶俩娃，你得多吃吃，多补补。唉，天造孽呀，可惜可可、明睿那么好的俩娃早早地就折了，可怜平平这么亲一个娃一落草就没了妈。我们也积些善德吧。"

　　乐果果的娘家与婆家同在陈炉镇，两家的大人与雷家、魏家也都熟。孩子送去了，莲莲也过去看过几次，也是大包小包地提过不少东西送去，说了几箩筐千恩万谢的话。

　　回到家，莲莲给雷江涛说，孩子就先放在乐果果家，一切都等可可的事情办完后再做长远打算。

　　这天，客厅里，雷江涛、莲莲、虎子、钟梓彤四人，围坐在一起商谈着往后的打算，正准备叫魏发财夫妇过来时，院子里响起脚步声。

　　莲莲抬起身准备看看是谁来了，雷江涛不用往外看，就先知先觉地说："叫财和他媳妇进来吧。"

　　莲莲忙走出去，果然是魏氏夫妻二人，忙说："他爸他妈，快进屋吧。"她还不习惯称二人为亲家。

　　虎子迎出去，不知如何称呼，就什么也不叫地打招呼："你们来了，请进吧。"

　　魏发财与枝枝明显感觉到虎子对他们的生分与疏远，也只能抱着满腔的酸甜苦辣，进去了。

　　雷江涛坐着没动，钟梓彤欠了欠身子，招呼道："叔叔阿姨好。"

　　魏发财与枝枝比哭还难看地冲她笑了笑，算是回应。魏发财在最靠边的沙发上仿佛很挤式地用半个屁股坐在一个单人沙发的沿上，双手紧抱着沙发的一侧扶手，而他的另一边，是略显空荡的长沙发。枝枝则从院子里自己找了个小板凳，放在客厅门边坐下了，她尽量地让自己缩起来，好像要缩小到大家都看不到她的地缝下，她才会安全一些。

　　雷江涛没说话，莲莲想拉枝枝坐沙发上，但拉了几下没拉动，也只好随她，自己与钟梓彤坐在三人长沙发上。

虎子独自坐了另一个二人沙发，雷江涛则高高地坐在客厅里唯一的一个大转椅里。

仿佛三国会谈一样，莲莲看雷江涛的脸，雷江涛统观全局地看着大家。枝枝一直低着头，偶尔用无助而迷茫的眼睛看一下魏发财，魏发财则怕沙发扶手掉了一样，紧紧地抱着。钟梓彤看着虎子，虎子光看天花板。

大家的心事不一，但都是关于可可的事。而钟梓彤的心思，却不在此，她已游离于事情之外，游离于客厅之外。也许她在构思某件服装的样式，也许在想着她与虎子的未来，无人知晓。

客厅里的气氛与外面的燥热形成鲜明的对比。

有蝉开始用难听的嗓子学着唱秋歌，偶尔巷子里会响起一两声汽车的鸣笛声，也有谁家的孩子"哇"的一声哭了，接着是母亲或奶奶大声呵斥的声音，然后是粗声粗气的呵哄声。平时很少注意到的客厅里的电子钟，此刻也用最响亮的脚步声提醒人们它的存在。雷江涛不停地换着坐姿，可以听到他的屁股与皮椅上的皮子相互摩擦发出来的相互埋怨的声音……

钟梓彤的手机响了，她趁机走出客厅。这几天她很烦接电话，但今天的骚扰者竟成了她的救星。

看样子，雷江涛不发言，其他几个人是不会主动说任何话的。

"啊——今天嘛，就是——啊，我们说说，孩子。对，说说孩子的事。这个孩子，对，孩子好，孩子挺好。魏，雷，两家，现在，就剩下几个老棒儿了。叫失独老人，是嘛，叫失独老人。这个孩子嘛，续了魏雷两家的香火。我们不独了，有了隔辈人了，是好事。不过，这孩子，以前一直……我是说，虎子以前给她取名叫杨平平。我的意思是说，不管起什么名，都是个符号，只要寓意好，孩子平平安安的，我与你妈就高兴。你说呢，财？"雷江涛看似与大家说话，又仿佛说与虎子听，最后却将焦点转到魏发财身上。

魏发财吭吭哧哧地回道："就，就是……我们夫妻俩就明娃一个娃，本来以为明娃走了，魏家后继无人了，现在，现在有了平平，我们夫妻俩高兴啊！枝枝一听说有了孙女，精神都比以前好多了。你看看现在，她都很少发病了……如果今后天天能看到孙女，我想，枝枝肯定能好利索，会好利索的，这是好事。她能好利索，是天大的好事。孩子来了，就是好事，一切事情都好办了。"

枝枝听完自家男人只表达了自己的部分意见，最重要的意思并没有让大家明白，于是，这个平时很少在众人面前说话的女人，用她富于特色的尖细嗓子开了口："我们的意思是，孩子的……这个姓……她的姓是不是……"

虎子知道，这四个老人，今天全是看着他的脸色行事，但他很明了四位老人最内在的诉求。听着枝枝直截了当的要求，看着两个男人此时有些假模假式地说着面子上的话，但又这样隐晦曲折地表达着他们的意思，他内心有种愤愤不平的感觉。

"我的爱人与别人配了阴婚，我的孩子是我的爱人与别人的，现在，孩子的姓也要拿去。不，不是姓，拿去了姓，就等于拿去了我的一切。"

想到这里，他内心的气被一股委屈、失落与埋怨顶着，"鼓儿——"的一声冒了出来，他淡淡地坚决地说："孩子姓杨，叫杨平平。孩子是我与可可的，我要把孩子带走。可可没了，孩子我得替可可养着，不但要养着，我还要把她养好，教好。"说完，继续看着天花板。

莲莲惊异地看看雷江涛，再看看虎子，将刚刚运到嘴边的话又咽了回去，她喊："可儿她爸！"

雷江涛算是一个明白事理，见过世面的人，他生的是女儿，不管女儿嫁给谁，他从来没有想过让可可的孩子姓雷。今天，本来他也有让孩子回归祖姓之意，但这个意思并不是很强烈。刚才，魏发财与枝枝明确表示了他们夫妻的意思，他想虎子这样宽仁的人，肯定会答应的。不想虎子今天却硬生生地将他们给顶回去了，还表示要将孩子带走。不姓魏家的姓他倒没什么，但后面这个决定他可是没有想过的。也就是虎子这个决定让他一下子后知后觉了。他感到，一直以来，他们太忽略虎子本人的思想感情了。

这孩子，多不易呀！

可可说要与人家结婚，不等人家同意，直接住人家家里去了。她的自我出嫁，并不是因为她心甘情愿地喜欢人家，而是因为明睿的事让她一时无法在村子里待了，更因为她怀了明睿的孩子，而明睿死了，她需要给孩子找一个合法爸爸。天灾人祸，可可还没找见的时候，人家娃儿一下子认了他们四个老人。等可可找见了，人却不苏醒，人家娃儿又远行千里地

青花瓷

将可可送回来，日夜不离地守着，按摩着。不承想，可可死了，自己又把配阴婚的难题推给人家娃儿，才二十几岁的娃娃，打碎了钢牙生往肚子里咽，又同意了，生生将自己的老婆亲自抬着送到别人家的祖坟里。如今，就剩下这个孩子是个念想了，就这个孩子还能给人家娃儿一个名分，给人家娃儿一个男人的尊严，给人家娃儿一个赡养你们的理由，你们倒好，连孩子的姓氏权都要剥夺，真是……

雷江涛想到这里，果断地一挥手，说："虎子，你看这样好不好？孩子从今天开始爸就抱回来，每天由你妈亲自送去喂奶，谁也不能插手。孩子就姓杨，叫杨平平，此名此姓永远不改。趁爸妈胳膊腿儿还能动，爸妈替你先带着，你还有自己的事业要忙。等平平大些了，你再带她去城里条件好的学校上学，好不好？"

魏发财张着嘴还想说什么，被雷江涛一个凌厉的眼神止住了。莲莲也忙走到枝枝跟前，用手打了枝枝胳膊肘儿一下，示意她现在先不要多说。

事情如此这般结局，不是虎子所预料的，也不是魏发财夫妻想要的，雷江涛夫妻刚开始也没有打算这样。而钟梓彤更没有想到虎子会这样在乎这个孩子的姓氏问题。

魏发财与枝枝走了。很快，莲莲从乐果果家抱回了包裹得严严实实的杨平平。

虎子对魏发财与枝枝的感情，突然淡淡的，冷冷的，冷淡到他都感到纳闷。他内心里知道，从可可说孩子是明睿的之后，自己对他们二老是疏远的，甚至是排斥的。

对孩子，他也不想多看一眼。

看见莲莲把孩子抱回来，在那里亲热地逗弄，他心里竟一抽。他逃跑似地说："梓彤，我去给孩子买奶粉，你要不要去？"

钟梓彤忙答应，说："要，要去。我跟着你一起去。"

陈炉镇离耀州区还有一个多小时的路。两人坐着一辆破旧的私人小公汽，颠颠簸簸地往县城里走。

一路上，两个人一句话也没有说。

两人都是第一次来耀州，对城里的布局一点也不了解，下了车，就那样盲无目的地瞎转。

钟梓彤问："你要到哪里去？"

虎子说："不知道，我就是想出来走走。"

钟梓彤说："这里又不是你的大山，你走，能走到哪里去？"

虎子说："心乱，走走舒服。你就陪我说说话吧。"

钟梓彤说："要不，我们找个地方喝杯咖啡？找个茶馆喝个茶也行。"

虎子看了看北方街上飞扬的灰尘与乱糟糟地穿来梭往的大小农用车，无奈地说："好吧。"

于是，两人打了个车，叫司机找一个清静幽雅的地方。三分钟后，司机把他们拉到一个叫"不见不散"的咖啡馆。

正是白天，人很少，二人要了楼上的一个雅间坐下来。钟梓彤给自己要了一杯卡布其诺，给虎子要了一杯不加糖的牙买加蓝山。

钟梓彤说："好吧，我现在好好地陪着你，听你说说话。"

当真正要讲出自己内心中的纠结与矛盾时，虎子却一时语塞，竟不知从何处说起。他闷了半天，只说了一句："算了，不说了，反正事你都知道，再说也是重复，就陪我坐坐吧。"

钟梓彤乖巧地点点头，说："好吧，我舍命陪君子。"

钟梓彤看出虎子内心的迷乱与焦躁，她静静地陪着他。这个火辣的川妹子，不幸遭遇了爱情后，变得异常乖巧听话，善解人意。因为虎子，她不知不觉中有了改变。

她渐长的头发不知何时烫了，衣服虽然仍干练中性，但衣服上的流苏与镶片已透露出她内心的温柔与娇媚。现在，任谁也不能把她当作假小子。她应该已经找回自己的本我。

而虎子，在这一连串事情的推动下，却迷失了自己。

两人各怀心事地喝着咖啡，虽然咖啡味道不是很地道，但二人的注意力本不在此。钟梓彤不问他打算怎么办，也不问他正在想什么。钟梓彤知道，现在的她，只有先做好自己，然后等。

这几天里，钟梓彤也一次一次问自己该怎么办？

她与颜如玉相约，终身不婚不恋。这才两年多，自己竟爱上了虎子，这算不算违背誓言？她要是嫁人了，颜如玉会不会生气，会不会与自己翻脸？而虎子，刚刚失去可可，能这么快接受另一个女人吗？如果虎子可以

接受另一个女人，那这个女人不能生孩子，他还能不能接受？自己的父母亲，能同意自己当两个孩子的继母吗？她与虎子，能承担起赡养四个老人，养育两个孩子的责任吗？娶了自己，虎子一生中不能有自己的孩子，他甘心吗？即使虎子可以容忍没有自己的亲骨肉，那自己能心安理得吗？

当这一系列问题掠过她的头脑时，她的潜意识只用一句话就回答了她：她不想错过虎子。

她知道，如果颜如玉指责自己违背誓言，与自己闹僵，她付出的最大代价不过是：拆分股份，重新找一个合伙人，无他。而这个，对她而言，好像也不是什么承受不了的结果。如果与虎子生活在一起，她会安宁幸福，她不再会被父母逼婚，也不再担心孤独一生。也许，他们今后会累些，一结婚就带两个孩子，他们会有很大的经济压力，不过，她相信自己有能力养活她们，养好她们。她会给她们设计最漂亮的衣服，把她们一个个培养成服装设计师，等她老了，在自己孩子开的设计公司里当顾问。至于没有自己的亲生孩子，不要紧，有平平、安安就足够了，她会让虎子不感到缺憾的。想到这里，钟梓彤愁苦了几天的脸上，荡漾出幸福而甜蜜的笑。

她从衣领里扯出那枚青花瓷项链，半开玩笑半认真地调侃："虎子，娶了我吧。可可可是把你与平平托付给我了，我得完成可可交给我的任务不是？我们一起带平平，带安安，好不好？"

虎子把眼光从桌面上收回来，将最后一口咖啡一饮而尽，说："梓彤，我知道你的心思，也知道你是一个难得的好女孩。现在，还不是说这个的时候，我们去买奶粉吧。"说完，不由分说地离开桌子，向门口走去。

钟梓彤看着虎子标准得令人迷乱的背影，忽地一下站起来，飞跑上前，冲动地从后面抱着他，将脸紧紧地贴着他的背，说："虎子，我死定了，你也死定了。让我陪你一生吧，为了你，我做什么都可以。"

虎子被钟梓彤这一抱吓住了，他半天没有回头，也没有反应。最后，他慢慢地转过身，将钟梓彤抱在怀里，抚摸着她烫得极精致的软软的金发，喃喃地说："梓彤，你说你爱我，可是我现在都不知道我是谁，我都找不到我自己了，你爱的那个人能是我吗？你能找见自己吗？让我们先做回自己再说吧。"

回到家，虎子将新买的两箱进口奶粉放好，然后装出大大咧咧的样子，喊："爸，妈，我要去贵州几天，你们在家可以吗？"

莲莲一边抱着孩子摇晃着，一边慈眉善目地说："去吧，我与你爸还年轻着呢，怎么就不可以了？"

钟梓彤则活泼地逗着平平，说："平平，平平，笑一下。"才几天的孩子，哪里懂得笑，可是她却逗得津津有味。

雷江涛又重回到以前的沉稳与祥和，说："来，虎子，进来。"说着话，他先进了旁边的屋。

虎子小步颠着进了雷江涛的工作间，模仿着小品里郭冬临的口气笑着问："爸，有事儿？您说话。"

雷江涛却没有被他佯装出来的快乐感染，仍沉稳地坐在自己工作台后的那把大皮椅上。

虎子也不为雷江涛的沉稳所动，仍然欢快地用京剧念白调侃地说："爸，您说。我——听——着呢——"

雷江涛分开相握在一起的手，然后抬起右手，立即，桌子上像变魔术一样，多了一张金卡。雷江涛仍然沉稳地说："可可是我和你妈唯一的女儿。多年了，我们也给她攒了一些嫁妆钱。本来想等她出嫁的时候，好好地给她买几个大件……爸爸谢谢你，谢谢你那半年里对可可的呵护与照顾。人常说，一个女婿半个儿。现在，爸爸就把你当成半个亲儿子对待。可可今后不用爸操心了，现在爸就要操你的心了。这是二十万，按说可可的陪嫁，九个月前就应该给你了。现在不管晚不晚，给了你，我与你妈也算了了一桩心事。"

虎子想不到雷江涛夫妻在这个时候竟做出如此决定，一下子收起了装出来的轻松与快乐，恭敬而坚定地说："爸，我父母双亡，又不知老家在哪里。现在我爸妈留下的小院子也没有了。就算今后政府给我们盖了新房子，我也不想住进去。现在，可可又走了，我只有你和我妈了。爸，我不是你们的半个儿，我是你们的亲儿子。今后，不管我与谁结婚，我都会给你们养老送终。再说，我爸妈临死之前给我存的，加上保险公司赔的，数目也不少。我呢，也算能折腾，这几年也多少攒了一些。这钱，您先留着，等我需要的时候，再管您要，成不？"

双方话说到这份上，如果再坚持，就有些不适宜了。

　　虎子从雷江涛工作间出来的时候，钟梓彤又拉着他进了雷江涛夫妇的卧室。莲莲去做饭了，床上只有平平一个人安静地睡着。

　　也许这孩子知道自己父母双亡，也许她知道姥姥姥爷、爷爷奶奶，还有"爸爸"这段时间正烦心，所以她懂事地不哭也不闹，喝过奶就睡，一天能睡十二小时左右。

　　孩子生下来后，虎子还没来得及（其实是不愿意）看孩子一眼。钟梓彤知道虎子要去贵州，她想让虎子在走之前看孩子一眼。

　　刚喝过奶粉的平平，安静地睡着。

　　这是一张任何人看了都会想到"天使"一词的脸，只有六七天大的孩子，却清秀得可以用漂亮来形容了。她的头发很软，绒绒的，有些发黄，像鸟儿的细毛一样，贴在同样软软的头皮上。那面皮，是白里透红的粉嫩，在窗外日光的映衬下，竟有吹弹可破的透明。雪白的透明的皮肤下面，是细细的可以看到血液流动的血管。她的眉毛有些模糊，软软的细黄的胎毛杂乱地长在眼睛上方，一时间看不出她长大后会是什么样的眉形。那双眼，正紧闭着，上下眼皮之间夹着细细柔柔的睫毛，她的睫毛应该很长，像可可。小而直的鼻子下面，是她面部最可爱的地方——嫩如花蕊的小嘴。那两瓣嫩红嫩红的嘴唇嘟着，时不时像吮奶头一样吸吮几下。在虎子呆呆地看着她时，她突然全身动了一下，然后开心地咧嘴笑了。

　　这一笑，笑得虎子的骨头都软了。

　　他小心地、用食指轻轻地、像怕惊动这个酣睡着的精灵一样，碰了一下她的小嘴。她马上又努起红润润的双唇，再次吮吸了几下。

　　虎子转过头，用圆得不能再圆的眼睛看着钟梓彤，说："梓彤，她好可爱，不是吗？"

　　钟梓彤说："她不是一般的可爱，她是十分可爱，非常可爱，不是吗？"

　　虎子说："想不到小生命这样新鲜美好，我还是第一次这样近距离地看一个婴儿，而且是才出生几天的婴儿。"

　　钟梓彤说："不管怎么样，你都是他爸爸，唯一的爸爸。"

　　虎子说："哦，当然。"

　　钟梓彤又说："孩子还需要一个妈妈，爱她的妈妈。"

　　虎子说："哦，当然。"

钟梓彤又说："我爱她，也爱你。"

虎子说："哦，当然，我知道。"

虎子在钟梓彤说这些的时候，不知是被钟梓彤严密的推理逻辑催眠了，还是被平平的可爱鲜嫩催眠了，他就那样哼哼哈哈、嗯嗯呀呀地答应了一番，然后，在被催眠状态中走出卧室，在被催眠状态中坐在饭桌上吃着不知滋味的饭菜。

然后，虎子与钟梓彤坐上了回成都的列车。

在车上，钟梓彤说："我就不跟你去贵州了，你不知道，我脑中的灵感像雨后的春笋一样，现在挡也挡不住，我要回去好好工作。哼哼哼，等你从贵州回来，我要给你一个大大的意外惊喜，你信不信？"

虎子说："信。你是谁呀，我敢不信吗？"

钟梓彤再说："等我因此一举成名，你到时找我签名可得排队哦，我这人一向很有原则的。"

虎子说："呵呵，我乖乖地排到队尾，决不夹塞，我还给你看看谁夹塞来着。"

一路上，两个就这样避重就轻地乱侃一些不咸不淡的话题，尤其多的是关于钟梓彤这次服装设计的灵感以及对未来没边没沿的畅想。关于两人的事，都知道已经说明了，捅透了，双方都明白对方想说的话，又都明白现在说什么也无用，只能一切交给时间。

只是每次这样故作轻松的话题结束后，就会有一段时间的沉默。默然相对时，彼此不经意间看一眼，又会心潮澎湃一下。

成都站在两人感觉很漫长又很短暂的矛盾心情中，还是到了。

下了车，虎子极潇洒地对钟梓彤说了一句："等我电话。"然后头也不回地顺着人流，越走越远了。

在一片黑压压的人头中，只有他的左手，举过头顶不停地挥着，显得分外醒目。

直等到所有人都走完了，钟梓彤才慢慢地穿过长长的站台，慢慢地走出熙熙攘攘的地下通道。

青花瓷

十八　黔西北

下车后，虎子直接去了大头飘飘的广告公司。

飘飘一切就绪，因为接到虎子要一起去的电话，才推迟了出发的时间，一俟虎子回到成都就走。

第二天，由飘飘自发组织的公益摄制小组整装出发。他们所去的地方是贵州西北部的毕节地区，目的是拍摄有关贫困山区教育的纪录片。

按说，从成都穿过四川资阳、内江、自贡、宜宾市，到贵州毕节地区的路况好很多，但飘飘事先了解到这一路沿途民风独特，怕他们这一车汉族人稍不注意，犯了民族禁忌。

为了安全起见，一行四人开着飘飘那辆摄影车，选择了另一条远一些的路。这条路需穿过四川遂宁，路过重庆市，再从重庆进入黔北，直达遵义市，再从遵义绕到毕节地区。贵州省的毕节地区位于黔西北，这样走不仅远了很多，且一路路况相对差些，但却不失为一条绿色通道。

毕节地区的织金县金龙乡宏达希望小学是他们此行的目的地。

从遵义到金龙乡，并不需要经过毕节市，而是直接顺西南方向，横穿金沙县进入贵毕公路，经过民风相对淳朴的大方县后，再路过小屯乡、理化苗族彝族乡，在一个叫鸡场乡的地方下贵毕公路，顺着一条土山路前往金龙乡。

金龙乡全称金龙苗族彝族布依族乡，地处乌江上游六冲河南岸，位于贵州省毕节地区织金县的北部，距织金县城54公里。

到大方县时，飘飘说："我们现在所在的这个地方叫大方县，离织金县远一些，大约五六十公里的样子，离金龙苗族彝族布依族乡反而近些，也就二三十公里。所以，我们没必要进织金县县城，从这里就可以直接去金龙乡了。"

　　经过一天多的长途跋涉，人们都累了。虎子算了一下路程，说："二三十公里，一个小时后怎么着也到了，也就是我们很快就要进入工作状态了？"

　　飘飘轻松地说："应该是。"

　　他的话使疲劳的人们精神一振，大家纷纷要求道："下车下车，大吃一顿，然后工作！"

　　如果在大城市，想吃什么风味特色的饭，都很容易，可在这样的地方，要大吃一顿，又谈何容易？

　　车在县城里绕了一圈又一圈，也没有找到一家合口味的饭店。后来大家看一家饭店门面还算清爽干净，就凑合地说："算了，算了，在这里吃两口吧。"

　　大家草草吃过一顿对他们而言怎么也算不上丰富、也算不上美味的饭菜后，就你追我打地上了车，一路上本身就很活跃的气氛，在酒足饭饱后，更加热闹起来。

　　车拐上贵毕公路不久，飘飘就发现，情况不妙。如果说，遵义一带的路况不太好的话，贵毕公路的路况更是不敢恭维。这是一条双向单行车道，不仅坑坑洼洼、颠颠簸簸，而且因为是单行道，车祸率极高。说是二级公路，看看这样的路况，充其量只能算上个三四级乡路。不长的一段路，他们就目睹了两起事故。因此，充当司机的陈大惠开车时，比平时更加了十倍的小心。一车人说笑的内容也就聚集在由这条路而引发的联想上，俏皮话是一路不断。

　　就这样，大家一边说笑着，一边攥着一把汗地抓着能抓的地方，眼睛死死地盯着前方，只怕有车突然撞上来。

　　所幸一路有惊无险，平安无事。

　　这一行共三男一女。飘飘是核心人物，除过虎子，另一名男性叫陈大惠，是飘飘的发小兼同行，经营一家叫作"小城大惠"的广告公司。唯一

的女性是飘飘的女友江小丽。江小丽属猴，1980年出生，如她的属相一样，是一个活泼可爱、聪慧灵性的女孩。飘飘属鸡，虽然只比小丽小一岁，但在生活方面却像一个长不大的孩子，处处被江小丽照顾着。虎子回忆刚过去的那几天日子里，飘飘处处为自己着想的宽厚仁慈的细节，往前想想，爬山时飘飘言语不多，总是拿着相机默默地寻找画面的样子，再看看眼前江小丽对飘飘照顾入微的点滴，竟感觉眼前的飘飘与以前的那个飘飘不是一个人。

在这个群体里，飘飘作为团队主心骨，不论组织能力，还是领导能力都堪称一流，加之其谈笑风生的性格特征，虎子心中先对飘飘低调、睿智、理性、务实的人品打了一个很高的分。陈大惠的外表长相、穿衣风格、性格特点则与飘飘完全不同。飘飘属圆润丰满的弥勒佛风格，长发飘飘，白胖随和。属猪的陈大惠棱角分明的脸则显得时尚前卫，有些街舞男孩的感觉，板寸直立，黑壮帅酷。飘飘喜穿休闲款的浅色运动装，而大惠则是宽版的黑色嘻哈装。虎子属狗，在这三个男人中，属老二，不大不小。他与二人的着衣风格又不一样，他一直穿登山装，草绿的，墨绿的，迷彩的，脚上，多会儿都是一双登山鞋。小丽与飘飘都是长发，不过小丽是披肩直发，如瀑布一样。在车上时，小丽将头发滑滑地披下来。飘飘有抚摸小丽头发的习惯，虎子几次回头与飘飘说话，都看见他圆胖白腻的手在撩拨小丽流畅细滑的黑发，那一黑一白，形成显明的色彩与质感对比。飘飘的长发是齐肩的卷发。他喜欢长发飘飘的感觉，也许，他自取网名飘飘，与到处走来走去的工作状态有关，也与他的头发有关。

再往前行，就是鸡场乡了。

车下了危机四伏的贵毕公路，进入偏僻而狭窄的乡村小道。虽说此道上机车甚少，行人也没有几个，没有了撞车危险，众人的脸上却没有呈现出丝毫的欢愉之色。

他们遇到了极少见的土山路。

一路上，大家在兴奋聊天的过程中，完全忘了看窗外的景色。进入贵节公路，车辆颠簸得很厉害时，大家又没有闲心看风景了，仿佛替大惠开车一样，都专心地看着路况。而进入鸡场乡那段的土山路，颠得人无法看风景，也无法看路况。

飘飘说:"对这样的土山路,当地人有句精当而诙谐的总结:天晴'扬灰路',下雨'水泥路'。这种路坡高、路险、山大,一般车很难进得了这样的土山路。原因是,一、路太窄,路的两边,一边是悬崖,一边是峭壁,故车身不能宽,也不会两车相会。二、因是土路,多雨的夏天时,不知被一些什么车压过,压出两道很深的车辙,而车辙中间部分,是极高的已经很硬的泥巴堆,因此要求车的底盘必须高。"

飘飘正说着话,不妨前面路中间有一个很高的土疙瘩。陈大惠猛一刹车,飘飘的上牙直接磕到前排座椅上,磕得他直吸气。

大家纷纷下车查看车况。幸亏飘飘的车底盘高,又幸亏陈大惠车技不错,刹车及时,车底油箱不至于被蹭漏。

看看前边的路,陈大惠说:"路太窄,咱的车身太宽,车体又长,不能往前开了。"

飘飘向四周望望,说:"现在唯一的办法就是徒步。咱们将车倒到一个稍平一些的地方停着,开 11 路车吧。"

车不能掉头,只能一路倒着开出小路。幸亏找到一个有人家的地方,飘飘与老乡进行过交流,人家答应他们把车在房子前面的空地上放几天。

开始徒步。

徒步,不是说说就走的。飘飘的摄像机不但专业而且贵重,且随身所带相机的镜头也特多,仅一个无敌兔相机,就配有长焦大白,广角 16L–35L,中焦 24L–70L,定焦人像头 85 蔡司及 24 移轴等镜头。好在他带的摄像机是便携式,这个肩扛式摄像机,重量在 10 公斤左右,只有虎子这类常玩户外的人才敢在长途跋涉时背着它。而那些俗称长枪短炮的镜头,也就由大家分别背着。瘦且高的江小丽看着柔弱,但却背着一个巨大的登山包,里面塞满了几个人的换洗衣服、食物、水。她的手里,还拖着一个巨大的箱子,里面装满了带给山区孩子们的捐赠品。

八、九、十,三个月,是黔西北气候的黄金时节。这段时间,气温在二十六七度,不像夏天那样燥热而多雨,也不像冬天那样多雾而阴霾。秋天的黔西北,多为晴天。虽然路况不好,但一旦下车来,就显示出山区的优势来。

他们看见的是落后的乌蒙山区,没有现代工业文明的喧嚣,却是一方

净土，固守着贫穷与安静。

一路上，飘飘不时地发表宏论，他说："很久以来，文明是一个让人担惊害怕的词语。文明让人与自然成为一对新兴的天敌。保持纯天然的生态，就意味着贫困与落后，就像黔西北。让科学文明渗透生活，就意味着加速地球的毁灭，如汽车的制造、高楼的建设、电器的普及、化工产品的运用，无一不影响着地球表面的植被，透支着地球深处的资源，削减着大气层中的臭氧层。"

大惠回应道："文明让人们变得更加娇气、更加懒惰，而落后让人显得愚笨而迟钝。也许社会进化到非常成熟的阶段，我们才有可能将科学文明与自然和谐地融合在一起。现在，不是在做了吗？虽然远远不够，但好在开始了。"

小丽说："是呀，虽然有些迟了，但亡羊补牢，为时未晚。我们现在要做的，就是如何减慢大城市的文明开拓步伐，如何加快偏远地方的开放速度。"

飘飘指着远处说："看看，我们要去的金龙乡，就是一个无矿产资源，没有工业生产的地方，是一块没有受工业文明一丝污染的净土。在这里，农业生产使用农家肥来提高产量。在这里，你能见到湛蓝的天空、飘荡的白云、连绵的青山、如镜的绿水。山野间，草坡上，牛儿悠闲地吃着草。田埂上，地头边，羊儿在咩咩地戏闹。这里是人们梦想中的'香格里拉'，这里是人类还没来得及摧残的处女地。但这里，也贫穷落后得可怕。"

江小丽说："希望我们这次的公益拍摄，能让更多人关心落后地区的文化教育，可我又怕文明的人们进来后，污染这里的纯净与淳朴。"

飘飘说："我们不会因噎废食，但也决不能本末倒置地破坏了美的纯的东西，却没有实质性的帮扶行为。"

这群徒步去金龙乡的人们，一路走一路看，一路议论一路感叹，真是看不尽的原始美景，赞不完的自然风光，谈不完的世事感慨，诉不完的人生心愿。

大自然赐予黔西北的喀斯特地貌，让身临其境的人，竟有进入草原后才有的"风吹草低见牛羊"的辽阔之感。而庞杂的人类社会，又让人们不得不思考、不得不反省、不得不尖锐深刻起来。

那天，赶在太阳收尽最后一抹余晖之前，他们总算走近位于山峦之中的宏达希望小学。

宏达希望小学是一座掩映在翠山绿树中的单独建筑。

学校最显眼的是一栋白色的二层小楼，那是教学楼。在一片绿色之中，一圈青色的砖砌成的墙是分界线。墙内是圣洁的校园，墙外是村民们一排排快要成熟的苞米。

远远看去，宏达希望小学竟显出富饶而优雅的气质，很祥和，很平静，很美丽，似乎与贫穷无关。

那天的阳光很好，光线很充足。飘飘拿出相机对着那个要去的地方拍了照片。在相机显示屏里，天蓝，山绿，田畴俨然。那栋小白楼，在阳光下，竟发着幽幽的白光，在蓝、绿为底色的背景下，格外醒目。夕阳把灿烂的金色再涂抹在那个月拱式的校门上，竟富丽堂皇得像宫殿一般了。

学校还没有放学。一群穿着各种花色衣服、脸上抹着各种颜色的孩子挤挤挨挨地排成行，瞪着好奇而纯净的大眼睛，羞涩地看着几个对他们而言相当奇异的人。

他们用难懂的土话相互猜测着。

有的说："你看看，他们的脸是不是抹了面粉了？那么白。"

有的说："听说城里人天天洗澡呢，身上的黑皮皮都洗掉了，当然白了。"

有的说："瞎说呢，他们天天吃白面白米，脸才白的。"

一个小姑娘，用细细的声音说："他们背那么大的书包，他们要学的书肯定很多。听说城里的学校，一个学校里有好几千学生呢，老师肯定有十个以上吧。"

一个女孩子说："城里学校的老师讲课，肯定旁边有站岗的，谁上课捣乱，站岗的会用枪打死他吧。"

旁边一个男孩子说："要是有站岗的，我肯定不敢捣乱了。他们有枪，嗒嗒嗒——我就被打死了——"

听着他们的对话，虎子一群人又好笑，又悲叹。他们这群背着大背包的城里人，在这群没有走出过大山的孩子眼里，是一道生命中最神奇的风景。

宏达希望小学，是一所戴帽学校。戴帽学校就是附带初中班的小学。

学校里，汉族、苗族、彝族、布依族等几个民族的学生混杂。也许习惯了民族混杂，学生们并不因为自己是某个民族而有特殊的感觉，也不会因为民族差异而出现什么矛盾。从衣着看来，学校里的孩子都穿着市场里能买到的一些偏向汉民族服饰的廉价长袖衫、T恤，或长短裤。小一些的孩子大部分都是穿凉鞋、拖鞋，初中的孩子大多穿运动鞋。

这座小学的孩子，来自金龙乡各个自然村。

山区的村落，不像平川那样一个挨着一个。山区的村落都隐在某个山坳深处。上学的孩子要想不迟到，只能每天早上天不亮就起床，然后经过少则一个多小时，多则三个多小时的翻山越岭，才能赶到学校。中午的时候，孩子们就在学校吃一些随身带来的干粮，然后，在下午放学后，再用同样多的时间赶回家。

"那他们的作业一定很多吧，等走到家，再做作业，什么时候能做完呢？"小丽担心地问。

宏达希望小学的校长叫陈玉明，他说："回到家里，孩子们并不能安心做作业。金龙乡的农民，大多数以种植为主，以放牧为辅。大山里的人家，农活忙时就叫回自己的孩子，忙田间地头的活计，农闲时孩子才可以去上学。平时，因为没有钱给家里养的牲畜购买饲料，牲畜吃的草，就由放学回到家的孩子赶到地里去打。所以，我们一般布置作业都不多，怕孩子们做不完，熬得太晚。布置作业少最主要的原因是，乡村里没有电的时间多，有的家里连蜡烛也买不起，夜里实在没法做作业。"

另一个老师姓钟，他瘸着一条腿，颇有些感伤地说："因为贫穷，一些家长常年在外打工，家里就只有孩子。这些孩子回到家后，不但要自己挑水、烧水、做饭、洗衣服，还要打草、养猪、养鸡、养羊、养牛，要给牲畜们煮饲料，打扫鸡舍牛棚。即使是这样，很多学生仍缴不起学杂费与书费。陈老师当年就是因为他父亲交不起学费才辍学的。现在，他也像自己的父亲一样，交不起自己孩子上高中的学费。"

陈玉明当年是以优异成绩考上高中的，却因为家庭贫困不能继续上学。在家乡的学校极度缺乏老师时，他这个初中生就是村子里相对有文化的人，所以，他当然地承担起教书育人的重任。在一边务农、一边教书的日子里，陈玉明发奋自学，成为学校的骨干教师。也因为有陈玉明这样的老师，宏达希望小学的学生从 18 名逐渐增加到了 400 多人。而陈玉明，守着贫困，守着三尺讲台，一守就是二十多年。很多学生从这里飞走了，过上了比在乡村种田好很多的日子，但他仍然贫穷，仍然坚守在这里。

钟老师也同样贫困。每到寒暑假，他都要争分夺秒地出去打工，以赚些微薄的小钱回来，聊作一家人全年的生活用度。每个学期开学的前一天，他才匆匆赶回来。开学第一天的升旗仪式，他无一例外，都会精神抖擞地准时出现在典礼台上。

历经世间沧桑，宏达希望小学，最后只剩下陈玉明校长与钟老师两人守着了。

飘飘他们到达宏达希望小学的那天下午，学生放学后，一行四人就在陈玉明校长提供的临时宿舍里住下了。

陈玉明与钟老师都还要走很远的路回到自己家中。

临走前，陈玉明说："听说你们要来，前几天我就找了几个富裕一些的家户，从他们家里各拿了一床被褥。这被褥，都挺干净的，是他们平时舍不得盖的新被褥。"

钟老师一瘸一拐地把飘飘拉到一个很小很破的废弃教室里，指着一些简陋的灶具说："这是厨房。这些灶具、粮油、米面，都是村民们你一点我一点凑起来的。这个地方菜不缺，随便到地里扯几把，就是新鲜的菜。我今天已经扯了一些，明天我来再帮你们扯些。"

飘飘看见一大捧嫩绿的野菜放在一个有些发黑的旧塑料盆里，忙点点头说："好好好，明天我与你一起去扯野菜。"

等陈玉明与钟老师走了，一行人才细细地打量起他们的宿舍来。

说是宿舍，其实就是教室。下午学生下课后，他们要将教室里的课桌集中起来拼在一起，再在上面铺上那些临时借来的被褥，就是床铺。早上要将被褥卷起来，放回陈玉明校长的办公室，再将课桌一一排开。

山区教室里的课桌，高矮参差不齐，颜色斑驳不一，拼在一起后，很难成为一张平展的床。

陈大惠太累了，草草洗漱后就直接爬了上去，刚一躺下，他马上就跳起来大叫："哎哟——"飘飘几个人以为他被什么虫子咬了，忙赶过来问："怎么了？怎么了？"陈大惠不好意思地说："没事，没事。挺好，挺好。"

等飘飘几个人都睡上去时，才明白陈大惠为什么那么大声音叫了，真硌呀！

再说气候。时值秋天，别看山区白天太阳出来时稍显燥热，一到夜晚，竟有些凉飕飕的冷意，加之被褥太薄，学校又在旷野之中，夜里，一行累得快散架的人，被硌得睡不着不说，还被冻得缩成一团。

不知道瘦弱的江小丽感觉如何，反正圆胖的飘飘是冷得辗转反侧。

一晚上，四人竟没有一个睡个好觉的。

第二天，大家伙不约而同起了个大早。

飘飘说："去拍上早学的孩子吧。"

那天早晨，他们拍到的第一组镜头是四个女孩子。

那时，远方的天还呈现着黑蓝色，只见一条大约一尺左右宽窄的乡村小路上，走过来四个女孩子。从她们的家里出发到现在，她们已经走了一个多小时的路。露水打湿了她们脚上的鞋，身上的衣服不知道是汗水还是露水，也是湿的。孩子的头上虽冒着汗，却大声地唱着快乐的歌。笑容，是她们最让人心动的表情。她们逆着光，从摄像机的显示屏上走来，走来，距离越来越近，她们在显示屏上的图像也越来越大。走在最前面的那个女孩子，穿着山村里少见的蓝色方格布长裙，穿一双还算完整的凉鞋，可以看出，她家的家境相对好一些。也许正因为如此吧，她显得特别自信与活泼。在几个女孩子中间，她是表现最主动的一个。后面的三个女孩子，看到摄像镜头对着她们，腼腆地相互推搡着，笑着。

飘飘拍照时，习惯一边与被拍对象聊天，一边拍。

看着其他女孩子都在躲藏，飘飘就问蓝裙女孩叫什么。

她用极不标准的普通话，大声地说："我叫呷莫阿妞，我后面那个是我姐姐，再后面那个是我妹妹，那个叫贝央阿珠。"

从多话的呷莫阿妞那里，飘飘他们知道，学校的学生来自全乡十几个自然村。一年里有三百多天，孩子们风雨无阻地走路来上学。家离得近的，走路也要半个多小时，家离得远的，至少要走三个多小时才能到学校。一天里，有六七个小时时间花在来回路上。如果天下大雨或下大雪，上学的路会非常泥泞难走，花在路上的时间会更长些。难的不是走多长时间，发愁的是雨雪天气。下雨时，山路经雨水一浇，滑不留脚，稍不注意，就会滑倒。冬天的山路在雪后结了冰，更不好走。所以，天气不好时，孩子们的情绪都会受到影响。因为万一失足，就会掉到旁边的深沟里去。学校里的学生，没有一个人没有摔过跤的，没有一个人没有受过伤的。还有几个学生，因失足掉进深沟摔死了。除了危险，难挨的还有饥饿。很多学生家里没有太多吃的，早饭时胡吃些稀粥之类，往往是还没有走到学校，肚子早已经饿得咕咕叫了。

"肚子饿了，上课会头晕，没有力气，考试也考不好。"呷莫阿妞直率地说。

"你饿过肚子吗？"飘飘问。

"我们家离得近，走的路少，所以，不常饿的。你看，家离得近的，都来得早。少走路，消化就没有那么快。"呷莫阿妞"呵呵"地笑过后，又认真地说，"不过，有些同学因为早上走得太早，早饭又没有吃饱，会昏倒呢。"

"嗯。有几个同学还不到吃中午饭时，就饿昏倒了。"贝央阿珠细声细气地说。

"还有的同学早上饿得早，就提前吃了带来的中午饭。没有中午饭吃，下午放学路上，也常常饿得走不动路。"呷莫阿妞的妹妹看着呷莫阿妞那么多话，也变得活泼起来，中间也开始插话。

慢慢地，几个小姐妹都开口回答飘飘的问话。阿妞的姐姐呷莫阿雅也会抢着说几句："我们早上来时，还会在路边的石头缝里藏点干粮，回去的时候，走饿了，就坐在路边吃些。这样子会有些劲走到家。"

阿妞的妹妹叫阿曼，一听大姐讲到藏干粮的话题，仿佛有很多委屈似的，她撅着嘴用很大的声音说："他们有时会偷我们的东西吃！"

飘飘问"他们"都是谁时，她又躲在阿雅背后不吭声了。央贝阿珠说："就是同路的男孩子。他们知道我们藏东西的地方，放学路上饿极了，就会拿去吃些。"

飘飘好奇地问："他们吃了，你们不是没吃的了，会不会骂他们？"

阿妞抢先说："不会的，他们也饿嘛。他们吃了，我们就从田里挖些地瓜之类的吃，还可以摘一些野果子吃。"说这些话时，肤色黑黑的阿妞笑得很好看，两排嫩白的牙齿在晨光中煞是好看。

天亮了，太阳从最高的那个山峰一点点爬上来，散发出橘黄而耀眼的光芒。正与飘飘一行人聊天的几个女孩子，突然紧跑几步，进教室去了。飘飘回头一看，原来是一队队、一群群的孩子，正陆陆续续从各个方向走过来。飘飘想，那几个女孩子要争第一名。

他感到那些孩子好笑又可爱，笑笑，把镜头转向其他同学。他发现，所有同学欢笑的脸上都看不到一丝疲倦。看来，山里的孩子早已习惯了贫穷与艰难。

头一天晚上，飘飘就对陈玉明校长说："我们要拍的，是农村学校学生最自然、最真实的样子。学生该如何上课还如何上课，不要因为我们影响到孩子们，也不要因为我们在拍摄就搞出什么虚假的样子。"

陈玉明校长也答应得非常爽快，说："农村人不会说谎，也不必要。你们真实地反映吧。"

虽说要拍真实的样子，但真正与昨天远远看去如梦如幻的学校零距离接触后，他们才知道，情况并不是他们所想象中的那样糟糕，而是更糟糕。昨晚走进教室时，他们已经很震惊。今天早晨再细细看这所已经盖了很多年的希望小学时，更震惊。教室里的地板已经破败得不成样子，很多掉了水泥的地方坑坑洼洼，像癞痢头上的疤一样难看。在白天看课桌，他们为自己昨晚的大胆吃惊，因为他们晚上睡觉用的课桌，好的不多，大多数桌子是坏的。除过高低不平外，有的桌子面上还有大大的窟窿或少了一个角；有的课桌腿竟是坏的，四条腿都好的桌子不多；大多都是两三条腿是好的，坏的那一两条腿实在找不到合适的木板，就找一根树棒，用粗劣的绳子缠起来；有一些桌腿是断裂的，于是就像骨裂后被医生使了夹板一样，一边贴一片薄木片，然后用细钉子把断裂的地方钉住。

飘飘想："今晚睡觉的时候，可不敢乱翻身了。桌腿坏了，从桌子上掉下来事小，如果因为桌子没腿，影响学生上课事情就大了。"

正在拍教室里的课桌时，学生已经整好队伍，要举行升旗仪式了。

四百多名学生，两个老师，整整齐齐地汇集在教学楼前小小的一个广场上。队伍很滑稽，神情却很肃穆。

学生中有小到一年级的小脸还抹得脏乎乎的孩子，有大到初中的亭亭玉立的少女与帅气逼人的男孩。

飘飘负责用摄像机拍摄做公益用的内容，而大惠则用相机负责拍一些特写镜头与工作花絮。小丽一直忙前忙后地为二人的工作做辅助工作。虎子不太懂行，所以没有太具体的任务，除过飘飘要求他做的一些琐事外，他更多的时间在看，在想。

他看到的是两个牺牲了为自己家庭致富机会，甚至牺牲了自己孩子上学机会的山村教师。即使陈玉明校长每月只有二百元钱工资，但这钱也不能按时发放到他手里，其他拿不到工资的老师纷纷打工去了，而他，面对连续几年都交不起仅有四十元书费的快要初中毕业的学生，仍然毫无怨言，从不催促，甚至从自己家中拿出钱来帮一些孩子垫交书钱，帮他们买笔墨纸张。当他的孩子因贫困交不起学费、上不起大学的时候，他没有让自己的孩子去打工，而是劝他来学校当了一名领不到工资的临时教师。在升旗仪式上，昨天没有看到的、这个学校里的第三个老师就站在仅比自己低几个年级的学生队伍后面。他单薄的身影，无奈的神态，看得虎子心里一阵阵发酸。他禁不住地想：如果他上了大学，他的前途会怎样？如果他此时出去打工，他的前途又会怎样？而现在，他就这样，身体被困在这个没有任何前途的破败的学校里，他的一生，也要被贫穷所困，重复他父亲的生命轨迹了。他甘心吗？他认命吗？

这个叫陈大学的才十八岁的孩子，没有听到虎子内心向他提出的许多问题。

他背对着虎子站着。虎子看不到他的表情，更看不到他的内心。

不过，有他的背影就足够了。

钟老师暑假外出做苦力的时候，不小心摔断了一条腿。因没钱治病，至今他的腿仍一瘸一拐的。与陈玉明校长一样，钟老师在学校里身兼数职。从小学一年级到初中三年级，怀揣着大学梦的钟老师在九个年级的九个班里都有课。每一节课，他都要分别给好几个年级好几个班讲。一般一个教室会同时坐几个班的学生，他往往是讲完这个年级的课，布置好作业，再给另一个年级的学生讲。等他下一节去另一个教室讲课时，这个教室的学生就用传统的"一带一"的方法进行学习。"一带一"就是在安排教室时，有意识地将几个高年级班与几个低年级班排在一起，让高年级班级与低年级班级结成"一帮一"对子。等老师去其他教室上课后，已经结

成对子的"一高一低"两个年级就开始进行对接，由高年级学生辅导、带领低年级学生完成课业。而钟老师因为时间不够、精力不足，只需给高年级的学生上足课就行了，低年级学生的学业主要靠高年级来带领。钟老师只需在有空时，对低年级进行重点复习、重点指导就可以了。这就是农村学校因教师不足而长期形成的"复式教学法"。18 年来，钟老师就是这样日复一日地每天瘸着腿走两个小时的山路到学校教书，晚上再走两个小时路回到一贫如洗的家。他就是这样日复一日地守着贫穷，却从不落下哪怕一节课。因为他坚信，虽然现在他们穷，但只要有知识，他教的孩子们肯定会富裕起来。

虎子还看到，在艰难贫穷到常人无法想象的环境里，有四百多名对未来充满希望的孩子，在这所破旧的小学里快乐求学。

在学生群中，有姐弟三人非常突出。他们是学生中少有的父母都在家的孩子。因为父母守着他们没有外出打工，所以家里是难以想象的贫穷。飘飘一行人扛着相机跟着孩子们去过姐弟三人的家，他们看到，一家五口人，住在几间不能称之为房子的破棚子里。所谓棚子，就是在四堵用土夯起来的围墙上面，盖一层油毡。为防止油毡在刮风下雨时移动，油毡上面，压了几堆在别处捡来的破砖碎石。

即使姐弟三人的家是这么的贫困，慈祥、乐观的父母还是给了孩子们一个温暖的家。姐弟三人学习很刻苦，成绩在整个毕节地区都一直排在前列。在采访过程中，他们的母亲始终发自内心地微笑着。

更让虎子感动的是飘飘他们三人，尤其是飘飘。

这个生活在大都市、生活条件非常优越的人，甘愿舍弃在都市里灯红酒绿的生活，带着同样过着都市生活的白领丽人江小丽，来为这样一群对他们而言非常遥远的孩子，做着常人能做却不愿做，想做却做不了的事。

在小丽拎的那个硕大的背包里，有带给孩子们的书籍与本子以及各种笔。由于路途难走，他们给孩子们准备的衣服、书包等其他用品，早在他们来黔西北之前，就邮给这些孩子们了。

也许都市里的很多人可以做到拿出自己不用的衣物来捐助这些山区的孩子，但很少有人做到真心地爱他们，飘飘做到了。虎子看到他无任何心理障碍地搂着每一个看起来脏兮兮的孩子，亲他们，与他们游戏，与他们玩笑、聊天。他称他们为自己的孩子，他真诚地为他们笑，他动情地陪他们哭。

在对孩子一一做采访时，很多孩子拿着麦克风，说出了自己想继续读书的心愿，很多孩子也表达了也许没钱上学、会终止学业的遗憾。他们说，不知道家长能供自己读到几年级，但哪怕明天辍学，他们今天也会好好读书。说这些话的时候，每个孩子都是泪流满面、呜咽难言。虎子看到，飘飘、陈大惠、江小丽一边工作，一边陪孩子一起哭。有时候，他感到飘飘看镜头的眼睛是模糊的，因为他看到飘飘不停地甩头，以便把眼中的泪甩出去。

那几天，一行四人，跟着一些没有大人在家的学生去他们家里。虎子看到，在没有大人的家里，孩子们自己做饭，煮猪食，打猪草，有的孩子一边烧火，一边借着火光的微亮看书。大部分孩子的家里，连电灯都没有，天黑之后，他们就在黑暗里相互背课文、唱歌。孩子们说，如果万一哪天天气太糟糕，他们会睡在教室的地板上。睡在学校里时，虽然带的干粮冷硬难吃，虽然放在学校里的公共被褥又薄又破，但那是大家最开心的时候。在没有电灯的黑夜里，所有留在学校避雨的临时寄宿生，会分组对歌，也会在黑暗里听着声音做游戏。如果晚上冻醒了，大家就挤在一起说笑话，讲故事。因为住在学校，早上不用再走很长时间的路，天微微亮的时候，冻得睡不着觉的孩子们会在教室里玩老鹰捉小鸡，在奔跑打闹中，身体就不感觉冷了。那几天天气很好，所以他们没有拍到相关的镜头。

那几天，他们也跟着一些家里有大人的孩子去家里，看到贫穷的大人们笑得都很开心，很阳光。

那几天，孩子们会围在飘飘的身边，好奇而无拘无束地看着摄像机中的自己，然后羞涩地笑。飘飘也会与孩子们头对着头，指导他们如何操作电脑，如何操纵他的摄像机。而小丽，这个学习型人才，可以给任何一个年级的学生辅导任何一门功课。所以，一旦她有时间，就去没有老师的教室里给孩子们讲一节课。

对于那几天，飘飘在回来后的日志中这样写道：

宏达希望小学的陈玉明校长，坚持山村教育24年了，月工资

青花瓷

180

200多元。贫困的孩子交不起学费，很多他都默默地免了，当地人都非常尊敬他。可是，现在他自己的孩子上学读书都成问题，因为这样低的工资也有几个月没发了。

　　钟老师在这里教书18年了，他只有两件衣服，还都是破的。为了生活，钟老师假期时要出去打工，维持家庭生计。钟老师的腿就是打工的时候摔断的。采访他的时候，他哭了，因为他的孩子也快上不起学了。孩子很努力，有时也会责怪爸爸。钟老师说，他教育的人以后都可能成为富翁，儿子就问他："我们自己家呢？"他回答："我们依然贫穷，但我们今后肯定会好一些。"钟老师的家是一座小土房，里面黑黑的，深深的。

　　回来很多天后，心静不下来，思绪仍在远方，在那些孩子的身上。

　　我一个特别深的体验是那里的人都很快乐，不是因为富有，不是因为满足，而是他们知道什么是现实，他们适应了，他们会认真享受每一丝乌云里射出的阳光。

　　但在他们欢笑的外表下，都有一颗脆弱的心。在我们采访的一开始，房间里就充满了哭声，我们也跟着落泪。

　　拍了七个小时的素材，全是湿的——不是汗，是泪水。

　　但我也抓拍了许多的笑脸，再贫困的地方也有阳光啊！

　　尤其是看到孩子们第一次可以自己照相了，那开心的笑脸啊——喜悦中，我却带着泪。

　　虎子在给阿坚的短信里说："从飘飘三人身上，我看见了自私的自己。从陈玉明校长、钟老师及陈玉明校长的儿子身上，我邂逅了狭隘的自己。从四百多名贫穷但却坚强快乐的孩子身上，我遇见了懦弱的自己。对我而言，这是一个重识自我的旅程。"

　　他问阿坚："阿坚，多年里，与这样的我相处，你有没有不舒服？"

　　阿坚回答道："我们都需要成长，我也一样需要重识自我。"

　　从黔西北那所希望小学里出来，虎子仿佛是一个刚刚从人生大学里毕业的学生。老师们教他的那些东西，在他头脑中挤成一团，他有些营养过剩，又有些消化不良。

　　他的脑子里，常常浮现钟老师与陈玉明校长坐在教室里的情景——黔西北少有的明媚的阳光从教室外透过玻璃窗射进来，几束金黄的光束照在他们有些黝黑但动人的脸上。他们的脸上有伤感的泪水，也有乐观的笑容，有坚定的决心，也有无奈的麻木。

　　他的眼前，也常常出现一个叫朱姝的小女孩漂亮的小脸，如果在大都市，她应该穿着公主裙弹钢琴，在舞台上跳兔子舞。但她，却将一双胆怯的脸放在土墙背后，只露出一双纯净得让人心尖颤抖的、眼珠乌黑的眼睛。

十九　飘　飘

　　离开金龙乡的前一夜，累了一天的陈大惠已经习惯了桌子的不平，很快鼾声如雷。飘飘陪小丽说了一会儿话，过来准备睡觉。

　　他敏锐地察觉到虎子正在黑暗中用一双黑白分明的眼睛看着他。

　　飘飘轻轻地问："有话要说，还是有事想问？"

　　可以说，每次去户外活动，背着沉重设备的飘飘大多时间不太说话，他总是在寻找最佳的拍摄位置，寻找最佳的拍摄光线，而虎子每次都是整个团队的领头羊，除了虎子总替他背着那些贵重而沉重的设备外，两人很少能坐下来静静地单独说一会儿话。

　　而这次公益拍摄行动，主角是飘飘，对摄影一窍不通的虎子成了想帮忙却力不从心的闲人。这样的休闲，让虎子第一次静下来观察飘飘，也让他第一次静下来去思考一些从未思考过的问题。

　　这样的夜晚，在无电脑、无电视，甚至无电灯的僻远山区，更容易让人进入思维活跃状态。

　　金龙乡的四天三夜里，虎子人闲着，大脑却一刻不停地飞速旋转着。

　　可可的脸，安安的脸，甚至他父母的脸，交替出现。尤其他不能想平平，他一闭眼，就能看见那天走时，平平那圣洁的如透明水晶一样的皮肤与她那让天地为之开的笑，他有时甚至可以听见她小嘴不停吸吮的声音……

　　当然，还有关于钟梓彤的所有记忆。

　　听到飘飘轻声的问话，虎子也轻轻地问："你累不？咱们出去转转？"

飘飘在他耳边一字一顿地开玩笑，说："通宵达旦是飘飘先生一直以来保持的工作状态，与友谈心是飘飘先生常常废寝忘食又乐在其中的事情。"

那夜的山区，早秋的虫儿在草窠里吱吱地叫着，有一点点萤火虫在即将逝去的炎热里闪动着剩余的光亮。不是月圆夜，但有一钩弦月镶在墨蓝色的天幕上。云贵高原的天空，高远而且深邃。在城市中少见的星星都聚集在了乡下，它们繁多而明亮，像山村里自由而快乐的孩子一样，在自己的世界里做着只有它们才熟知的游戏，说着只有它们才懂的方言，就连眨眼睛，它们也用它们的方式。

飘飘与虎子在一个相对陌生的环境、对户外人而言又非常熟悉的感觉中，相互倾诉。

虎子说了从未示人的自己与可可的故事。虽然虎子与可可后面的事，飘飘了如指掌，但虎子说出前面很多故事的时候，飘飘还是显出了震惊。对虎子，他也有了进一步的理解。

然后飘飘开始讲自己的故事。

飘飘开始讲自己故事之前，有一段开场白。

他说："你知道吗？日本有一个著名的作家、医学博士，名字叫江本胜。1949年，江本胜与他的团队开始进行水结晶试验。他们将采集到的来自世界各地的水标本放入玻璃器皿中，然后每天让水阅读文字、倾听音乐，他们也与水进行交谈，最后，再将这些水放进冷冻库，以高速摄影的方式长时间拍摄和观察水结晶。他们发现，水居然有复制记忆、感受和传达信息的能力。

当让水阅读、倾听关于爱、感谢等美好的、善的词语、音乐、语言时，不论是来自哪个国家、哪种文字、哪种语言，水结晶都会呈现出美丽、规则的图案。而当水阅读、倾听关于仇恨、战争、侮辱等攻击性的、恶的词语、音乐、语言等，同样不论来自哪个国家、哪种文字、哪种语言，水结晶就会凌乱而破碎，毫无规则可言。

2011年，江本胜团队将122幅风姿各异的、罕见的水结晶照片结集成册，取名《水知道答案》。图书面市后，在全世界引起巨大轰动，唤起了

人们对'爱'与'感谢'的珍惜和赞美。

人的一生几乎都活在水的状态中，要想平和而快乐地度过一生，只要让占到人体 70% 的水干净就可以了。医学已经证实，在充满爱与感谢的环境中，生活就会轻松而快乐。因此，人每一个念头、每一句话语的善恶，都会改变我们体内的水分子，使之或美丽或丑恶，这直接影响了我们的身体和生活。事实上，幸福与否就在于人的心。

今天，我提起《水知道答案》，就是想说，幸福如此简单，就是爱与感恩。"

说完长长的开场白，飘飘的话才进入正题。

飘飘生活在一个充满爱的家庭里。家庭教育就像农民种田一样，在一个孩子幼年的时候，如果整个家庭在这个孩子的心灵土壤里种下的是爱的种子，发出的芽、结出的果实肯定是充满了爱与感恩。

飘飘的母亲是一名优雅的话剧演员，她美丽而温情。从飘飘记事起，就没见母亲发过一次脾气，她总是平心静气地做着家务，平心静气地对待两个也会淘气得离谱的儿子。母亲有时也去外地演出。在母亲外出时，飘飘虽然很长一段时间里见不到母亲，但母亲的电话与信件不断，就仿佛仍在他的身边一样无微不至地照顾着他与哥哥。飘飘的父亲是一名教授。教授的生活死板而忙碌，但飘飘没有见到过父亲有一丝焦躁或烦乱。

哥哥比他大两岁，属羊，算是一只温和的绵羊。当别人家的孩子因为争着吃一些当时的孩子自以为是非常难得的零食时，哥哥总是把零食一分为二，分得很均匀、很公平。哥哥没有把大的给自己，所以，他这个弟弟没有"哥哥大就应该多吃"的不平等观念。哥哥也没有把小的给自己，所以，飘飘从小也没有"哥哥大就应该让着我"的优越。

"不去计较得失，才能得到真正的快乐；不去为难别人，才会得到更多的回报。"这是飘飘的家庭教会他的万能信条。飘飘从小学、初中到高中，直至大学毕业，都一直这样活着。此万能信条，让他得到了比别人多得多的快乐与喜悦。

可以说，二十世纪八十年代出生的孩子都是在竞争中长大的。飘飘上小学时，同龄的孩子们会对自己考试排名的先后相互羡慕或嫉妒，甚至恨。记得，他同班的一个同学就说过一句话："我希望邓浩然今天上学的时候被车撞死。"因为这个邓浩然的成绩一直是班级第一。他的优秀没有引发同学们超越的动力，却让几个与他你追我赶的学习尖子起了"杀心"。飘飘不是名列前茅的几个，但他的成绩总是保持在前十名。不同的是，他的成绩始终是在快乐的玩闹中取得的，相对天天请家教、参加很多培训班的学生，他的童年、少年时期不知要轻松愉快多少倍。他没有拉锯式地在前三名起伏，当然地，他也就引不起你争我赶的那几位同学的"恨"。

他哥哥的成绩与他一样，不靠后，但决不靠前。他们的父母不拿自己的两个孩子相互比较，不压着谁，也不抬着谁，也不拿自己的孩子与别人家的孩子比。这样的态度，让兄弟俩，一直没有感到对方的存在对自己有何威胁与伤害。

虽说从1973年开始，我国就在全国范围内实行计划生育，但我国计划生育发展的新阶段是从1979年才具体开始的，也就是说依法执行的计划生育后所出生的一代人不是"73后"，而是"80后"。因此，在飘飘他们班上，很多家庭里，都还是两到三个孩子。

飘飘常常看到班上的同学因与姐姐哥哥争抢一些玩具或零食大打出手的情景。甚至有的人在家中受了兄弟姐妹的气，就团结自己的同学在上学放学路上谩骂自己的手足。遇到这样的情况，飘飘会平和地上前去劝说，他不会告诉老师，也不会告诉家长，他喜欢用平和的方式解决棘手的矛盾。

飘飘的母亲常说："用美才能拉动美，用爱才能唤醒爱，用情才能感动情。"他的父亲是这样说的："战争不是用战争来解决的。虽然有时战争也必须靠武力来平息，就像抗日战争，就像抗美援朝。但国人之间的矛盾，家人之间的纠纷，同学之间的争执，需要靠宽容与大度消融。"

父亲曾经给飘飘兄弟俩讲过一个寓言故事《北风与太阳》。

北风与太阳争论谁的威力大。争吵一番后，北风与太阳议定，谁能剥去行人的衣裳，就算谁胜利。一开始，北风就展开猛烈的攻势，使劲地刮，它越刮，行人把衣裳裹得越紧，北风就刮得更猛，后来，行人冷得厉害，就穿上了更多的衣裳。北风终于刮累了，就让位给太阳。太阳洒出万道金光温和地晒着大地，行人们便脱掉了添加的衣裳。太阳越晒越猛，行人热得难受，就把衣裳脱光，跳到附近的河里洗澡去了。

青花瓷

父亲最后的结论是："加倍的争执与敌对，只会让矛盾更尖锐，让争执更激烈，让距离更遥远。而爱和感恩，就像太阳一样，温暖如春。它让春草发芽，它让枯树开花，它让冰河融化，它让雪山变成百兽的乐园。"

《论语·宪问》里有个对话："或曰：'以德报怨，何如？'子曰：'何以报德？以直报怨，以德报德。'"飘飘说，他不是一个以德报怨的人，因为很多人并不懂你以德报怨时的境界。以德报怨，会豢养一群，甚至一层、一代不懂感恩的人，但以德报德是我们必须有的传统美德。也许世界的科技化、制度的经济化、体制的市场化，让很多人信仰崩溃了，但中华民族几千年崇尚的"仁、义、礼、智、信"，迟早会回归的，就像市场经济会在运作的过程中渐趋成熟一样，人们迟早会在物质贫乏很久后突然间经济富裕的迷失中，找到本我，回归本我，回归到人的本性。

人之初，性本善。

那晚的飘飘，说了他们认识以来，最多的一次话。这个一直用摄影语言来表达自己内心情感的人，说出的一套一套哲理性语言，竟是如此高屋建瓴。

那晚的虎子停止了诉说，一直在听。他的身心，在飘飘朴素的理论中，进行了一次全方位的洗礼。他仿佛看到，一个全新的飘飘引领着他从东方的云层中脱胎换骨后，随着那轮新日一同水淋淋地，新鲜地诞生了。

他将这个感觉告诉飘飘。飘飘说："不是我一夜之间变了，我还是我。只是你看我的角度与眼光变了。其实，世界也不会在突然间改变，但只要你看世界的心态与看世界的眼光、角度变了，世界就会慢慢变成你所希望的样子。"

"世界本来就是你所希望的样子。"结束了有些冗长的"讲座"后，飘飘又恢复了虎子熟悉的笑呵呵的模样。

一夜未眠，飘飘与虎子更加精神抖擞。

在晨光中，他们看到，一群群着盛装的人从四面八方的田垄上走过来，从狭窄的乡村小路上走过来。有大人，有学生；有着黑色带绣花衣服的彝族人，有着瑰丽多姿彩衣带闪亮银饰的苗族人，有穿自纺、自织、自染侗布的侗族人。

知道他们要走，全校的学生及部分学生的家长，用一年里最隆重的方式给他们送行。

他们穿着一年里只有过年才穿的民族盛装，作为临别礼物送给这几位爱心大使。

那天，是毕节地区少有的晴朗天。陈玉明校长、钟老师、陈玉明校长的儿子陈大学，带着四百多名学生，站在那个近看很破败、远看很巍峨的教学楼前的小操场上，排出长长的、像仪仗队一样的阵势，表达他们的依依惜别，展示他们的真诚质朴。

作为摄影师，飘飘此时已经不能安心工作，一会儿，这群孩子拉他去镜头前合影，一会儿，那群孩子又挤过来看镜头中的自己……陈大惠充当了摄像师，虎子只能临时接过飘飘的相机，当了个临时摄影师。

与飘飘这个从山外来的打开他们心扉的知心叔叔合影时，这些山里的孩子幸福地笑着，打着经典的手势。他们，活泼得让人心疼，开朗得美如天仙。

忙碌的小丽，在帮着几个人收拾这几天以来弄乱的衣物，往器材包里装着各种小零件。

从镜头里，虎子看到飘飘飘着长长的头发，笑成人群中最灿烂的一朵向日葵。

他抱着那个叫朱姝的才上一年级的小女孩笑着……

他搂着那个帅气得像明星一样的初中生狄惹木嘎笑着……

他夹在呷莫阿妞姐姐妹仁中间笑着……

虎子感觉，飘飘才是阳光，他走到哪里，哪里就会一片温暖与光明。他走到哪里，哪里的花儿都会次第开放。

青花瓷

二十 放 下

回到成都，飘飘立即投入新的工作。

他的习惯是，每次拍片子回来，都会放一段时间，等狂热期过了后，再冷静地进行后期的编辑制作。这次在贵州拍的片子，要放一段时间再编辑的原因除了要冷静之外，还有就是他不敢、也不忍再去看那些镜头……

江小丽是成都某企业的中层管理人员，负责企业的人力资源管理工作，她是通过国家考试的人力资源管理师。除过每天忙碌的工作之外，她又参加了北师大心理咨询师考证班的学习。每年的五月、十一月，是心理咨询师资格证书考试时间。考试时间已迫在眉睫，小丽要忙于考试，一下车，她就一头扎到书堆里去了。

陈大惠也是搞摄影出身，他自己开的小城大惠广告公司在成都也算小有名气。他公司里活儿忙时，他也时常兼任摄像师。去贵州之前，他提前将公司的工作做了系列安排。在贵州期间，公司接了两个大单子，电话一个接一个地打进来。一下车，大惠就看到火急火燎的副总已经来接他了，他当即就像陀螺一样跟着他的副总转走了。这一转出去，就再没见他的踪影。

飘飘除了为报社工作外，自己开着一家文化传媒公司。回到成都，他将贵州的片子存进电脑，就开始了新工作——整理奥运会时拍的片子。恰在此时，他远在东北的父母又打电话来，说想念震后的他，要飞过来看看他，也看看从未谋过面的准儿媳江小丽。飘飘又开始忙着做父母驾到后的接待工作。学习中的小丽，也抽空过来帮着弄弄铺床呀，套套被罩枕套呀，准备老人用的拖鞋呀，买一些东北人爱吃的食物呀之类的事情。

只有无所事事的虎子手足无措，一时不知自己做什么好。回陈炉？回到陈炉自己能做什么？回映秀镇？映秀镇自己的家又何在？待在成都？对他而言，这里又岂是一个可以久留的地方？

钟梓彤虽然在成都，但他不敢去见她。

大学辍学后，虎子一直醉心于自己的户外运动，从来没有想到，有一天，他会这样孤独与无助，有一天，他会变成一个无家可归的流浪儿。

无聊中，他只能先回到映秀镇，去看看还住在临时板房里的阿坚一家。

震后的映秀镇，经过四个多月的喘息，已经出现了新的生机。世界各国、全国各地捐赠的钱物像滔滔的河水一样，不断地涌向映秀镇。人们习惯的记忆中的那个世界，在经历了巨大的阵痛后被打破。

在这里，要建起一个全新的世界了。

重建映秀镇的各个大型工程都在紧张的运行中。

地震前，阿坚一直与冰娟经营着父亲交给他的饭店。地震中，饭店没有了。震后，他不习惯处于闲散状态，就在广东省东莞市援建单位在本地招工时，第一个报了名。现在，阿坚已经是援建工程中一个小小的班长了呢。

阿坚带着虎子去看正在建设中的他们的小区。

阿坚说："不久后，在新盖的映秀新村里，会有一家我们自己的新饭店。"

虎子开玩笑说："这是给咱们自己盖房子呀，你们可得认真负责，别弄那个啥豆腐渣啊。"

阿坚说："这是必须的。防震的呢！"

虎子说："那我仍做游手好闲的流浪汉，你为咱们的新居好好出力流汗。"

阿坚说："流浪的日子很快会有头的，2010年元月份咱们就能搬进新家了。"

虎子有些意外，问："也就是说，2010年春节前，咱们就会搬进来，在新房子里过年了？"

阿坚说："当然。国家要求的，要质、要量、要速度。"

虎子突然有些微微的感伤，叹了一口气，说："这么漂亮的具有民族

青花瓷

特色的房子，如果可可在，她一定会很喜欢。"

阿坚没有接茬，而是大力地拍拍他的肩，调侃地说："今天冰娟给你做了你最爱吃的北方面条。对于做面条，我这个川菜大厨可真不如她啊。"

虎子说："那是人家冰娟对我好，才用心给我做的，你对我，也就那样了。"

阿坚打哈哈，说："冰娟对你好，冰娟对你好。我坏人，我坏人。我十恶不赦，好了吧？"

冰娟的面条果然不同凡响，虎子吃得头都抬不起来。

阿坚拍拍桌子，对他说："哎，虎子，我有个想法，分房的时候，我走个后门，将咱俩的住房分得近一些，怎么样？你想想，一搬家，平平、安安全过来了，加上阿宝，三个孩子，还有你、我、冰娟、我爸，四个大人，一起热闹，那日子，要多高兴有多高兴，要多爽有多爽啊……过些日子，你再娶房媳妇，那家伙，学句上海话，'阿拉日子不要太舒心哦'。"

冰娟听了，笑着直用双手打阿坚的肩。

阿坚只知道可可去世的消息，并不知道平平的身世，更不知道钟梓彤对虎子一片痴心。

本来很高兴的虎子，听到阿坚说的这些话，一下子心如乱麻。

但好久不见虎子的阿坚，正处于极度兴奋中，冰娟也有些小"嗨"，他们一点也没有注意虎子的情绪。

阿坚还在说："没有了饭店，我只能先在工地上干。冰娟腿有些不利索，准备让她去阿坝州制药厂上班。冰娟上班后，因为一家人一直住在临时平板房里，环境很不好，我们准备把阿宝先送到冰娟娘家，由她妈妈替我们照管一段日子。"说到这里，阿坚也叹了口气，他给自己碗里盛了一碗饭，又给冰娟添了一点米，神色变得有些凝重，说："阿宝送到冰娟娘家的原因不仅仅是居住环境不好，还因为我的父亲。唉，这次我妈遇难了，我爸一直抑郁寡欢，看阿宝时总是神思恍惚。我想让我爸离开这个地方，到一个新环境里，这样他的精神可能会好一些。"

虎子随口问："在新环境里，让叔做什么？"

阿坚说："去成都寻找一个轻闲一些的工作，比如看看大门呀，打扫卫生呀，管理管理仓库呀之类……哎，对了，你有没有相熟的人？给我爸介绍一个工作。"

虎子说："好，我去成都时问问。"

阿坚一边吃饭一边说话，说到这里时，才感到虎子的情绪有些异样。熟知虎子性格的阿坚看出他的心不在焉，借口说："哎，虎子，我今天正好轮休，没事干，咱们不如一起去成都看安安吧，顺便给我爸找找工作。"说着，从床底下拿出自己早就给安安准备好的一大堆东西，将虎子拉出了自己家的板房。

一出门，阿坚先递过一支烟，又给他打上火，自己也点上一支，抽了一口后，问："喂，遇到什么难题了？"

在黔西北时，虎子一片清晰的思路，一接触到现实，又混沌不堪。

他像要吞掉那支烟一样深深地吸了两口，然后，又长长地吐出来，仿佛要将胸内所有的苦闷都吐出来一样。

他佯装轻松地说："没事。只是累了，想有个家了。"然后他不看阿坚，冲着远方的山又吐了一口烟。

震后的山已经不复震前的模样，但四个月的时间过去了，新的绿色已经披在山脊梁上，让人看了精神一振。

"就是嘛，我刚才不是说了嘛，娶个媳妇，咱们一起过日子，多好的事啊！你可难得有这个心思呀。三十而立，你也二十六岁了，应该成家立业了。老这样漂着也不是个事儿呀！"

"是，该成家，该立业了。"虎子冲阿坚笑了一下，冲他的胸膛打了一拳。

二人开着震后阿坚从都江堰开回来的那辆越野车，去了成都。

在孤儿救助中心，虎子又一次看见安安。

他蹲在地上，伸出双臂，宠溺地叫："安安，安安——"

安安看到一个陌生的叔叔喊着自己的名字，吓得钻到一个阿姨的身后不敢出来。

阿坚蹲下去，笑着叫了一声："安安——"

安安从阿姨背后探过头，看到是阿坚，奔跑着扑进阿坚的怀里，用口齿不清的童声喊："哒哒——"

青花瓷

阿坚一手抱着安安，一手指着虎子，教她说："叫——爸爸！"

孩子盯着虎子看了一会儿，突然张开嘴，"哇——"的一声哭起来，她已经完全将虎子忘了。

虎子拿着给安安买的布娃娃，一点一点地哄，又拿了糖果点心吸引她。刚两岁的安安，经不住这些花花绿绿、香香甜甜东西的诱惑，迈着尚不稳的步子冲过来，嘴里还喊着："我要吃。"

虎子把糖果递到她手里，趁机一把抱住了她。

一旦她的小身体进入虎子怀里，虎子的心一下子便被融化成了一汪清水。

小身体那么柔软，有一股奶香味。他抱着安安，教她："安安，我是爸爸，叫——爸爸。"

然后，安安用清晰的发音、暖暖的声音叫："爸爸！"

虎子的泪差点流出来，他说："再叫，再叫！"

安安就再叫："爸爸。"

虎子大声回应："哎。"

安安再叫："爸爸。"

虎子回应："哎。"

安安叫得越来越兴奋，竟笑得咯儿——咯儿——的。虎子却将流泪的脸埋入安安的小胸膛里。

正兴奋的孩子以为虎子是哄她玩，加之小胸膛被虎子拱得痒痒的，马上发出更清脆更嘹亮的笑声。虎子被她的快乐与单纯感染，也笑了起来，并不停地将头在她的小胸膛前蹭，把她一次一次举起来。

那时，太阳正从窗外照进两三束光线，逆光看去，金黄的暖光给父女俩的头发上勾勒出一个耀眼的金色轮廓。他俩的身子虽然留在阳光未照到的地方，显得有一些暗，但他们的面部却被阳光洒上一层绒绒的白细的光，分外明亮。

安安被虎子高高举起来，脸冲着虎子灿烂无比地笑着，嘴里有一条哈喇子流下来，在阳光下像一条晶莹剔透的玉链。

虎子的头仰着，幸福地看着安安的脸。那一刻，虎子的身心是浸泡在无比的快乐中的。

"新家建好后，我要马上把安安接回去。"出了救助中心的大门，虎子坚定地对阿坚说。

其实，他知道，这句话是通过告诉阿坚，告诉自己的。他在给自己心理暗示，他在自己给自己加油，自己给自己下命令。

阿坚用手拍拍虎子的肩，说："太好了，我在映秀等着你。"

阿坚回映秀去了，留在成都的虎子去看飘飘。

飘飘已经开始剪辑贵州的片子。在对素材进行一一筛选时，又一次见到那里的老师和孩子，又一次听到那些催人泪下的表白，虎子与飘飘的心情都有些激动，再次流下了清泪。

飘飘说："片子一定要做得感人。"

贵州的片子制作了一整夜。

那一夜，飘飘、虎子，还有一个叫吴缺的后期制作高手，加班到凌晨四点。

那一夜，虎子的眼一直是潮的，飘飘的眼角不时地也会溢出泪水，而吴缺，这个没有经历过贵州之行的人，也震惊于那里的贫困，更震惊于那群贫困到连生活底线都达不到的人的快乐。

一张张笑脸，笑得那样无尘，那样无染，那样干净，那是因为他们对未来充满信心。

一声声哭泣，哭得那样简单，那样纯粹，原因仅仅是没钱不能继续上学。

一次次对人生的憧憬，一个个对未来的愿望，竟多数是能读到初中毕业，然后帮爸爸妈妈赚钱，让他们过上好日子。而少数几个想当科学家，想当文学家的孩子，不知他们懂不懂这些职业的真正意义？

在做片子的时候，虎子想：盖一座希望小学只是解决了上学的基础设施问题，而希望小学开学后，后续的问题才是真正的大问题。教师工资问题、学生书费问题、住校生食宿问题、学生的午餐问题、小学生初中毕业后继续求学的问题、休学孩子的技能培训问题，才是希望工程应该解决的大难题。

他突然恨自己没有更多的钱去帮助他们。

自己现在甚至连个家也没有，连个可以稳定的事业也没有。安安还寄

青花瓷

194

放在孤儿求助中心，平平还放在陈炉。

他记得《大学》里有语云：所谓治国必先齐其家……所谓齐其家在修其身者，人之其所亲爱而辟焉，之其所贱恶而辟焉，之其所畏敬而辟焉，之其所哀矜而辟焉，之其所敖惰而辟焉。故好而知其恶，恶而知其美者，天下鲜矣！故谚有之曰："人莫知其子之恶，莫知其苗之硕。"此谓身不修，不可以齐其家。

那一天，虎子对这段话有了新的认识。

也许是缘，在他有所通悟的那天早晨。一个美丽而聪慧的女子来到飘飘公司，商谈关于给她的工作室拍广告片的事。

虽然一夜未眠，但她的到来，给飘飘与虎子带来了清新的氧气与阳光。

在这样的氧气与阳光中，二人一夜的困顿瞬间全消。

她叫刘清颖。

可以说，刘清颖是虎子见到过的最漂亮、最知性、最聪慧、最具亲和力的女子。那天的刘清颖，身穿一套浅米色的手绘波西米亚风格的连衣宽摆裙，一双与裙子风格相配的浅米色波西米亚风格草编鞋。那件长而阔的裙子，穿在有一米七〇高的清颖身上，大方而潇洒。清颖的头发长而直，染成褐黑色，像一股巧克力水一样香甜地流淌在她的背上。晨起的阳光照在她香糯的液体一般的头发上，发出一圈一圈金色的光芒。她的皮肤是少有的白皙，少见的透明。她未开口，就已经把与之对话的人深深征服了。

她是一家心理咨询机构的发起人。她麾下有一个聚集了十几位二级心理咨询师的专业团队。

三人先从他们正在剪辑的片子说起，谈这些在贫困山区长大的孩子的心理发育问题，又谈起汶川"5·12"地震之后灾区人民心理机制重建的问题，最后才谈妥了心理咨询室的广告片拍摄事宜。

三人尽欢而别。

别时，清颖将自己的名片分散给二人。一转身，像一朵祥云一样飘走了。

清颖一走，虎子立刻问飘飘："我是震后失亲灾民呀，我应该有心理问题吧？怪不得我最近一直郁郁寡欢呢。如果我去看心理医生，是不是一件有些不妥的事情？"

飘飘呵呵地笑了两声："呵呵，其实，每个人都有心理问题。心理问题产生的原因有很多，或者因为在原生家庭里成长时积留的问题，或者因为社会观念更新时内心的矛盾冲突，或者因为突发的重大事件而引起的心灵创伤，等等。我想，经过了"5·12"，经过了可可的离去，经过了平平身世这种种打击，你能如此坚强、达观，已经很不错了。不过，我个人认为，你自身的能量也许不足以消化掉突然堆砌在一起的情绪。能量不足，就要假手他人。你需要外界的帮助，不是吗？准确地说，你需要来自专业人士的专业心理疏导。"

"要不，我约见一下刘老师？"为了掩饰，虎子端起茶杯，喝了一口凉茶。说实话，对很多人而言，去看心理医生，是需要很大勇气的。

飘飘立刻看穿了他，冲他的胸膛砸了一拳，又呵呵笑了两声："呵呵，伙计，去吧。我对你的无声陪伴，让你去参加一些使你忙碌起来的活动，都不能很好地排除你积压的负面情绪。现在看来，只有心理咨询师专业的引导，才能让你真正放过自己。"话说到这里，飘飘收敛了笑容，严肃地说："真的，我不是与你开玩笑，我是说正经的。"

虎子笑着说："谁说你不正经了，我也说正经的。"

飘飘仍然严肃地说："我说过，珍惜当下事，珍惜眼前人。有些人，他们在时，你不珍惜，等他们有一天走了，就再也不会回来了，比如可可，比如你的父母，比如我的母亲。"虎子知道，飘飘现在的母亲是继母。

那天，从飘飘那里出来，虎子一个人走了很久，很久。

他认为，一切都是上天冥冥中的安排。一切人、一切事都在提醒他，需要改变了，是时候改变了。

在咨询室中处于工作状态的刘清颖更加知性。那天，她穿一件纯白的旗袍式缎质压本色暗花连衣裙，披一条淡藕色丝质披肩。她笑着坐在布置得清雅而温馨的工作室里。

那个小巧的沙发，把她衬得越发可人。

刘清颖拿出一幅像扑克牌一样的卡片，说："每一位到我这里的朋友，都是一种缘。这是一副很有灵性的身心灵安抚卡片，叫彩虹卡。你抽一张，看今天的你怎么样？"

虎子按照清颖的指导，闭上眼睛，右手放在心脏部位，用左手抽出其

中一张。

上边写道："你就是你，你很好，你有能力照顾好自己，做好要做的事。"

虎子内心的自责与内疚在这一句熨帖而切合心事的话中得到安抚。他感觉很温暖，很舒服。

接下来，刘清颖让虎子坐在一张很舒服的大椅子上，然后关了大灯，只留一盏散发柔光的小灯。

清颖问："你准备好了吗？"

虎子轻声说："是，我准备好了。"

清颖说："接下来会是一次长长的人生旅行，请你真实地体验，如实地感知。你可以做到吗？"

虎子说："我能。"

清颖的声音越轻越柔越慢地说："那好，现在听我的引导，你只听任我的引导，非常棒，我看见你在调整自己的身体，让自己越来越舒服，我也看见你试着让自己越来越专注，是的，你越来越舒服，越来越专注……"

那是父母去世后，他第一次与自己的父母进行心灵联结。

经历过与意象对话环节后，清颖又使用"空椅子技巧"让他与父母完成了当年未完结的告别。

在那两张假想成他父母的空椅子前，虎子长久以来空虚与寂寞的心理得到了充盈。原来，他一直走，一直走，只是想寻找一个方向、一点安慰。他走的目的，是想通过走，能走到父母在的地方。让他们能陪着自己，陪自己一起走过他还没来得及长大的青春。

虽然有可可在，但那不是他要的，他要的是父母，他想当孩子，他还没有做够父母的孩子，所以，他拒绝做妻子的丈夫，做孩子的父亲。

透过泪光，虎子用意念看到无助而孤单的自己在慢慢长大，他身边渐渐地有了可可，有了可可的父母，有了魏明睿的父母，有了平平，有了安安，还有了……钟梓彤！

在清颖一次一次温暖的暗示中，他内心那个委屈孤单的小孩得到了安抚。从他看到的这些身边人的身上，他得到一股力量。

他哭着对父母说:"爸爸妈妈,你们放心地走吧。我今天已经得到能量。这些能量,足够带领我走完我今后的人生。你们的人生已经走完了,请安心地离去吧。我的人生由我独立完成,请你们不必担心与牵挂。"

结束治疗后,虎子感觉身心轻松,能量倍增。

本来他还想与清颖再聊聊可可当时的心理状况,但有清颖事先预约的其他来访者在等着,只能告别出来。虎子临走时,与清颖约好了一周后再来的时间。

那一周时间,虎子是在充满着切切的期待与满满的希望中度过的。

第二次,在清颖的指导下,他完成了与可可的联结。他看到可可在那个世界里非常好,有魏明睿的照顾,有LUCK的陪伴,她安心而快乐。他也接受了可可与魏明睿对他的重托。

在咨询室里,他对着假想中的明睿与可可说:"我接收到了你们的信息。不管以前怎么样,系统安排的你们的人生已经走完了。平平的降临,是你们给我的一份礼物。我感谢你们并请你们放手,既然这是我的人生,就由我自己来走,既然这是一份礼物,我会欣喜地接纳这份礼物,珍惜她,爱护她,尽我最大力量陪护她,并享受她带给我的快乐与烦恼。"

第三次去,是专门完成与"钟梓彤"的联结。

清颖陪伴着虎子,去看站在他对面的"钟梓彤"。

她问他:"看着这个你叫她钟梓彤的女孩子,你的内心感受是什么?"

他说:"害怕,内疚。"

她问他:"害怕什么?"

他说:"我怕她像我父母一样,离开我。怕她像可可一样,丢下我。我害怕我身边对我而言很重要的人都那样死去,都那样由我亲手埋葬。最后,只剩下我孤零零的一个人。所以,我不敢靠近她们。"

她问他:"那你内疚什么?"

他说:"在道义上,如果我接受她,就是对可可的背叛。可可为了我,去了映秀;为了我,在那场灾难中,失去了生命。而我却与别人男欢女爱,与别人幸福生活,与别人住在我们的新房子里,与别人养着她的孩子,承受着本应该属于她的天伦之乐。所以,我宁愿放弃这种幸福。我做不到不管可可,只顾自己幸福。"

　　她问他："所以，你宁愿自己受苦，都不愿意得到幸福。你宁愿拒绝，也不愿意接受幸福，是吗？"

　　他说："这好像是让我内心安宁的最好的选择。"

　　她问："如果还有更好的选择，比如，你只享受幸福，而不承担内疚与痛苦，你愿意试一下吗？"

　　他说："如果能达到这样的效果，我当然愿意试。"

　　当真正把要放下的放下，将要拿起的拿起，虎子整个人重新焕发了生机。

　　出了清颖的工作室，他拿起手机，拨通了钟梓彤的电话，说："是我，我在成都。不知道钟副总钟大设计师有没有时间接见一下闲散中的流浪汉？"

二十一　荼　蘼

钟梓彤与虎子从陈炉回到成都那天。

目送虎子的背影消失在拥挤的人群中之后，钟梓彤慢慢地，走出车站。她知道，车站有谁会等着她。

果然，还未走到出站口，她就看见颜如玉十分醒目地、风情万种地站在车站广场中央。

那天的颜如玉，着一袭长长的、蓝绿的连衣裙，云鬓高挽，同色的圆而大的耳环配着同色的镶钻项链，高贵而艳丽。可以说，颜如玉不论放在哪种场合，都是最惹人注目的那一款。最主要的是，颜如玉那张白净而柔媚的脸上，有一双可以融化掉任何人心灵的眼睛。只要你的目光碰到从她眼睛里溢出的波光，你的脑中应该只有一个词——沦陷。

可惜，这样的女人，竟发誓一生不婚不恋，真是浪费资源，暴殄天物。

颜如玉那辆红色的跑车停在火车站地下停车场。

她说，她已经在车站旁的咖啡馆里等候多时了。

车从地下停车场钻回地面，颜如玉径直将车开往她们常去的那家叫 FEE 的酒吧。

那是成都一家有名的高档酒吧。酒吧实行会员制，一到晚上六点钟，不是 VIP 会员，是不允许进入的。

颜如玉一边开车，一边与她开玩笑说："你最近玩了个痛快，公司里的事把我忙了个够呛。作为合伙人，你是不是应该好好犒劳犒劳一下我这个有功之臣？我们今天喝个痛快。"

这些天来，陈炉发生了太多的事，钟梓彤一直陪着虎子，几乎没有心情向颜如玉汇报这些天发生的事情：可可的死亡，可可与明睿配阴婚，孩子的血缘，她向虎子的表白，虎子对她的疏离……这一切，她都没有理清楚，也一时不知如何开口。但她又一时无法并入颜玉如的快乐频道，只能淡淡地说："好，犒劳犒劳你，好好地犒劳你，今天喝个痛快。"

对钟梓彤再熟知不过的颜如玉洞若观火地说："哦呵，啥情况？情绪不对头呀。"

钟梓彤想说：我们找个安静的地方聊聊如何？又说不出口。她想说：我累了，我想回去休息。但她的内心又实在不愿回到家闷着。而自己的父母，自己已经是很少回去看他们了。生活在传统的农村，天天叫她带个男朋友回去的父母，如果见到自己的女儿竟然带回去一个有两个孩子的男人，会如何？钟梓彤不敢想象那个后果。她也没有冒险尝试一次的愿望与胆量。

在钟梓彤思绪万千时，车，已经滑到 FEE 酒吧楼下。

酒吧在三楼。

夜尚未浓，酒吧里面显得有些门庭冷落。

这是一家以"红色"为装修主色的 VIP 会员制酒吧。非会员要想进入，必须经两名以上的 VIP 会员介绍，门卫才会放行。颜玉如是这里白金级别的 VVIP 会员。

FEE 酒吧在白天算作一个茶餐厅。一般早上十点开门，开着巴萨诺瓦（Bossa Nova）音乐。主要提供一些简单的诸如西红柿炖牛腩盖浇饭、意大利通心粉之类的快餐。也有一些凉菜拼盘、素菜小炒之类，但价格是极贵的。茶果点心、冰水饮料之类，是客人们常点的，价格虽不如简餐那么吓人，那也比其他酒吧翻了好几倍。来酒吧吃饭的人极少，只有中午十一点到下午一点之间有零零星星的客人上了楼来，在空荡荡的大堂里有一搭没一搭地消磨时间。成都原本就是一个以休闲为主的城市。等到下午两三点时，会有一些韶华已去的中年贵妇相约着来喝个小茶，吃些干果零食，聊一些颜色老旧的陈年往事或新鲜出炉的名人绯闻。下午五点，白班的服务员会结束无聊慵懒的一天工作，清扫好卫生，关掉大门。

晚上六点，晚班的服务员准时上岗，酒吧再次开门。与白天的冷清相反，晚间的酒吧，会响起激烈的 DJ 乐曲，开始提供酒吧都会提供的各种酒水。

夜晚，是年轻的花儿们开放的时候。六点到十点，人们还尚未开始喝酒，酒吧里的气氛还算斯文，旁边坐着的人，都一小口一小口地抿酒，小声地说话，舞池里的人，也按正常的舞步跳舞，扭动时还都跟着节奏。夜里十点到子夜一点之间，是酒吧里最人声鼎沸的时候。大多数人已经深醉，舞步凌乱了，话说不清了，情绪也贲张了，好些故事在这个时间段才发展到高潮。大约深夜两点之后，这里的花儿才渐渐收尽芳芬，灯熄人散。FEE 酒吧会呈现出怒放一夜后的疲惫。

钟梓彤与颜如玉到酒吧的时候，是下午四点多，正是一天里最空闲的时间。有事的服务员都提前下班走了，只留下两个值班的女孩子在吧台里有一搭没一搭地用白色纯棉布擦拭着已经光可鉴人的酒杯。这是调酒师的职业习惯，也是酒吧老板对所有服务员的要求。

钟梓彤与颜如玉是这里的常客，服务员都认识她们。见到她们，其中一个女孩子走过来，带她们去她们常坐的那个包间。

一进包间门，颜如玉就递过手中的一个纸袋，大刺刺地说："钟大小姐，这是您老的换洗衣服。先进去洗个澡，换身衣服再出来说话。"

这就是颜如玉。你想到的，她永远想在你前边。你没有想到的，她早已为你安排好一切。

能有如此贴心闺蜜，也是钟梓彤的幸运。

钟梓彤一把拽过袋子，走向卫生间，回头关门时，又嘎着嗓子疲倦地求道："好姐姐，我很渴，也很饿，能不能帮我叫些饭菜进来，顺带劳烦你再烧些水，泡壶茶啊？"

颜如玉御姐范十足地说："得嘞，这就走着——"然后拿过钱包，出去了。

水哗哗地流着，如同钟梓彤的思绪哗哗地流着。泄了一地的岂止是水，还有钟梓彤想要说的话。

洗完澡，颜如玉已经把饭叫了进来，钟梓彤闷头吃着饭，一声也不吭。

颜如玉不错眼地看着钟梓彤吃完了整盘菜、整碗饭，最后，她终于忍不住了，喊："哎，钟大小姐，说话呀，你怎么了？究竟发生什么惊天地

泣鬼神的事了，让你老人家现出这副窘样？"

钟梓彤对着空盘子说："可可死了。"

对可可与虎子的事略知一二的颜如玉马上变低了声音，关切地问："那，她的孩子呢？"

钟梓彤痴痴地说："生下孩子的同时，她死了。"

颜如玉叹了一口气，说："完了，完了，那孩子可怎么办呢？杨以轩一个男人，怎么带一个刚出生的婴儿？而且，还是，还是靠打营养液保住的婴儿……"

钟梓彤摇了摇头，也叹了一口气，说："孩子，不是杨以轩的。"

颜如玉大惊，她几欲疯狂地埋怨道："你能不能好好说话，能不能好好地把事情讲清楚？这样东一榔头，西一棒子的，你要把我急死呀。"

钟梓彤说："我重要的不是要说这些。"

颜如玉问："那你重要的要说些什么？"

钟梓彤慢慢地说："重要的是，我突然开始深究一个男人。这种深究，包括了他所有的细节：包括他内裤的颜色；包括他吃饭前先喝水，吃饭后必吃水果的习惯；包括他喜欢吃酸味，不爱吃辣的偏好；包括他喜欢吃面条，不喜欢吃米饭的特点，甚至于，他坐在桌子前时，用右手捂着嘴是认真的倾听，用左手支头时是有些不耐烦了。每次洗完头，他喜欢用手在头发上前后捋几下，他洗完脸还不愿抹任何护肤品。他喜欢喝茶，最喜欢喝的是铁观音，喝咖啡时他不喜欢加糖。他穿衣服从不穿西装，只喜欢穿登山装、休闲装。不过，所有衣服类型里，他穿短款夹克配休闲裤最好看。他如果戴上眼镜，会显出一种粗犷中的儒雅来，如果戴上围巾，会有一丝书卷气，他还喜欢……"

颜如玉如撞了鬼一样看着钟梓彤，呆呆地听她讲这些莫明其妙的话，呆呆地看着她将自己折磨得神不守舍、神魂颠倒。

就在颜如玉想要说话，话还未说出口时，钟梓彤侧过脸，俯视着身边娇小玲珑的颜如玉，又冒出了一句让颜如玉莫名其妙的话："我想穿裙子，我喜欢穿长长的裙子。我以前与很多女人一样，喜欢穿长裙子，喜欢留长长的头发。我现在有爱的能力了，我要留长发，穿长裙。"

颜如玉终于开了口，她说："你今天谈话的内容，信息量太大了。我消化不了。"

钟梓彤也说："是，我也消化不了。可是，有什么办法呢？"

然后是沉默。

良久，颜如玉咽了咽唾沫，艰难地开了口，只是，她的声音已然带出泪痕，她说："信息量再大，我还是听出了重点，总结出了中心思想，你是说，你……恋爱了？"

钟梓彤说："不是恋爱，是我爱上了一个男人。"

颜如玉问："他，爱你吗？"

钟梓彤说："不知道。也许爱，也许不爱。"

颜如玉说："你连他爱你不爱你都没有搞清楚，你弄得这样神经错乱、神经兮兮、神魂颠倒的做什么？"

钟梓彤说："就是弄不明白他的心思，我才如此神经错乱、神经兮兮、神魂颠倒。我爱他，他爱我，我还混乱什么？"

颜如玉说："也就是说，你想再重复一次一厢情愿的单恋？"

钟梓彤哭了："我是不是上天生就的单恋的命？"

颜如玉问："你不怕再次受到伤害？你怎么总是在相同的石头前摔跟头？"

钟梓彤定定地看着虚无的前方，仿佛前方有一处美丽的令人憧憬的风景一样，她答道："我可以带着他对我的伤害继续爱。我愿意在他这块石头前摔倒。如果他作为石头埋在土里，我就随他一起匍匐在地，在他的旁边开出花来。"

颜如玉顺着她的目光看过去，问："你看到了什么？"

钟梓彤说："一大片一大片盛开的荼蘼花。远远望过去，就像是血铺成的地毯，又像是一团团火焰燃烧得正旺。她们用痛快淋漓的情绪与奋不顾身的牺牲拼成一条绝望的'火照之路'，那是通往长长黄泉路上唯一的风景与色彩。只要能够爱他，我宁愿是一只扑火的飞蛾，我宁愿是一朵去往彼岸路上的荼蘼花。"

颜如玉说："可是，你忘记了我们约好的誓言。你作为飞蛾，奋不顾身去扑杨以轩那团火，那我呢？我怎么办？我是肯定要终身不婚不恋的。你去爱了，那我们的誓言怎么办呢？"

　　钟梓彤说："姐，我破了誓言，错在我，但如果有一天，爱情来找你，你就不会有任何誓言约束了。"

　　颜如玉突然发疯了，她哭喊着说："我与你不一样，我不要爱情。我不会有爱情。爱情不会来找我的，我连单恋的资格都没有。你走吧，你爱你的去吧，不要再来管我，不要再来烦我。"

　　彼时，酒吧的夜场开始了。

　　耳边，响起震耳欲聋的音乐与肆无忌惮的尖叫……

二十二 涅 槃

"夜如何其？夜未央。"

那夜，无比漫长。

那夜，有人未眠。

那夜，从 FEE 酒吧里出来，钟梓彤以为颜如玉真的生气了，真的不会再理她了。不想，颜如玉把车开到了另一家清吧楼下。

红妆阁清吧。

相对 FEE 酒吧的喧闹，红妆阁里清静温馨。

相对于纯酒吧的杂乱繁华，另一些开清吧的人要的就是其清静安宁。

也许是相信"酒香不怕巷子深"这句俗语，也许清吧主人都有的"空山幽谷皆禅意，夕照灵台问迷津，不见山寺菩提树，晚钟犹响般若音"出世之心，红妆阁的主人把自己的清吧开在高高的 17 楼。

整个红妆阁，以紫色为主。紫薇花似的淡紫色墙面给人清爽自然之感，薰衣草似的深紫色沙发让人有居家的温馨，蓝色妖姬似的蓝紫色珠帘幔纱，在微风中轻舞飞扬，像妙曼的少女在寂寞的夜里舞着一腔的幽怨与孤独。

柔柔的晨雾似的浅紫色灯光下，是如梦似仙的缥缈，是亦真又幻的浪漫。

红妆阁主人有个滴着水的名字——妖妖。

妖妖芳龄 24 岁，亦是"80 后"。按现在的细分法，她算是"85后"。虽说取名妖妖，但妖妖即不妖也不艳，反倒清静可人。有古

韵之风，有仙子之气。她的老公是一个身高大约一米八的清瘦男子。平日时，妖妖守着店，她的老公阿青出去工作。阿青每天下班后，都会回到这里，与吧里的客人们一起喝茶、聊天、下棋，或一起游戏。不用秀恩爱，妖妖与阿青的和谐幸福是写在脸上的，溢于眼里的。

妖妖开店的思路与 FEE 那样的大酒吧不一样。她不做大型活动吸引客人，也不放震天的 DJ 热场，更不用各种价格高昂的烈性酒提高营业额，赚取利润。

红妆阁里，只有轻、静、清的音乐，似有非无地漾在裹着淡香的空气里。说是清吧，是因为这里多是茶与咖啡之类的饮料，也有鲜榨的水果汁。妖妖不主张人喝酒，应少数客人要求，她也摆几种红酒，都是没有度数的。烈酒她万万不肯上。妖妖会在很多时候劝来她这里的客人不要点酒。

钟梓彤曾问妖妖："酒的利润更大一些，何况有些人来这里，就是为喝些酒助兴。你不卖酒，岂不是自己与自己过不去？"

妖妖说："开红妆阁完全出于我个人的爱好，我没想过靠红妆阁来发家致富，只是希望闲暇的时候跟朋友有个聚会的地方。而朋友聚会，酒喝多了，不能好好说话，也伤身体。"

她当来这里的客人都是好朋友，因此，即便是酒能赚钱，她也不愿赚。

妖妖要的红妆阁，就是一个像家一样的地方，充满了清新与自然，不做作，不矫情，真实到美好，美好到脱尘，脱尘到回归。

因为妖妖从小就希望有一个稳定的温馨的家。

妖妖常说的一句话是："每天到红妆阁的人不一定很多，但是每天到红妆阁的人都能认识很多朋友，大家都能玩得很开心。在红妆阁玩，那种心态不是消费者的心态，而是像一群朋友在聚会。"

红妆阁的口号是，在红妆阁不期而遇，在红妆阁把盏言欢，在红妆阁情定千年。

妖妖，将红妆阁变成一片出淤泥而不染的净土。

红妆阁是颜如玉带钟梓彤常来的地方。

颜如玉的家世不算显赫，但与钟梓彤家相比，颜如玉绝对是富二代。

颜如玉十一岁那年，在一个夜里，她的母亲带着她逃出了祖祖辈辈生活了不知多少年的故乡。

　　颜如玉小的时候，他们一家四口，住在离成都大约一百多公里的一个叫北川的镇上。那时候颜如玉还不叫颜如玉。她叫丁子葵。丁子葵小的时候，她的母亲李茹茹是一名普通的小学老师。母亲带着哥哥与她过着节俭得近乎贫穷的日子。母亲的工资很微薄，除过养活一双儿女外，还要供自己的丈夫出去打麻将，喝小酒。丁子葵的父亲丁大力的人生哲学就是："日子嘛，就是要过得巴适。"丁大力"巴适生活"的代价就是李茹茹母子三人的艰辛与劳顿。丁子葵作为女孩子，从小就心疼母亲，放学后，她总是很快地做完作业，然后在母亲下班前，替母亲焖好米饭，洗好衣服，收拾好家。而哥哥丁子然，却继承了父亲的性格，沿袭了父亲的习惯。丁子然不仅不爱学习，还常常与街坊邻居的孩子打架，且常常将邻居家的玻璃用砖头砸烂，有一次竟将筒子楼对面李阿姨家的几个鸽子偷偷地炖着吃了。

　　丁子葵十岁那年，十五岁的哥哥丁子然因持械斗殴，打死了同班同学李二磊，打残了高年级同学赵子建，被送到少年管教所。

　　那时，高额的赔偿让母亲顾不得哭泣，每天除了上班就是早出晚归地替班上的几个学生补习功课，以收取少得可怜的补习费，贴补家用。

　　十岁的丁子葵，已经是家里家外的一把好手。她可以焖很好吃的米饭，炒色香味俱佳的川菜，有时候，她还会弄出一锅热腾腾、麻辣辣的火锅来，让全家人在一天的劳累之后，好好地聚一聚。

　　丁子葵十一岁那年夏天的晚上。父亲丁大力不知又去哪里喝酒了，母亲给学生补习功课还没有回来，觉得燥热的丁子葵，穿一件薄而短的连衣裙，像往常一样，一边做作业一边等着锅里的米饭焖熟。

　　大概是父亲喝酒回来了，丁子葵听见他踉踉跄跄地踢翻了什么，又碰倒了什么，嘴里嘟嘟囔囔地还骂着什么，丁子葵没有理他。她烦透了这个没有家庭责任感的男人，于是，揉了两个小棉球塞进耳眼里，继续写作业。

　　丁子葵正写作业时，突然感觉有人从后面抱住了自己，她被这一抱吓得一哆嗦，回头看时，被哥哥丁子然打残的高年级同学赵子建正红着眼珠子死死地抱着她，她吓得要死，一边死命挣扎，一边哆哆嗦嗦地说："你松手，你松手，松手，快松手……"她的声音因耳朵里塞着棉球显得有些

尖锐。

赵子建那夜不知在哪里喝了酒，酒精令他欲火焚烧，他被烧得七荤八素的，醉醺醺地直哼哧："你哥，你哥，毁了我，毁了二磊，你就让我……就让我……"

丁子葵又恨又气又怕，她不敢大声喊叫，只低低地哭喊："你疯了吧，你松手，松手，要不，看我妈回来不打死你……"

赵子建根本听不进她任何一句话，只顾拼命地撕她单薄而劣质的衣服。

丁子葵扭不过劲大如牛的赵子建，只得一步一步后退，直退到自己那张床前，无路可退了，赵子建使劲一推，将她推倒在床上……

……然后，十七岁的赵子建强奸了十一岁的丁子葵……

母亲李茹茹回来的时候，赵子建正醉醺醺地往屋外走。母亲疑惑地看了一眼赵子建，又一眼看见缩在床角的丁子葵，正压抑地哭泣。她顿时明白发生了什么，她疯了一样，随手抄起一把带有木杆的笤帚，冲着赵子建狠狠地抽打起来。赵子建很快被她打得头破血流，躺在地上不动了。

丁子葵受了双重惊吓，一句话也说不出来，连哭都忘记了。

许久之后，她问头发披了一脸的母亲："妈，妈，他，他是不是死了？"

母亲没有反应，只呆呆地抱着她，不哭泣，也不说话。

母女相拥着，直坐到下半夜，父亲丁大力才醉醺醺地回来。他照常喝得很"巴适"。刚一进家门，就"扑通"一声倒在地上，哼哼叽叽地说着醉话。

压抑了大半夜的李茹茹一把揪起平素间与自己说不了几句话的丈夫，又骂又哭又打，那个丁子葵称作父亲的男人，在如骤雨一样的怒骂与痛打中，只哼出几句"嗯，再喝，再喝"后，又像一团软泥一样，摊在地上，不一会儿，竟鼾声如雷。

那天晚上，李茹茹肯定是疯了。她像拖死狗般将那个泥一样的男人从家里拖出去，扔在巷子尽头那堆垃圾上，然后又将赵子建拖出去，扔在他的旁边。

做完这一切，她收拾出两个箱子，连夜带着丁子葵租车到了成都。

那天起，世界上没有了李茹茹，多了一个颜蜀君。那个叫丁子葵的女孩也消失了，在成都某小区的一间出租房里，出现了一个叫颜如玉的女孩。

更名为颜蜀君的李茹茹不再是教书育人的李茹茹，而是"拼命三郎"颜蜀君。颜蜀君先是到处打工，一天里兼好几份工作干。一年后，颜蜀君在商场里租了摊位开始做生意，又一年，她开起了自己的专卖店。颜如玉长到十五岁的时候，妈妈颜蜀君开了一家叫作"蜀君服饰"的公司。从她十一岁妈妈打工那年算起，妈妈打工、摆摊时，她们住在出租房里；妈妈开服装店后，她们就搬到妈妈店铺后面的小卧室里；妈妈的服装公司开业后，她们又住在妈妈公司办公室的套间里。再后来，她们买了自己的大房子，有了自己的车。

颜如玉二十岁上大学，进大学校门时，不论谁，都能从她的穿着、用度上看出，她是一个富家女。

她漂亮而时尚，有穿不完的新衣服，有最新款式的手机。追她的男孩子排成了排。

但她从不与任何人来往，对追她的男孩子，看也不看。

最后，竟无人再敢追她，她也落得清净。独来独立，自我自由。

钟梓彤，是她唯一的一位朋友。

她的不婚不恋，应该是因为父亲，因为哥哥，因为赵子建，她讨厌、害怕、排斥、拒绝与一切男性在一起。

母亲颜蜀君也是，谈男人色变。

颜蜀君对颜如玉的疼爱不是一般母亲的那种疼爱。她总是小心翼翼地看着颜如玉的脸色行事。她觉得欠女儿的。

女儿快二十八岁了，不结婚不说，连男朋友也没有领回家一个，她也从不催促，从不张罗。她不过问女儿每天都在干什么，也不限制女儿回家的次数，更不卡她的经济。

颜蜀君买了两套房子，两套都只写颜如玉一个人的名字。如今，颜如玉住一套，另一套做了服饰公司的临时库房。颜蜀君本人，仍独自住在公司办公室的套间里。

颜如玉从小就听话懂事，哥哥的同学赵子建对她的伤害，是一生的。赵子建之所以伤害她，直接原因是哥哥丁子然对赵子建的伤害。所以，颜

如玉恨赵子建，连同哥哥都恨上了。

很多年的梦里，颜如玉都会回到那个可怕的夜晚：她身上压着一个酒气熏天的男人。她拼命撕打，她拼命挣扎，她哭着推搡，最后，总是在恐惧中哭喊着醒来。母亲对那件事讳莫如深，她也是。与母亲同住时，每次她哭醒，母亲都是一言不发，只是默默地抱着她，轻轻地拍哄着。

从那个镇子出来后，母亲对那个镇子的名字讳莫如深，她也是。

对那个镇子上熟识的一些人，母亲讳莫如深，她也是。

对母亲给她的金钱，颜如玉从不挥霍浪费。她平时穿的漂亮衣服，都是母亲公司的产品。她的化妆品、手机、首饰、佩饰、手表等，也是母亲买好拿给她的。至于她的跑车，也是母亲买好后把钥匙硬塞给她。她也不知道那些东西的价格。

直到她遇上钟梓彤。

对钟梓彤，她出手极大方。

她想用她的方式留住这份难得的友情。

这个极度缺乏安全感，又极度想要一个家的女孩子，在受伤的钟梓彤那里，仿佛看到了自己。她与她惺惺相惜地彼此支持着，彼此陪伴着，并相约终身不婚不恋。

其实，每天，每天，颜如玉都害怕钟梓彤爱上某一个男孩。

每天，每天，颜如玉都在等待钟梓彤爱上某一个男孩。

她以为，钟梓彤一旦爱上一个男人，她肯定不会再与她做朋友。

为此，她告诉过钟梓彤，钟梓彤如果有一天背弃誓言，她就与她分道扬镳。

钟梓彤当时也信誓旦旦地说："我这一生，不婚不恋，决不食言。"

誓言在爱情面前，真的不堪一击。

这一天，终于在颜如玉的害怕与等待中，来了。

红妆阁里，妖妖淡淡地笑着，将钟梓彤与颜如玉带到一间熏了藏香的小室里。

小室的地板是纯木的，新打了蜡。室内没有沙发，也没有桌子。只有榻榻米一样的牵牛花纹的红紫色地垫。地垫上，扔着几个灰紫色的靠垫。如蓝色妖姬花瓣一样颜色的蓝紫色幔纱在早秋的风中无语地飘着。

镶在屋顶的小音箱，放着高远而清冷的古筝曲子。

阅人无数的妖妖，一眼就看出两人有话要说，就没有像往常那样叫她们一起去玩游戏，也没有介绍新朋友给她们认识。只是摆好茶点，轻笑着拉好门，出去了。

世界是死一样的静。

可以听到，风烈烈地吹着幔纱时的声音；可以听到，藏香袅娜时泪泪的声音；可以听到，水泡着茶时吱吱的声音，以及茶在水温暖的怀抱里，幸福绽放的声音。

然后，颜如玉像盘古开天一样，一抬手，给钟梓彤斟了一盏茶，"哗哗哗"的流水声打破了空蒙世界的沉寂。

"你确认你爱了？"颜如玉的声音有些发黏。

"是的。"钟梓彤底气不足，声音很小、很弱。

"如果你努力到底，结局还是和王浩维那次一样，你该怎么办？"颜如玉嗓子很痛似的，她皱了一下眉，艰难地吐出几句话。

"王浩维也挺好啊，只是当时我不会爱人，才弄巧成拙的。"钟梓彤的声音突然大了。"不过，现在不会了，我不任性，不要花招，不做作，不伤别人，也不伤自己，我只会好好爱他。真的，姐，他是一个非常好非常好的男人。我相信，他这一生，宁愿伤自己，也不会伤害任何人。所以，他也不会伤我，我也决不忍心伤他。"钟梓彤说到这里，趴在地垫上，呜呜地大哭起来。

"真的有这样的男人吗？"颜如玉的声音里也已经有泪了。

"是的，我庆幸我遇到这样一个好男人。"钟梓彤抬起泪眼，看着颜如玉，无限深情、无限温柔地说："你知道吗？姐姐，男人，是一个美好的字眼。这种美好，是他用行动呈现给我的。他让我知道，男人，是一座能让女人沦陷的城。"

"我不懂男人，但我看到了你从未有过的幸福与坚定。你仿佛被他激活了。你的冰冻期过了，你的春天来了，你复苏了。"颜如玉的眼里充满了大颗大颗的泪。

钟梓彤拉出自己领子里的那条青花瓷碎片项链说："除了他，我还有一份重重的责任。这份责任是他的爱人临终时放在我肩上的。他，还有孩

子。"

颜如玉说："你说的这个男人，是可可的爱人——杨以轩吗？"

钟梓彤说："是，是杨以轩。我在可可没死前，就爱上他了。"

然后，钟梓彤讲了这个长长的、复杂的故事。

然后，颜如玉也哭了，哭得一塌糊涂。

她说："彤彤，世间真的有如此美好的男人吗？男人，真的有你说的那么迷人吗？"

钟梓彤心痛而肯定地说："我们，都只记住了某一次的疼痛。这让我们错过了很多不痛、反而很美好的感觉。"

颜如玉痛苦地说："彤彤，我的痛你不懂。"

事实上，颜如玉那段痛苦的往事，她没有讲给任何人听过，包括钟梓彤。

钟梓彤说："那些痛，迟早会过去的，我会一直陪着你，直到你不痛，直到你也有爱的能力。"

那一夜，颜如玉让车在凌晨的成都街道慢慢地滑行着。她们穿过春熙路、青年路、东大街、大业路，眼前掠过伊藤、太平洋、王府井、北京华联、铂金城；她们经过天府广场、新城市广场……

那一夜，成都府南河的灯光流光溢彩……

在府南河边的灯海里，颜如玉停了车。

车静静地泊在成都——这个不夜城里。

灯海的成都，成都的灯海。一切，都是那样寂静而美好。

颜如玉就在那个夜里，给钟梓彤讲了自己的故事。

那一夜，钟梓彤就那样默默地，任由颜如玉冷静地讲着仿佛别人的，其实是她自己亲身经历过的故事。

她陪着，听着。

只是，讲故事的人冷静、平和，无所谓，而听故事的却愤怒、着急，悬着心。

然后，在天快亮时。

颜如玉说："现在，你知道了吧，我的不婚不恋与你不一样，我骨子里厌恶男人，厌恶婚姻。"

钟梓彤不看她，只看着天边的云层里费力挤出来的一缕阳光。那缕阳光，为了可以光芒万丈，它一点点，一点点地推开乌云，一点点，一点点地探出身体。如她，如颜如玉。

钟梓彤看着正在升起的太阳问："你此刻的痛与当年的痛相比，有没有减轻些？"

颜如玉说："这么多年过去了，我一直不敢再提此事，怕自己提起来时会痛哭不已，会痛苦万分。只是，今天我讲的时候，发现并不是想象中那样不能面对，不能接受。"

钟梓彤问："那你的心结在哪里？是身体的伤害，还是心灵的伤害？"

颜如玉说："都不是。我身体上的伤害已经微不足道，心灵上的伤害也已抚平。我心痛的是，妈妈为我，杀了人。我们俩是逃犯。这是我最不敢面对的。"

钟梓彤问："你确定，那个人被你妈妈打死了？"

颜如玉说："我确定。当时，他，他真的满头满脸是血，一动不动。"

钟梓彤说："如果他那天晚上当真被你妈打死了，你以为你们母女俩改改名字、换换地方就可以逍遥法外吗？成都离北川很远吗？你与你妈整容了吗？"

颜如玉顿悟道："是呀，如果他死了，我俩早成通缉犯了。"

钟梓彤用眼白了颜如玉一下，说："是呀，笨！与其这样提心吊胆，为什么不去查一下，那个人究竟死了没有。"

颜如玉眼前一亮，说："真的哦，我怎么这么笨。"

钟梓彤说："你自己查，还是我帮你？"

颜如玉大声而轻松地开玩笑，说："不看我是谁呀！"转而，她又装作生气的样子，低声吼道："哎，男人真的有那么可爱吗？竟让你违背了与我的誓言。"

钟梓彤羞红着脸说："反正他是超可爱型的。"

天，大亮了。

钟梓彤、颜如玉，这一对经过一夜深度沟通的闺蜜，开始说一个对二人而言陌生的，但却私密而让人心动的话题——爱情。

爱情，钟梓彤嘴里的爱情，竟也让颜如玉心动而向往。

最后，颜如玉又羡慕又嫉妒又恨地说："哎，你，这段时间野了这么久，光顾爱情了，公司不要了？"

于是，在透过车玻璃窗射进来的阳光里，钟梓彤兴奋地诉说了此次陈炉之行冒出的新灵感。颜如玉的脸，不知是被阳光点亮了，还是被她新的设计方向吸引了，她的表现在钟梓彤的叙述中一点点灿烂起来。

终于，处于万分激动中的颜如玉，点了一下钟梓彤的额头，说："冲你想出这样大的一个动静，我不再与你计较。但条件是你要保证这次展览会展出的作品，必须件件新颖，款款独特。"

钟梓彤当即用四川话回答："小妹我出马，一个顶三个撒。'冒'得问题的嘛。"

接下来的时间，"钟颜工作室"的员工全部进入一级战备状态。公司开始紧锣密鼓地着手准备"青花瓷系列"服装展出事宜。

也许因为忙得脚后跟都打屁股了，为了解压、放松，虎子这个人，就时不时地出现在钟颜二人的话题里，成为解压良药。

仿佛兴奋剂一样，虎子，以及由虎子引起的关于爱情的话题，让两个废寝忘食的女人干劲十足。

有一天，展会正在进行彩排。两人在后台边收拾参展服装，边又拿虎子开心。正说得开心，钟梓彤的电话响了。颜如玉没有在意，但钟梓彤一看来电显示，一下子噤若寒蝉，让颜如玉一下子也紧张起来。

颜如玉用唇语问："是他？"

钟梓彤无声地点点头，然后问："接还是不接？"

颜如玉作顿足状，说："接，为什么不接呀，你快接呀。"

钟梓彤傻呆呆地说："那，那我接了啊。"

颜如玉再用唇语说："叫他来这里。"然后用食指指指脚下。

一个小时后，虎子出现在有些混乱的展会排练现场。

彼时，颜如玉正在展会 T 台上指挥着模特们进行展前排练。一抬眼间，看见一个穿户外服的男人站在空无一人的观众席过道上。

她想，他应该就是杨以轩了。

这是颜如玉第一次看到虎子。

只看了虎子一眼，颜如玉就笑了。这是她人生中第一次冲一个异性如此灿烂地笑，也是她长大后第一次面对面地细看一个异性。

虎子也没有见过颜如玉，但虎子也知道她，便对她展颜一笑。

两人就那样对望着，有种奇妙而有趣的感觉。

自接了虎子电话，钟梓彤就心里慌慌的，一直没事找事、装模作样地忙碌着。她突然一转头，看见了虎子，同时，也看到颜如玉与虎子的对视。

是阳光正充足的午后，只有T台顶上有灯光。四周的座位一片黑暗，但从正门处射进来的光线将虎子的身体映出一个闪光的轮廓。虎子的头发在逆光中发出一圈圈的光晕，甚至他脸上的茸毛都在阳光下泛着柔和而白亮的光。

此时，音箱里的音乐响起来，是那曲《竹舞》。

整个剧场里，先是琵琶混合着水流共同发出的声音，节奏弹跳，轻盈空灵，飘逸温婉，清澈纯净，妙若天籁；再是吉他、琵琶的音色配合着模特迤逦而行，像一对恩爱的恋人在月夜竹影里婆娑起舞。那青青如玉的翠竹，那迎风摇摆的竹叶，那珠圆玉润的美人，那浓厚隽永的爱情……

彼时，三人都不敢动。喧闹的模特们的喊叫声谁也听不见了，只有那古雅的音符，带着三人不能言传的心思，慢慢地，散播在几乎凝固的空气中。

最终，颜如玉像玉粒一样的声音，伴着音乐激活了被暂停了的画面。

"彤。"

然后，大梦初醒一样的颜如玉，懵懵懂懂地穿过T台的灯光，走到T台的幕后。

阳光里，只有虎子与钟梓彤两双热热的、纠缠在一起的目光。

很久，钟梓彤笨拙地问："杨以轩，你，你找我有事吗？"

虎子用舌头润了润干燥的嘴唇，很困难地说："我来是想问你，问你，你还愿意与我一起照顾平平与安安吗？"

钟梓彤的泪一下子从眼里、脸上、鼻尖上滚滚下来，她哽咽着说："我早已经准备好了。我的身，我的心，时刻都处在待机状态，你随时可以启动我。"

虎子再问："你真的愿意吗？"

钟梓彤说："Yes，I do！"

　　然后，虎子慢慢地，费力地，将钟梓彤拉近，再拉近，在阳光腾起的一束光里，两人拥在一起。

　　虎子说："我能停下来，我想停下来了。"

　　钟梓彤说："我想守着你，我可以守着你了。"

　　此时，另一首曲子《篆音》响起来。音乐开头那敲着人心的鼓咚咚地响过去后，就是古筝用古雅的音质，千转百回地表达着爱情里的人们才有的细腻心思。

　　在虎子与钟梓彤谈着自己未来的时候，颜如玉比当事人还慌还乱地故意忙碌着。最后，她终于忍不住，停了下来。她在心里对自己说："别怕，别怕。"然后，她定了定心，长长地进行了一个深呼吸，鼓足勇气地一回头。在她回头那一刻，她看到了一个足可以让她相信爱情的爱情故事。

　　那一刻，仿佛她站的地方不是舞台，而是观众席；虎子与钟梓彤站的不是观众席，而是舞台一样。

　　她在舞台上看着观众席上瞬间演绎的人间悲欢离合。

　　然后，她把头顶在一个塑胶模特的胸前，激动地哭了。

　　钟梓彤深陷在虎子宽厚的胸膛里，也哭了。

　　好久，好久，钟梓彤从虎子胸前抬起头，在万丈阳光中，钟梓彤又看见了那火焰一样的荼蘼花。在这火红的烈焰里，有一只凤凰从火中振翅飞出来……向无边的高空飞去——

　　钟梓彤喃喃地对虎子说："你知道吗？荼蘼花开后，整个世界就被它烧毁了。但是，浴火的凤凰会在这个死掉的世界里重生。我就是，死而复生，生后不再死的浴火凤凰。生命轮回里，是你，让我完成了涅槃。"

二十三 瓷 展

颜如玉与钟梓彤采纳了虎子的意见，聘请飘飘的传媒公司全权为这场服装展做前期宣传。当然，展会后的跟进工作也由飘飘的公司后续完成。

颜如玉还接受了虎子的另一个意见：让阿坚父亲黎世昌在颜如玉妈妈颜蜀君的公司当一名勤杂工。

好在颜蜀君真的缺一个勤杂工。于是，阿坚很快将父亲送了过来。

好在钟梓彤与飘飘很熟。于是，在钟梓彤对飘飘人品、专业水平一再肯定后，飘飘也很爽快地过来与颜如玉签了协议。

颜如玉看见这个飘着长发，总嘿嘿笑的男人时，很震惊。世界上竟有这种男人，能让一个陌生女人只看他第一眼，就感到如此安全，感到如此踏实，感到如此亲切。像父兄，却不是与她有血缘关系的那个父、那个兄。

她知道，不是好男人一夜全都出现，其原因在于她开始接受男人了。

服装展示会开始前，飘飘带着他的团队出现在灯火通明的展览会排练场。

飘飘既是导演，也是摄影师。三台摄影机、一部照相机同时工作。

飘飘的传媒公司，不愧是成都业界的龙头老大。展示会开幕的前一周，成都市各大报纸上、各个电视台上、各商务楼的电梯间、各交通路口醒目位置的户外招牌上、公共汽车与出租车电视上一夜

之间全是"青花瓷服饰"广告。精美绝伦的服装，配着构思新颖的拍摄角度。还有，电视上那句配着悠扬古筝声的广告语："用新世纪的心灵，触摸你尘封在历史深处的——青花瓷情结。"

"钟梓彤：'青花瓷服饰'之青花瓷印象"服饰展览会如约盛开。

那天早晨，从八点钟开始，钟梓彤与颜如玉就开始忙碌整个展会的每一个细节工作。

所有展出服装，编好号，一一挂在后台的衣柜里；红毯，簇新地从会场外台阶上红烈烈地直铺满整个主会场；印刷精美的 DM 册页，摆放在来客可以顺手拿到的任何地方；茶点，被精心地陈设在围绕着会场几乎排满一圈的高脚几案上；会场负责人，早早地就带着灯光师傅、音响师傅，对灯光与音响进行专业的测试……

飘飘，带着他的团队各自很快找好机位，一切准备就绪。

万事俱备，只欠东风。

这个东风，就是展会正式开始的时间。

大凡太过美好的事情，总有一两个不好的细节作梗。

排练了好久的模特们，早早地就来到后台紧张而有序地化着妆。唯有在这次服饰会上担纲主演的模特凯丽迟迟未到。

模特公司的经理张志和一次一次打电话，凯丽的手机都是关机状态。

这是最要命的事。

张志和火上房一样，左右手各持一部电话，一边不停地拨打凯丽的电话，一边一一联系他认识的其他模特。

令人失望的是，张志和认识的几乎所有模特都参加了这次展览会，都在后台化妆，其他公司他能联系上的模特都有档期，无法前来救场。何况，一场排练了很久的展示会，有谁会一上场就走对台位？有谁会一上场就与团队配合好，走对队列？

按说是模特公司的失误，他们应该负全责。但紧急情况下，大家没有时间追究责任由谁来负，火烧眉毛要解决的是如何救场的问题。

颜如玉、钟梓彤当然也急了。

虎子正与飘飘在摄影机前进行机位试拍，远远看见钟梓彤一副一触即发的火冒状态。据虎子所知，钟梓彤轻易不发脾气，但在工作上，她会比颜如玉坚硬得多，有一种男性的霸气与强势。

虎子走上前，轻轻地劝说："发火不能解决任何问题，反而会阻碍解决问题的脚步。深呼吸，冷静一下。说，什么事？"

钟梓彤在虎子面前，调整了一下自己的情绪，然后低沉而沮丧地说："有一个模特没到场。"

服饰这一领域，虎子是一个完全的外行。可以说，这是一个对他而言陌生而神秘的领域。但他是男人，他有足够的冷静与沉着。

他对钟梓彤说："不要着急，会解决的。有我在，放心，放心。"

然后，他走到飘飘面前说："缺个模特，你看你身边有没有可以顶得上的人。身高一米七以上，漂亮，气质好……对，清颖，刘清颖。"

"刘清颖。"

在虎子说出清颖的名字时，飘飘也同时想到了她。

虎子不能忘记她那罩在阳光里的恬静与秀雅，想起她穿旗袍时高挑美妙的样子。她不配青花瓷，谁配？

作为摄影师，飘飘怎么能忘记这个在他的镜头里美得让人惊艳，雅得让人迷醉的女人。

然后，飘飘给清颖打电话。

每件事，都是系统安排的，会在最合适的时间发生。不论你认为的好事、坏事，它的发生，都带着意义与道理，都是要告诉我们人生里必须知道的信息。

这句话是做心理咨询时，清颖告诉虎子的，如今，这句话得到了应验。

清颖接飘飘电话时，正在家里细细地挑选衣服。今天的她，准备参加一个服饰展览会。她是一个有着青花瓷情结的人。她的很多衣服，很多用品，如洗衣机、手机、戒指、鞋子、家里的地板与家里的窗帘，都是青花瓷图案的。

最后，她终于选定了一件。这是一件与今天的展览会主题契合到极致的改良版青花瓷旗袍。旗袍没有外开衩，也没有袖子。旗袍的上身像穿个小坎肩一样，用青花瓷的颜色绣出包边，立领。旗袍的裙摆是鱼尾式的，长而紧地裹着她柔美的身材。旗袍极长，像赴晚宴时的晚礼服。旗袍外面，是一件极薄的应季节而配的长款白色棉贡缎料子的风衣。

她的手上，配的是一个青花瓷花色的手包。

这个练过十年瑜伽、学过十五年舞蹈的女人，你每次看到她，她都穿着一款与上一次不一样的衣服，且都是让人目眩的美。

她要参加的服饰展览会，叫"钟梓彤：'青花瓷服饰'之青花瓷印象"。

接到飘飘的电话，她说："你好，飘儿，好久不见。"

飘飘问："你今天晚上有事吗？有个急事想请你帮忙。"

清颖边在镜子前优雅地转身，边平静地说："不好意思，飘飘，如果其他时间你有事，我肯定帮忙，但今天晚上有一个对我而言非常重要的展示会，我要去参加。"

飘飘问："时间能错开吗？我也是一个重要的展示会。如果时间能错开的话，请你帮帮我。"

清颖从青花瓷手包里拿出 DM 折页，翻看了一眼，说："我的时间是晚七点半到九点半。"

飘飘不好意思地说："不好意思，我的也是晚七点半到晚九点半。"

清颖此时正把其他衣服挂进衣橱，好奇地说："哦？这么巧？你的是什么展示会呀？"

虎子在一旁听飘飘说了"不好意思"，知道清颖拒绝了。他急了，一把抢过飘飘的电话，不等与刘清颖打招呼，就一口气地说："你好，刘老师，我是杨以轩。我女朋友钟梓彤有一场青花瓷系列的服饰展示会，现在缺一个模特，很急。展示会时间是今晚七点半到九点半。我想，如果要找人顶替这个模特上场，非你莫属。救场如救火，你愿意帮忙吗？"

清颖一边将刚关上的衣橱门打开，一边说："非常乐意，谢谢你让我来帮这个忙。"

虎子不知道，刘清颖曾经上过多少次舞台，导演、编排并主持过多少次大型文艺演出，当然，她也曾经客串过服饰会的模特。

刘清颖脱下那款心仪的青花瓷旗袍，换上另一件深紫红长款晚礼服，配着那件白色风衣。

作为展示会的模特，她要穿钟梓彤设计出来的最新款式。

灯光，如期一一打开。

音乐，如期袅袅响起。

模特，如期款款走来。

服饰，意料之外的新颖。

来宾，空前绝后的爆满。

灯火辉煌中，人声鼎沸中，熙熙攘攘中。

一曲《竹舞》再次响起。

绿得让人心醉的灯光打出一片让人神清气爽的舞台背景。然后，在绿竹摇曳中，带着隐隐清凉之气的模特，一一上台。

一个穿着特别订制的青花瓷鞋子，着青花瓷旗袍的女子，随着节奏，在绿意盎然中，款款摇着一只青花瓷团扇，俏笑着走来。是短款的迷你式旗袍。然后，同类可爱时尚型的旗袍一一在迈着轻快步伐的模特身上得到准确展示。在这群女子最后，是清颖，虽然她身高与其他模特差几厘米，但她的俏笑与轻巧、带着古典风韵的走台风格，让所有观众眼前一亮。

清颖一亮相，响起满场的掌声。

接着，从遥远的地方传来一两粒古筝声，是《春江花月夜》。背景换为波光粼粼的春江水，花影稀疏，带月摇曳。一群着晚礼服的女人鱼贯走了一圈之后，横排而立，将整个 T 台的竖台空了出来。在静默的间歇，一个清净柔美的、穿青花瓷晚礼服的女人，从深深的梦中走出来。又是清颖。只见她云鬓高挽，长裙拖地。在她长长的颈间，有一枚鲜红。那是可可的青花瓷莲花。那枚红色莲花，在以白色为底，用玫红色绘出青花瓷图案的晚礼服衬托下，没有过的美丽，没有过的醒目。

站在大幕一边，被她的美催眠了的颜如玉梦呓般问身边的钟梓彤："你说她是心理咨询师？"

良久，钟梓彤大梦初醒似地冲她点点头道："嗯。"

两人沉浸在自己的作品被模特二次创作后的迷醉中。

来助演的"青花瓷女子乐坊"团员们着不同款式的青花瓷服饰，每人持一件特意定制的青花瓷古典乐器，鱼贯上场。不是伴奏带，她们现场弹出周杰伦《青花瓷》的前奏，然后是一个美丽的声音，唱着那让人一旦浸润其中就不想罢休的歌词："素胚勾勒出青花，笔锋浓转淡，瓶身描绘的牡丹，一如你初妆。冉冉檀香透过窗，心事我了然，宣纸上走笔至此搁一半。釉色渲染仕女图，韵味被私藏，而你嫣然的一笑，如含苞待放。你的

美一缕飘散，去到我去不了的地方……"歌声中，清颖拿着话筒，穿一款露肩带蕾丝边的青花瓷瓶型裙装，脖子上，仍是那条鲜红的青花瓷莲花。她的左颊上，晕染出一朵含苞的细碎的菡萏。

颜如玉再次问钟梓彤："她究竟是什么职业？她不会只做心理咨询师一个职业，是吗？"

钟梓彤一头雾水地说："对，她应该不是只有一个职业。"

正在钟梓彤与颜如玉迷惑不解时，清颖转回后台了。一群拿着巨大青花瓷扇的女子穿着两件套青花瓷汉服古雅地走出来。这一系列设计参照了中国古典服装，上为襦袄，下为长裙。这些襦袄，有的长袖过手，有的短袖及肘，有的胸间带着一条长长的丝绦，有的则缠着宽宽的胸带。她们，有的梳着汉式发型，有的系着新式发结。但都是一律的轻舞飞扬，一律的清新可人。

为了给女模特们换衣服的时间，下边是男模串场的男式青花瓷休闲装。只见一个个着青花瓷休闲装的酷男，有的抱着青花瓷酒坛，作李白"举杯邀明月，对影成三人"的潇洒状，有的摇着青花瓷图案的纸折扇，在花间踱步，犹如踏青的才子，想偶遇一位寻春的佳人。而佳人，就在此时如愿出现了，是清颖。汉服一场她没有上，为的是这场做唯一的女主角。但见她着青花瓷花纹的轻妙霓裳，如入无人之境一样，在诸位才子俊杰之间，穿梭游离，妙曼轻舞，不撷一朵花瓣，不染一缕芬芳。然后，遗世独立地升空而去。空中，清颖的裙裾里，散下如雨的蓝色勿忘我花瓣。

然后，是一队穿青花瓷风衣的女子在 DJ 伴奏中英姿飒爽地走来。

再是一对着青花瓷服装的恋人，用青花瓷手机相互倾诉相思。

一对正在举行婚礼的新人，女的穿青花瓷婚纱，男的穿青花瓷礼服，交换着青花瓷图案的戒指。

一个穿着青花瓷睡衣的女人，推着青花瓷的洗衣机走来。

一群穿着青花瓷职业套装的女子，拿着文件夹，推着旋转椅子，谈笑风生地走来……

这是一场别开生面的服装展示会。

说是服装展览，是因为它展出了浑然一体、又自成一格的主题明显的青花瓷系列服饰。

说它别开生面，是因为它颠覆了往日的走台风格，融进了歌舞与场景，甚至融进了音乐剧、小品、情景剧的元素。

它的别开生面，离不开临时救场、比任何专业模特更会诠释服饰语言的刘清颖。

钟梓彤、刘清颖及钟梓彤的"青花瓷"服饰品牌、刘清颖的心理咨询室一炮而红。

第二天，各媒体发布了有关钟梓彤青花瓷服饰展示会的大量图片，还有关于身怀多技的心理咨询师刘清颖的文字报道。

那枚用青花瓷做成的项链及因那枚青花瓷莲花项链引出的爱情故事，也成为成都街头巷尾人们茶余饭后摆龙门阵的一个美丽话题。

青花瓷

二十四　音　疗

映秀镇地震后，不仅四川，全中国的人民都对心理咨询有了一个新的认识。刘清颖的出现，再次在成都掀起了一场有关心理咨询的风暴。

展示会结束后不久的一个清晨。

颜如玉像往常一样，端一杯牛奶喝了一口，然后一边在阳光中往薄片面包里轻抹沙拉酱，一边翻看当天的都市报。

报纸上转载的一篇网络热帖吸引了她的眼球——《音疗，走在当今的上古智慧》。

文章大致内容如下：

"在生活中，我们或多或少也能感觉到音乐带来的好处。烦躁不安时，听一段优美清新的曲子，心情就会逐渐平和；情绪低落，心里'布满乌云'时，放一段高亢激昂的音乐，心情便会慢慢'转晴'；劳累时，一首欢快的轻音乐能使自己精神放松；失眠时，一段舒缓的催眠音乐便能让自己安然入睡……

人们应该特别重视精神卫生和心理保健，以心理健康促进身体健康。

而音乐，则是精神卫生的'守护神'。

妙音可以静心、通脉、健脑、提神，具有多方面的保健和治疗作用。

音乐对人体的影响是全方位的。

美好的音乐可以对神经系统、心血管系统、呼吸系统、消化系统、免疫系统等产生广泛的积极影响。

接受音乐治疗，可以使人血压下降，头痛、头昏、失眠等症状明显改善。

妙音不但能给心理解压，也能给身体降压。"

文章承上启下的段落是："音乐除了对生理疾病有治疗作用以外，对心理疾病也有治疗作用。在心理学领域，音疗也是一门即古老又年轻的学问。"

音乐治疗是"二战"后发展起来的一门融医学、心理学和音乐学为一体的交叉边缘学科。它以心理治疗的理论和方法为基础，利用音乐特有的生理、心理效应来治疗人的身心疾患，增进健康。

尽管音疗是一种新兴的治疗手段，但古人早已注意到音乐的治疗效用。宋代文学家欧阳修就曾用弹琴和欣赏琴音的方法，治好了自己的抑郁症。

音乐为什么能够起治疗作用？

这是因为，音乐广泛地作用于人的心理和身体，从而改善人们的心身功能。

文章提到，音乐可以催眠。比如：勃拉姆斯的《摇篮曲》、舒曼的《幻想曲》、马斯内的《苔丝冥想曲》、海顿的《小夜曲》、民族乐曲《渔舟唱晚》。

音乐可以减压。比如：圣－桑的《天鹅》、德彪西的《月光》、民族音乐《二泉映月》。

音乐可以益智。比如：柴可夫斯基的《船歌》、苏联歌曲《莫斯科郊外的晚上》、民族乐曲《江河水》。

音乐可以提神。比如：约翰·施特劳斯的《春之声圆舞曲》、莫扎特的《浪漫曲》、贝多芬的《命运交响曲》、莫扎特的《土耳其进行曲》、民族音乐《得胜令》、民族音乐《彩云追月》。

音乐可以助餐。比如：约翰·施特劳斯的《蓝色多瑙河》、巴赫的《G大调小步舞曲》、莫扎特的《长笛竖琴协奏曲》、民族音乐《姑苏春晓》。

其中有一句话触动了颜如玉内心深处的一根弦，她的心痛了一下。

"音乐可以解郁。"

每个人在成长过程中，都会有或大或小的创伤。有些人的创伤在后来的生活中，被自身的幸福或他人的真诚所抚慰，伤口得以愈合。而有些人早年心灵遭受重创时，只是草草地做了包扎，时间愈久，这些伤口愈容易

在外界的刺激下隐隐作痛。如同阴雨天气，身体健康、内心平和的人喜欢在小雨中散步吟哦，而关节炎患者却痛苦不堪，身心备受煎熬。这些人，可以听柴可夫斯基的《如歌的行板》、民族音乐《昭君怨》、约翰·施特劳斯的《拉德茨基进行曲》、民族音乐《春江花月夜》。

那篇文章对心理咨询师刘清颖做了整版的文图报道，还有她关于音疗的论文与案例。

文章配有刘清颖的照片，是飘飘帮她照的。

报纸上，刘清颖向颜如玉温暖如春地笑着。

在刘清颖微笑的眼波里，颜如玉拨通了刘清颖心理工作室的预约电话。

那天，颜如玉第一次把工作放在第二位。她告诉钟梓彤说："我今天不去上班了，你负责公司里的所有事务。不要给我打电话，再大的事都不要打。如果必须我处理，一切都等我回来再说。"

钟梓彤为难地说："你知道的，事情很多，你做决定的事应该不少。没你怎么行？"

颜如玉说："公司只要倒闭不了，就不要找我。况且，倒闭了又何妨。所以，即使公司倒闭也不要找我。"

钟梓彤说："看来，今天你与我换位置了，轮到你翘班，我坚守了。"

颜如玉说："你翘了那么多次班，今天你就给我死守一天吧。"

她也知道，服饰展示会后，成都各类媒体对"青花瓷服饰"的关注达到热炒程度。

一些服装厂家对青花瓷风格的服饰跟风跟得如狂飙一样，势不可挡。

市面上，与服装展示会上所展示的服饰款式相同的仿版也如雨后春笋一样。

当然，更多的厂家还是想经营正版产品，来洽谈代理业务、签订销售合同等事宜的商家及想为她们的品牌做加工业务的厂家络绎不绝。

颜如玉在此时，扔下纷至沓来的记者，扔下如雪片般的订单，执意要去忙一件谁也不知道的事，让钟梓彤有些诧异。但既然她说得那么重要，想必就是非常重要的。

钟梓彤给了颜如玉最大的尊重。

不去问，也不去猜。

那天，颜如玉见到的刘清颖又是与服装展示会上不一样的风格。T台上的清颖，是颜如玉第一次见到她。那时，她眉目生情，她婉约可爱，她风情万种，她就是一个令人心生爱意的女人。而在清颖工作室再次见到她，她穿一套芥末黄的职业套裙，配一双相同颜色的船形平跟皮鞋，一条彩金项链如彩虹一样闪烁在她雪白的项间，发髻高挽，配着她眼睛里阳光般的笑意，整个人高贵典雅而亲切。

颜如玉一下感觉自己的心与她贴得很近，很近，近到零距离。

她说："我所说的内容，你能替我保密吗？"

刘清颖拿出一张制式合同，说："每位来访者来时多多少少都有这样的担心，所以，我们在学习时，老师就告诉我们，要替每一位来访者保密。这是我们做心理咨询师必须坚守的职业道德。为保险起见，我会签一个保密协议给你，保证你说的所有秘密都只有我知道，当然，如果你带来的那些问题我不能解决的话，我会向我的督导求助，但求助的只是关于你问题的话题，你个人的社会资料我的督导是不会知道的。不过，我们也有保密例外，那就是当你的生命与别人的生命可能受到威胁时。我这样回答你满意吗？"

颜如玉逐条看完合同上的每项条款，心中暗暗舒了一口气。

那些往事，压了她与母亲十八年。

十八年来，她与母亲从未提起过那件事。除了钟梓彤，她也没有向任何人提起过。

当然，她的母亲也没有向任何人提起过。

不提，不代表不存在。那个创伤深深地存在，不知何时已经变成了毒瘤。

她说："我希望你把我心中的毒瘤挖去。它的存在，挤走了我所有的快乐与幸福。带着它，我活得很累，很不幸福。"

刘清颖还是暖暖地笑着："如果真有毒瘤，我想，你肯定了解它的成因与生长过程。我不能亲自帮你拿掉它，但你做好准备要挖除它的时候，我会帮助你，看它在你的努力下被你自己摘除。我会陪着你，与你一起看伤口结痂、平复，好不好？"

青花瓷

这与颜如玉想到的完全不一样。在医院里，不是一切都交给医生吗？医生负责给患者检查、给药、输液、做手术，家人负责在旁边侍奉、陪护，甚至有很多医生与家人为了怕患者担心，还故意隐瞒病情，只让其在快乐无负担的状况下康复。

但清颖现在告诉她，她的毒瘤竟要让她自己亲自去挖。谁能血淋淋地面对自己的伤口？谁能对自己下得了手？她胆怯地说："我自己可以吗？"

清颖依然笑着。她今天穿的芥黄色衣服本身就很温暖。芥末黄色，温暖里不刺眼、不张扬，明丽中不骄不躁。她说："你可以的，完全可以。有我在，我会一直陪着你。"

清颖没有问是什么时候什么原因让颜如玉的内心长了毒瘤，她只说："你现在好像很紧张，我们可以先听听音乐，放松一下，你同意吗？"

颜如玉一听说听音乐，一下子笑了："好呀，这个不难。"

清颖再问："你平时喜欢听些什么音乐？比如什么乐器弹奏出来的音乐更让你觉得舒服一些，让你感到放松宁静？"

颜如玉脱口而出："我喜欢听民族乐。只要是民族器乐，我都会很喜欢。"

清颖仿佛对此话题很有兴致，她盯着她的眼睛问："哦？那你说说，你常听的曲子都有哪些？"

颜如玉一口气说出了很多，如《竹舞》，如《篆音》，如《春江花月夜》，如《高山流水》。

然后，清颖轻松中带着些许俏皮地说："好吧，那我们先听音乐去吧？"

颜如玉快乐地答应："好。"

刘清颖带着颜如玉进入另一个温馨而舒适的房间里。

这个房间，布置得很简单，给人一种清爽宽阔之感。房间里的光线不是太明亮，也不是太刺眼，色彩以黄绿色为主。材质轻软但下垂感极好的黄绿色窗帘密密地拉着，让整个房间显得私密而安全。有一张类似按摩院里的按摩床一样的放松躺床静静地舒展在主墙前面。在躺床旁边，有一张圈式软椅。软椅右侧，是一台可移动 CD 机。CD 机不大，只占了房间的一个小角落。房间的地上，铺着姜黄色的地毯，脚踏在上面，轻软舒适，又不会发出任何声音。

清颖拉着颜如玉的手，把她送到躺床前，说："你躺上去试一下，看这张床舒服不舒服。"

颜如玉就躺上去。床设计得非常细腻，她感到身体的每个曲线都与床的曲线丝丝贴扣在一起。

然后，清颖拿了一个眼罩给她，说："呵，这个东西戴在你眼睛上，屋内的光线就不会影响你听音乐了。你知道为什么盲人听觉都很好吗？"

颜如玉机灵地答道："是因为他们只有耳朵。"

"对，上帝关上一道门的同时，肯定会打开一扇窗。今天，我关上你的一道门，你的那扇窗肯定会打开。你用心去听音乐，听音乐中我的话，然后，自己努力地做自己能做到的，好吗？"

"这就开始自我手术了吗？"

"你感觉是，就是。你感觉不是，就不是。听你心的，让自己回到婴儿状态。"

此刻，音乐响起来了。竟不是颜如玉刚才说过的任何一段音乐，但却有种似曾相识之感。对，是乐器，这些它喜欢的乐器的音质就是这样的。音乐很低，像一股似有非有的泉水，从石头缝里，从岸边的细沙里慢慢地渗出来，又轻手轻脚地漫延开去。周围干涸的花草得到了滋润，有些干裂的土地浸湿了，柔软了。有些干燥的石头，受过水的恩泽后，慢慢显出滑溜的青葱色，一片生机盎然的景象。

然后，一个轻轻的、慢慢的声音，如水滴从高高的空中，"叮咚——"一声滴入深潭一样。周围没有声音，只有这"叮咚"一声清脆而带着水音，让人心里好熨帖。

这滴水掉入水潭中后，开始说着人类的语言：

"放松——放松——你感到你全部的注意力——聚集起来——放到你肩膀的某个点上——这个点开始下落——是的——你很舒服地让它下落——下落——它落到你身体里的某个部位——你感到这个部位有个东西存在着——这个东西，是你认为的毒瘤——你可以看到它的颜色——看到它的形状——感知到它的温度——它在动——它每动一下——你就会感到些许的不舒服——如果你感觉自己不舒服——就用手抚摸它一下——你

青花瓷

每摸它一下——就会感到自己舒服了一些——它就会变小一些——颜色会变红一些——是的——你的抚摸让它变小了，变红了——你感到一阵又一阵的快意涌遍全身——它再动——你再抚摸——它变得更小，更红——再动——再抚摸——更小了，更红了——它在你的抚摸下，一点——一点——一点——融化了——化成鲜红的血液流向你的全身——它很干净——很温暖——很有营养——它流到哪里——哪里就会被它滋养——"

水还在一片清明中慢慢地无声地漫延，干涸的万物都染上了水的颜色。好湿润呀，好温暖呀，好舒服呀。水所到之处，都充满了生机与希望，万物都好有力量啊——

颜如玉感到自己就是那草，那土地，那石头。在水的包围中，她感到从未有过的放松。她舒展着枝叶，向着有阳光的天空，长出新的嫩芽——

她幸福而充满希望地笑了。

然后，那个人类的语言渐渐地越来越低，越来越远，消失在阳光中，消散在空气中。

她只看到自己在水的浸泡中，微笑地生长着——生长着——生长着——

从刘清颖那里出来，颜如玉浑身仿佛轻了几十斤，她一直带着别人不明原因，却能感觉到的温暖的笑，下了楼，走近车子，倒车，拐弯，加速。

她开了音响，在音乐中，她一边随着音乐的节奏轻扭身体，一边跟着音乐的旋律欢快哼唱。

她给钟梓彤打电话，问今天有什么具体的事需要马上做。

钟梓彤说："你先去飘飘公司吧，他正在剪辑片子，那段视频广告已经定了播出时间了，你定下片子。"

"好——哦！"颜如玉俏皮地答应一声，哼着音乐的旋律，开向飘飘的公司。

在楼下停车场停车的时候，一直处于兴奋状态中的颜如玉，差一点与另一辆也在停靠的"大白马"相撞。停好车，开了车门，下了车，那"大白马"的主人也下来了。平素不开玩笑，更不与男性对视的颜如玉因心情过好，竟对着那个男人说："我的车今天有些小兴奋，你的车不会也喝了小酒有些微醺吧？"

那男人看车里钻出的竟是一个大美女，且哼着歌儿，说着俏皮话。当然不会失去这个显摆自己口才的机会。他用带着醉意的川语说："车子莫喝酒，开车的娃儿也莫喝酒，是见了眼前这个甜妹儿，车子与开车的娃儿才醉的嘛。"

颜如玉丢给她一个笑眼，径直进了飘飘公司所在的商务楼。

那个男人也进了商务楼，跟在颜如玉后面走向电梯。

正好一部电梯下来，等里面的人走完后，颜如玉进去了，那男子也进去了。

颜如玉正好站在按钮旁，那男人就对颜如玉说："谢谢，十七层。"

飘飘的公司也在十七层，于是，颜如玉就按了一个钮，然后回头对那男人笑了一下，说："去同一楼层哦。你不会是 X 光，透视出我脑子中显示出的楼层吧。"

那男人更活泼了，说："我是紫外线，想穿过臭氧层中的臭氧透视来着，你不怕紫外线伤着你的眼呀？"

说话间，电梯停了下来，进来几个人挡在二人中间。于是，他们不再说话，只隔着空气感受彼此内心的波涛。

到了十七层，电梯里又剩下他们二人。那男人很绅士，让颜如玉先走，颜如玉就冲他笑了一下，有些不舍地挥挥手，向飘飘办公室走去。

那男人也跟着走进了飘飘的办公室。

飘飘看见两人一起走进来，大叫："哗，你们俩是怎么凑在一起的？竟并肩而来，可见我的后知后觉。"

颜如玉看着这个男人，问飘飘："他是谁？难不成也是来找你的？我俩刚才在停车场碰上的。"

飘飘大笑着问："你俩真的是路上才碰上的？不是给我演小品吧？演技挺高呀。看来我拍电视剧有男女主角了……既然你们装作第一次见面，我就装作信了，给你们郑重地介绍一下吧。"

然后，飘飘佯装正经地说："陈大惠，成都小城大惠广告公司经理，29 岁，未婚，无女朋友。颜如玉，成都'钟颜工作室'老板之一，28 岁，未婚，无男朋友。"

陈大惠得意地大笑道:"看来我今天有些鸿运当头、福星高照啊!"

颜如玉突然显现出几丝小娇羞,她略显温婉,但也不失幽默地来了一句:"我党才是你的太阳,它的光辉永远普照。"

那天,飘飘的公司里,不时荡出来一阵又一阵笑声。那笑声,持续到凌晨也没有结束……

二十五 瓷 成

　　随后几天里，钟梓彤发现颜如玉对广告片的剪辑分外用心用力。按说平时剪片，一天完不了，第二天怎么着也会完成。而以往剪片时，颜如玉也只是过去看一下。

　　这次不同，真的，太不同了。

　　凭钟梓彤对飘飘的了解，飘飘是那种一旦工作起来就非一次性干完不可的主儿，要不，飘飘在业界怎么会有"拼命三郎"的雅号？

　　但这次的剪片，颜如玉不仅亲力亲为，且事必躬亲，与飘飘也好像统一了口径，总是说还得再剪剪，再抠抠。连续几天了，还没有搞完一个五分钟的片。眼看着电视台那边播出的时间逼近，他们就是完不成，工作效率低得令人不解。

　　这天，已经给"青花瓷服饰"留好报纸版面的报社责任编辑连给秘书小玉打了两个电话催要图片，说让他们马上发过去，报社要排版了。小玉打电话来的时候，钟梓彤刚从成都电视台一个访谈节目现场出来，正在停车场取车。挂了小玉的电话，她就直接把车拐到了飘飘公司。

　　飘飘没有在公司，公司的其他员工说"钟颜工作室"的广告片前三天就已经拷走了，是颜如玉颜总亲自拷贝走的。

　　片子拷贝走了，但颜如玉却一直说在剪、在剪。钟梓彤感到此事太过蹊跷，就给飘飘打电话。

　　"飘呀，我，梓彤，我们的片子没有什么大问题了吧？是不是就那样定了？"

　　飘飘正在给一个公司拍新片，旁边吵吵闹闹的，说话极不方便。他大着声音说："吵，听不见。我这里大致就那样了。哈哈，可是你们的颜如玉颜总还要再抠抠，再细致地把把关。她没有与你通气？"

钟梓彤说："当然通过气了。不过，我想具体问问你，你说得比较专业吧。请问，如果要再抠抠，是如何个抠法？"

话筒里传来人叫飘飘的声音，他一边大声地答应"来了来了"，一边神秘莫测地对着话筒说："哈哈，告诉你一个秘密：有情况。我看，你得亲自去小城大惠广告公司，与陈大惠总经理近距离沟通一下。小城大惠的总经理陈大惠先生是我的发小，最铁的哥们，好朋友，在拍片剪片这方面他很专业，也有很独特的见解。对你们的片子，他会给最高待遇的。"然后匆匆收了线。

飘飘话里有话的提醒与神秘莫测的语气，让钟梓彤更加好奇了。挂了飘飘的电话，钟梓彤查询了小城大惠广告公司的具体地址，直接去了。

正值午饭时间，公司里并没有几个人，也没有颜如玉与陈大惠的人影。那几个说陈总与一个姓颜的客户出去了。

是有情况，并且是从未有过的神秘情况。

钟梓彤躲在小城大惠公司外面走廊上的一个角落里，拨通了颜如玉的电话。

"嘿，还在飘飘公司呢？"她误导颜如玉。

那边传来颜如玉肯定的回答："哦，哦，是呀。这个片子还得再抠抠，不是明天晚上才播吗？我明天中午之前肯定拿回去了。对了，报社是不是也要图片了？我一会就把照片给他们发过去……呵呵，那当然了呀，这个广告专题片对咱们，那可是非同一般，是相当非同一般，我必须重视呀……公司那边，麻烦你多多操心，给咱们盯紧点哦。"

这不是睁着眼说瞎话吗？

"哦，是不是吴缺在帮着咱们剪着呢？我刚出去的时候，远远看见飘飘在广场拍片呢。飘飘不在公司吧。"钟梓彤进一步诱骗。

"哦，哦，是呀，是呀，飘飘出去了，我就在吴缺旁边盯着呢。你不了解吴缺，他的水平可真高的呀。人也不是一般的认真。"颜如玉这人是出不得家了，要不这么擅长打诳语的小尼姑，怎么能得道成佛？

"是吗？那你与吴缺好好沟通，可要抠得细细的哦。"钟梓彤的语气里面已经有了调侃与戏谑。

"当然，当然，你还不放心我？"颜如玉继续负隅顽抗。

钟梓彤挂了电话，又进了陈大惠公司，请公司里的员工帮忙联系陈总，说自己有一单业务要与陈总亲自洽谈。她重申，是一个很大的单子。

一听是业务洽谈，还是很大的一个单子，刚才很客气却很干脆地拒绝说出陈大惠电话的员工拨通了陈大惠的手机。

然后，那个员工说："您好，不好意思。我们陈总正在陪一位姓颜的客户吃饭，如果您着急，我们陈总劳烦您去一趟，他请您边吃边谈，可以吗？"

钟梓彤假模假样地说："相当可以啦。"

到了陈大惠吃饭的地方，钟梓彤将车远远停在另一个饭店的停车场，一个人慢慢地逡巡过去。

汉城宫韩国料理，一间装修得极其豪华的韩国店。这是颜如玉的口味，但却不是颜如玉与钟梓彤曾经来过的地方。

这里太过奢华与浪漫。

这个颜如玉，在搞什么名堂？

按小城大惠公司员工所说的包间名称，穿着韩服的服务员将钟梓彤引导到一个叫"济州岛"的房间门口，然后拉开了包间的推拉门，躬身道："请！"

包间里大而阔。整个墙面都是用纯木条镶嵌而成。外面虽是青天白日，但屋子里却幽暗私密。在屋子的四角，各亮一盏粉紫色木槿花图案的长圆形纸灯笼。那淡黄而温暖的光，是这个屋子里的所有光源。有一盏灯笼放在屋子正中的一张矮桌上。矮桌漆成发亮的黑色，在黑色的底子上，同样手绘有粉紫色的木槿花图案。在矮桌上，赫然放着各种新鲜的菜蔬与上好的五花肉。有几片肉正在铁箅上吱吱地响着，同时不忘放出烤肉的焦香气。

在矮桌的一侧，颜如玉优雅地快乐地坐着。矮桌的对面，是一个平头方脑的家伙。

两人面对面跪坐在榻榻米上。音箱里，放着一首由韩国两人组合July创作的钢琴曲《My Soul》，中文翻译为《忧伤还是快乐》。一丝淡淡忧伤的主旋律过后，是旋律欢快的节拍。

忧伤过后，欢快得像一只小鸽子一样的颜如玉一看到钟梓彤，就被刚放进嘴里的一口烤肉噎住了。那肉刚从铁箅上夹下来，极烫，她被烫得说不出话，只是眨着眼，急得泪都快下来了。

而从未与钟梓彤谋过面的陈大惠忙站起来，客气地招呼："您好，我是陈大惠，不好意思，还让你跑到这里。我先自我介绍一下，我叫陈大惠，大小的大，恩惠的惠。这是我的女朋友颜如玉。"

当陈大惠说出"女朋友颜如玉"时，钟梓彤惊住了，她看了一眼颜如玉。颜如玉被她一看，刚塞到嘴里的一口肉又噎住了，急得陈大惠又是拍背又是递水。陈大惠越是照顾她，她越是窘，最后，不得不一边咳着，一边站起身来，冲钟梓彤装模作样地鞠躬。

钟梓彤看她这样，也就装作不认识她，也向她鞠了一躬，怪声怪调地问候："颜小姐，你好，幸会。"

颜如玉硬着头皮继续装客气，说："幸会，幸会。"

钟梓彤戏谑地说道："呵呵，呵呵，我不知道陈总在与女朋友吃饭，打扰了。如果知道，我也不会来当电灯泡了。咱们的合作还是改日再说吧。呵呵，呵呵，我会与您再联系的。你女朋友这么漂亮，我想我们会合作很久的。"

看样子，陈大惠的心完全不在业务上，钟梓彤话里有话，他一点也没有听出来，只听钟梓彤说要走，他忙客气地说："好，好，那咱们交换一下名片，改日再细谈。这是我的名片，电话约。"

陈大惠还想要钟梓彤的名片，钟梓彤神秘地微笑着说："呵呵，好好，电话约。不过，我的名片今天正好用完了，我明天打给你吧。"

钟梓彤走出包间时，包间里的音乐换成了 Rie fu 的《life Is Like a Boat》。

钟梓彤踏着音乐节奏还未走远，佯装上卫生间的颜如玉就追了上来。

她鬼鬼祟祟地将钟梓彤一把拽到一个空包间里，匆匆塞过一张光盘与一个移动 U 盘，低声下气地说："这是片子与图片。我吃完饭就回公司，有什么事我们回去再说，好吗？我回去了，要打要罚你随便，在这里……"她用手指点了点地面，"给我留点面子。求你，我还没有告诉他我的那件事，求你，求你，保密哦。让我慢慢地，对，慢慢地告诉他。"颜如玉很难地说出最后两句话，匆匆回包间去了。临行前，对钟梓彤冲她挥舞的拳头做了个鬼脸。

钟梓彤调整了一下呼吸，在包间里发了一会儿呆。

她不知道颜如玉怎么转变得这么快，以前那个誓死不婚不恋的颜如玉不见了，现在这个颜如玉快乐得像个小姑娘，初恋的小姑娘。

哈，她……恋爱了！

钟梓彤冲着墙耸耸肩，努努嘴，先莫名其妙地摇头，又自觉有趣地笑笑，然后，一本正经地走出了汉城宫。

"青花瓷服饰"的广告专题片一播出，成都的所有人都知道了这个浸透着中国传统文化元素的服饰品牌。

颜如玉的妈妈也为女儿的公司大获成功而高兴。

为了庆贺品牌发布成功。钟梓彤与颜如玉决定设小宴让大家聚在一起乐乐。

成都川西娃儿火锅店。

偌大的包间里，以褐色为主色，由牙黄、焦黄、浅褐、深褐、棕褐、黑褐等近似色为辅色，组成了一个富丽而庄重的世界。一个大大的长方桌四边，排着十张高背巧克力色木靠椅。

四对八人陆续到来，一一就座。

虎子与钟梓彤，飘飘与江小丽坐一边，刘清颖与男友夏季峰，颜如玉与陈大惠坐对面。

钟梓彤与陈大惠是第二次见面。二人相见，先是一愣，然后眼睛齐看向颜如玉，相互拿颜如玉打趣。颜如玉被二人调侃得无地自容、连声讨饶道："不来了，不来了，你们俩合起伙来欺负我。"然后趴在清颖的肩上呈害羞的样子。

清颖眼看着她们矫情，只笑不语。

夏季峰初次与大家见面，所以保持着初次见面的矜持。

但大家并不会轻易放过他。钟梓彤与陈大惠也意外统一地从颜如玉那里撤离火力，专攻向他。

尤其是爱说爱笑又与夏季峰非常熟悉的飘飘，更是不放过他。

"呵呵，季峰先生。虽然还没有到婚礼时，但在今天这样喜庆的日子

里，谈谈你与清颖小姐的恋爱过程？"

夏季峰有深度却不失风度地说："如果今天是我做东，我是主角，我肯定主随客便。不过，今天是为钟梓彤、颜如玉她们的品牌发布成功摆的庆功宴，我们哪里能喧宾夺主？"

陈大惠搂着颜如玉柳枝一样的细腰忙着亲热，同时也不忘展示一下他油油的嘴皮子，说："我们家玉儿她们公司能有这样的成绩，是大家的功劳。呵呵，她这个主，该夺的时候就夺夺吧。你们这些宾，该喧的时候就喧喧吧。都自家人。"

他的话音未落，大家一下子把矛头指向他，说道："在成都赫赫有名的'汽车皇帝'夏季峰夏总裁面前，你竟敢言成绩，真是不谦虚呀。"

夏季峰不张扬，也不谦虚地淡定笑着，他一抬掌指下大家："转移话题，转移目标，怎么又把话扯我身上了？"

陈大惠说："你也是自家人，自家人。"

大家更是纷纷调侃他，说道："矫情，看看，多矫情，还自家人，今天的火锅是山西老陈醋当汤吗？还没吃，就酸倒牙了！""哎哟，哎哟，这主，怎么也是颜如玉和钟梓彤吧，你怎么就成主了？"

闹得陈大惠一直求饶，说："我的亲哥哥姐姐、亲弟弟妹妹们，开恩啊。"

大家闲笑时，虎子发现，虽然菜已上齐，每人面前都放着一个小火锅，但大家并没有开吃。

因为——

在正对包间大门的上位，有一个位置空着。在那个位置上，也摆着一个火锅，却不知坐在这个位置上的人会是谁。

是给可可留的吗？在这个大喜的日子，留这个位置让大家的心里都有些怪怪的。

不过，在大喜的日子里，不给可可留，虎子的心里照样怪怪的。

在虎子盯着那个位置发呆时，大家发现了他的沉默。于是，嘻嘻哈哈的气氛有些凝滞。

大家看看虎子，虎子也瞪着眼睛看着大家。所有无辜的眼神仿佛都在说："不知道，不是我留的。"

大家又都看着钟梓彤，钟梓彤也很无辜地摇摇头，不说一个字。

正在这时，有一个极大声的笑声从包间外面传来，一下子击碎了屋内的尴尬。只听那个声音极放松、极自我地说："我来迟了，来迟了，该罚，该罚。"

随着声音，进来一个虽人到中年，却雍容华贵的美人。

她衣着相当考究。最惹眼的是她满头极厚极黑的头发，从头顶圆圆地饱满地梳过去，在脑袋的后上方，有一个类似火焰的发髻。在发髻上，簪一个有几十颗水钻的发簪。她的项链与耳环，是同样由数颗碎粒的水钻串成，耳环的坠儿是水滴形的，仿佛无数粒的露珠凝在一起。项链的坠同样是水滴状。她的上身，是一件用高档桑蚕丝做成的立领印花青花瓷旗袍。白底上压蓝色花的面料，配水钻的晶亮剔透，再没有的高贵与奢华。旗袍的款式是展览会上没有过的样子。袖长及肘，袍长及膝。衣服包边全是用手工缝上去的青花蚕丝面料。一排手工盘就的青花蚕丝纽扣从脖子下直斜到右膝边。她的脚上，是同样面料、同样花色的布质单跟船形鞋。配这身衣服的是一个同样青花瓷图案镶水钻的手包，包的一端握在她的右手，一端夹在她的右臂弯里。

这种情景与这种阵势，让人想起曹雪芹的《红楼梦》里对王熙凤经典出场的描写。

所有人看着这个强势而华贵的女人，都呆了。

只有颜如玉撒着娇埋怨着说："怎么现在才来？大家就等您一个人呢。说好早到的，你看看都什么时间了。"

大家一下子想到，这是颜如玉的妈妈颜蜀君。

颜蜀君的这套行头，应该是颜如玉特意为自己母亲设计，并量身定制的。

在商界摸爬滚打了十八年的颜蜀君，极其"江湖"地走到那个专留给她的位置上坐下，老练地说："罚，该罚。我这个长辈，今天没有给晚辈们做个好榜样呀。"她驾轻就熟地招呼服务员给自己倒酒，然后，仪态万方地用手帕垫着，喝下第一杯酒。

那位置不是给可可留的，而是请到了这样一位"江湖"名人，大家先松了一口气。加之颜蜀君来后，一通非常到位的调侃，几句圆熟顺耳的自

嘲，让气氛顿时又热闹了起来。

大家立即倚小卖小地"阿姨长、阿姨短"地叫着，逐个上前给她敬酒。她也是来者不拒，一边应酬着满桌的人，一边与走到她面前的一个个年轻人碰杯。

那天，颜蜀君强势而张扬的个性，完全掠去了清颖优雅而低调的风头。

清颖那身精心搭配的服饰，也就错过了一次被众人欣赏的机会。

而清颖，好像也乐于这样不以自己为中心的场面。她静静地坐在夏季峰身边，一路含笑地看着大家伙乐，很享受的样子。

一桌人，只有陈大惠诚惶诚恐，面对这样一位丈母娘，他一点心理准备都没有。

平时时尚幽默、妙语连珠的小伙子，那天的笨拙，反而增添了餐桌上的热闹气氛，也成为大家日后打趣他的话题。

那天聚餐之后，还发生了一个很让人振奋的小插曲。

餐后，颜如玉送自己的妈妈颜蜀君下楼，颜蜀君呈现出从未有过的忸怩，她说："宝贝，陪妈妈在楼下的咖啡馆喝杯咖啡好吗？妈妈有话跟你说。"

颜如玉也说："妈妈，我也正好有话跟你说。"

母女二人坐在咖啡馆最隐秘的一个地方，各自推让，最后，颜如玉说："还是你快说吧。"

于是，颜蜀君说出了让颜如玉震惊的一个消息。

颜蜀君恋爱了，对方是阿坚的父亲黎世昌。

颜如玉是见过阿坚父亲的，那是一个只会说川语、不会说普通话的地道山村农民。虽说他长得还算精神，但只要见过颜蜀君的人，都不会把她与一个老实巴交的人牵扯到一起。况且颜蜀君如今已经不是一位普通的教师，她是一个身价过千万的"富婆"。她的气质与美貌决不是一个忠厚老实的农民能衬得起的。

"妈，你可别害人家，人家是个刚丧妻的人，在这次灾难中受过的伤害已经很大很大了，他已经伤不起了。"

"宝贝，妈妈是认真的，怎么会伤害他呢。如果他不是如此老实巴交，我还看不上他呢。何况，他对我那样好，又不抽烟，又不喝酒，还做得一手好川菜。"

"妈，你是找保姆厨子呢，还是找老公呢？你要问问自己的内心，如果你真心爱他，我肯定支持你。"

"妈妈年龄一大把了，什么爱不爱，情不情的，谈不上了，只感到很踏实，很安全，很温暖。"颜如玉看颜蜀君那个高兴样，不亚于一个初恋的小姑娘。

然后，颜蜀君讲了黎世昌进入公司后对自己无微不至的照顾。

自买了房子之后，颜如玉就一个人住在新买的大房子里，而颜蜀君还一直住在公司自己办公室后面的卧室里。因为工作忙，也因为颜蜀君不太会做饭，因此，她每天的饮食都是有一口没一口的。应酬多时，天天大鱼大肉，吃得胃很不舒服；没有应酬时，只想赖在床上，直饿得前心贴后背。自打黎世昌来后，她忙完了，累极了，饿了，又懒得做，就让黎世昌去楼下给自己买些小吃、快餐。而黎世昌仿佛知道她的口味儿一样，总是拿一些清淡可口的小菜与煲得极有营养的汤给她吃。在成都多年，她竟不知道这些饭是从哪家饭店里买来的。有一天，她在外面饿了，想先吃了再回去，就打电话问黎世昌，他买的那种藕粉野菜粥哪里有卖。

黎世昌说："你想喝就先回公司吧，我马上给你端上去。"

颜蜀君说："不用你再跑一趟了，反正我开着车，吃了再回去。"

黎世昌支吾了半天，就是说不清。

颜蜀君急了，说："一个饭店名，你常去的，怎么能说不清？老黎呀，这不是你办事的风格呀。"

黎世昌被逼急了，才说那些粥都是自己熬给她喝的，说儿子阿坚能开饭店，都是从小受他的熏陶。

此后，黎世昌就大大方方地将自己煲的各种美容养颜、滋阴补肾的汤端给她喝。

时间久了，颜蜀君发现，除了做饭，黎世昌拿手的还有穴位按摩。不管多么疲乏，多么难受，只要黎世昌一按，颜蜀君就会全身轻松。她多年的颈椎竟让他按得不怎么痛了。

颜蜀君问："老黎呀，你怎么还有这把手艺呀？"

黎世昌说，他是跟着虎子的父亲杨如海学的，想不到现在派上了用

青花瓷

场。

"还做按摩呀？那你们岂不是已经……肌肤相……亲了？"颜如玉瞪着眼睛，吞吞吐吐地表达了自己的猜测。

"死妮子，此肌肤相亲不是彼肌肤相亲。不过，他给我按摩的时候，我觉得很……很幸福，从未有过的感觉，只是……"

颜如玉发现，平时对男人冷若冰霜的母亲，一提起这个黎世昌，竟显出小女孩般的忸怩状，完全不是刚才那个霸气十足的女人。

做事一贯雷厉风行的母亲，今天说话有些叽叽歪歪的。

母亲对颜如玉一向放养的方式，也让颜如玉对母亲的事不多干预，于是，她说："妈，如果你真心喜欢他，那你们就一起过得了，还只是什么？有什么问题？有我呢，我帮你解决。"

"只是，你父亲……"

这是从北川逃出来之后，颜蜀君第一次提那个曾经是颜如玉父亲的男人。

"那就轮到我说我的秘密了。"

颜蜀君仿佛知道答案似的，低下了头，啜了一口咖啡，然后用勺子轻轻地搅动早已没有温度的咖啡。

"前段时间，我回过一次北川。北川没有了，我爸爸他……遇难了。那个……我哥……没有音信，幸存名单与遇难名单里都没有他的名字，不知道是越狱了，还是被释放了，反正找不见了。我爸爸的遗体与北川很多遇难者的遗体都在公墓里，碑上有他的名字。"

"我知道。"颜蜀君仿佛淡淡地说。

"你也去过了？"颜如玉惊讶地问。

"没有，只是找人打听了一下。"

"所以，你不用只是了。你与我爸爸虽然没有办离婚手续，但现在事已如此，你是自由的。"

"嗯，嗯，还有……"

"还有什么呀？你的事情你做主，没有可是、但是、只是的。"

"嗯，我知道。我是说，还有……我，我当时打的是他的背部。胡乱中，他头上可能也挨了几下，不过，只是擦破了些皮，流了一点血。那天

二十五 ● 瓷 ● 成

晚上我并没有打死他。"

"妈，你也放心不下？"颜如玉的眼里有了泪。多年了，这件事像毒瘤一样，长在两人的心上，隔在两人的中间。今天，她们才有机会胆怯地面对。

"至少我都要了解一下。想知道，我们有没有犯法。我们也好踏踏实实地过日子。"颜蜀君抽出一张面巾纸，按住了眼睛，很快，又换了一张，再换了一张。

颜如玉知道，多年前，母亲为了保护自己，舍弃了什么。多年来，母亲为了保护自己，又舍弃了什么。

"妈，与黎叔叔开始新生活吧。只要你感到幸福就行。也许你与他之间没有爱情，但只要幸福，只要踏实就行，哪怕有个伴也行。至少别让我结婚后挂念着您。"

浓浓的亲情，在母女之间，像咖啡馆的音乐一样，满满地弥漫开来，馨香而醇厚。

二十六　新　瓷

　　虎子正在自己的户外用品店里忙着摆架，新进的产品真是琳琅满目呀。

　　这个专卖店已经开了半年了。

　　他的户外用品专卖店取名为"行者部落"。专卖店的 LOGO 是他与钟梓彤共同商议，共同设计的。图案很简单，用三块渐变绿色涂成一个貌似帐篷、又酷似山峰、更似森林的抽象图案。在图案一角，又用很工整的黑体变形体写上墨绿色的"极限户外"四个字。

　　店内外的装修以迷彩绿为主色。一棵盘枝虬根的老树从店门的一角生长开去，将满眼的枝条伸向屋顶的各个地方，仿佛屋顶的地方太过狭窄，一树的茂密无法舒展，于是，从天花板上，垂下万千条绿茵茵的缀满绿叶的嫩藤。嵌在屋顶角落的橘色小灯，如太阳光一样洒在密密匝匝的叶子上。

　　进入店中，仿佛进入阳光正足的森林中，使人心情开阔，呼吸顺畅。

　　订在墙上的一排排货架上，摆着各种款式的登山鞋，另一面墙上用木隔断做成的柜子里，挂着各种颜色的冲锋衣。门两边是各种小挂钩，挂着一些诸如挂扣、手电、头灯、颈巾一类的小物件。

　　大门正对着的那面墙前，做了一个吧台，不高，约一米，是一个千年老树被横伐之后剩下的树桩的造型。树桩的周围，树皮龟裂，树节粗大。树桩的平面，有一圈一圈的年轮。走近一看，此树桩原是中空的，下面放着账本之类的琐碎物件。

　　店中间的空间上，同样颜色、同样造型的一排树桩，是供客人休息试鞋的座椅，只是比起当吧台的树桩要小几号。

新进的一批货已经摆放就绪，虎子心满意足地正指挥几个店员擦拭打扫。

手机响了。他拍拍手，从屁兜里掏出手机。是阿坚，他本就春风满面的脸上更加显出挡也挡不过的笑容。

这个一起长大的朋友，任何时候想起来都让虎子心中充满温暖。

不等阿坚把要说的内容说完，虎子马上大声抢答："真的？好好好，我马上回去。"

急急地给店里的服务员做了个简单交代，虎子回到临时租住的单元房里，匆匆洗个澡，换身衣服，一蹦三跳地去了"钟颜工作室"。

公司里一片繁荣景象，员工们转得像陀螺一样，忙碌地应付着各种业务。

路过颜如玉的办公室时，虎子从门上那一块玻璃窗上，看见颜如玉正把计算器按得像暴风骤雨一样响。

颜如玉不喜欢自己的工作状态被员工像看电视直播一样地观看，所以租下这个四百平方米的开放式办公楼后，就特地用密度板给自己隔了一个很有些私密感的办公室。

钟梓彤的办公室却完全是透明的，像一个玻璃罩子一样扣在大办公室的中间。她的四周，群星拱月一样围着公司员工的办公桌。不过，这样的拱，也让她处于炯炯的目光织成的网中。

好在钟梓彤的性格大大咧咧，整天在桌前忙忙碌碌，也着实为公司的员工做出了好表率。

虎子一进来，当然地，知晓钟梓彤与虎子关系的员工，立即将键盘骤然间敲得急如暴雨。

想必，每个员工的 QQ、MSN 对话框上，关于他们爱情故事的内容正在网络里风一样地奔走相告。

虎子被兴奋激荡着，当然顾不了这么些。

他门也不敲，推开门直接就进去了。然后，所有的目光都看见，虎子对着钟梓彤眉飞色舞地说着什么，而钟梓彤显然被他所说的内容点燃了，她扑到虎子怀里，仰着脸，笑着，跳着。一下子从一个精明强干的公司老

青花瓷

总，变回到一个情窦初开的小女孩。

然后，钟梓彤拖着虎子从玻璃房子里出来，向颜如玉的办公室奔去。虎子想慢步走，但钟梓彤是跑的。钟梓彤走得太快，显得有些趔趔趄趄，虎子则被她拉得跟跟跄跄。

然后，两人一起奔出了公司。大家看着他们的背影，团体面面相觑。

阿坚的电话内容是报告他们映秀镇的房子全部重建好了，明天是集体入住的日子。虎子来公司，是要钟梓彤和他去映秀镇，一起接安安回家。

钟梓彤那辆崭新的红色跑车，快乐轻松地驶在去往孤儿救助中心的路上。

从 2008 年 5 月 12 日自己家小院子的坍塌到新居落成，整整一年半时间，虎子终于又有了自己的房子，又有了自己的家了。

不同的是，一年半前，自己的家人只有可可一个。一年半后，他的家人变成了 9 个。除了魏明睿与可可，还有魏明睿父母、可可父母、平平、安安，当然，还有钟梓彤。

从一个家庭成员单一的人到一个背后有一个大家庭的人，虎子心中充满了得意与快乐。

安安很好。

像以往每次那样，她先是有一小会儿的生疏，但也像以往每次那样，经不住花花绿绿、又香又软的一系列零食与大玩具的诱惑，她又骑在虎子的脖子上"咯儿咯儿"地笑了。

虎子把钟梓彤带到安安面前，哄着说："安安，现在不能再叫她阿姨了，要叫妈妈，叫妈——妈。"

安安笑着喊："爸爸！"

虎子一把将她的小身体抱到怀里，用头顶她小小的肚子，每顶一下都哄一句，说："叫妈妈，叫……妈——妈。"

安安被她逗得"咯儿咯儿"笑个不停，最后终于在虎子高高举起她时，大声地用清脆的声音喊："妈——妈。"

钟梓彤被她一叫，叫得又哭又笑，她拉着虎子的胳膊，急切地说："把她放下来，我要抱抱她。"

虎子举着安安就是不放下来，还逃跑一样跟钟梓彤转圈，嘴里挑衅地喊:"哦——呵,哦——呵,抓到我们,就给你抱。抓不到,就别想抱。来,抓呀,抓呀——"

钟梓彤被他的举动弄得哭笑不得,一边追一边更加急赤白脸地说:"快给我,要不,看我怎么捏死你。"

虎子看着她急得小脸通红的样子,越发过分起来,不但抱着安安不放,还佯装把安安丢过来,又抱回去,又丢过来,又抱回去地戏弄她。

安安从来没有玩过这样有趣的游戏,在飞一样的感觉中,她兴奋得更加大声地笑。

此时,约好一起来接安安的阿坚走了进来。

钟梓彤仿佛找到了救兵一样,一边追虎子,一边转过头向阿坚求救道:"阿坚,快帮帮我。"

看着三口人那幸福快乐、无拘无束的样子,阿坚双手抱臂,歪着头笑而不语。他知道,虎子的心理梅雨期过去了。他迎来了人生里一个长长的阳光明媚的季节。

虽然下着雨,但整个小镇的气氛却热得灸手。

下了车,迎面是一个巨大的拱门。拱门以红色为主,由一条条木棒架成。而一条条横竖相交的手臂粗的木棒上,又镶着一个又一个圆圆的红色鼓状造型。每个鼓面上,都用金黄色的楷体写着字,左边是"迁新居",右边是"过新年"。

在拱门的正上方,有一个最大的、红色的鼓,鼓面上龙飞凤舞地写着三个斗大的行书——映秀镇。

灾后余生的映秀镇居民们,已经完全地缓过气来。一群群一簇簇的人从四面八方笑着闹着汇聚过来,先站在拱门前喜气洋洋地照几张相,然后又喜气洋洋地进到小区内,寻找自己家的新居位置。

小区建设过程中,阿坚不知为这个"大家"流过多少汗,操过多少心。接到搬新居的消息后,他又提前过来了一次,细细地摸过那坚实的墙面与光滑的地板。所以,虎子与钟梓彤回来后,他们拿上钥匙就直奔新居而来。

算起来,阿坚与虎子在一个镇子里住了二十六年,但他们两个人以前的家,并不是太近。每次两人见面,都要横穿小镇。这次,应阿坚的要求,两家的房子分在隔壁。

今后两家近在咫尺，这是多么令人激动的事。

虎子脖子上骑着安安，钟梓彤的臂膀搂着他的腰。阿坚推着冰娟，冰娟没有受伤的那条腿上，倒骑着他们淘气的儿子阿宝。一行两家六人穿过拱门，走上一条宽且平的、用一片片不成形的石材铺就的水磨石路。

他们两家的新居在那条路右手第三排。阿坚家是第一家，虎子家是第二家。

在前往家的路上，热闹闹地挤满了穿着本民族服装的小镇居民。路的中间，摆着一排能坐十人的大圆桌，有亲朋好友来贺喜的人家，已经开始宴请宾客。

新居的户型设计一模一样，都是三层小楼。米黄的墙身，深咖的栏杆与屋顶，间或露出白色的顶板。每栋楼房上都挂着红红的大大的圆圆的气球，虽然下着细细的雨，但气球顶着雨使劲往上飘着，认真地完成人们交给它的营造喜庆气氛的任务。每隔两排，都会有一个红绸做成的大圆灯笼，拱形桥洞一样的灯笼下方黄黄的穗子被细雨打得微微四散开来。

两旁的树虽然在冬天里只剩了干枝，但每棵树上都缠着绿绿的蜡质彩条。彩条上挂着一只只圆鼓鼓的嫩葫芦，不细看，还以为是真的藤萝上结着真的果子。

在横成街竖成道的居民区内，每排街道前都有一个偌大的广场。常青树环绕，喷水池、小亭阁精致有趣。

一派新景象。

用繁荣、用喜庆、用热闹几个词，如何能概括得了居民们震后重生的心情？

进到屋里后，两家人站在四白落地、宽敞明亮的客厅里，只有感叹的份，已不能再说出什么。

2010年春节前，已经进入谈婚论嫁期的颜如玉与钟梓彤不约而同地提出来——早早地给员工放假。颜如玉要去陈大惠家见准公公婆婆，钟梓彤也想带虎子见见自己的父母。于是，虎子也早早地关了店门。

二人带安安先回了一趟钟梓彤远在成都一百公里之外的一个小村子里的家，见了钟梓彤的父母。

钟梓彤的父母听说安安的爸爸妈妈在地震中双双遇难，心疼得跟什么似的，把这个如花儿如朵儿的小精灵照顾得像公主殿下一般。

知道自己女儿不能给虎子生一男半女，老两口说起来心酸了一阵，又知道虎子有两个不是自己亲生的女儿，老两口又欣慰地直念阿弥陀佛。对两个年轻人，自然是祝福了再祝福，叮咛了再叮咛，才肯放他们走。

在钟梓彤家待了几天后，他们准备赶在除夕夜饺子出锅前，到达陈炉。

钟梓彤前几次来陈炉，都是以虎子哥们的身份来的。这一次，竟是安安一路喊着妈妈，以虎子准新娘、平平准妈妈的身份出现的。

自从把安安从孤儿救助中心接回家后，安安就再也不允许爸爸妈妈离开她的视线。

晚上，她要睡在爸爸与妈妈中间，一会儿转过身来亲亲爸爸，一会儿又转个身去亲亲妈妈，疯得二人都哈欠连连了，小家伙还是不肯入睡。直到两个人一边一个地围着她，一人拉一只小手，她才会慢慢地睡去。

去陈炉的路上，二人换着开车。不开车的那个人的肚子，就是安安的弹跳床。她一会儿朝前站着，跳呀蹦呀地乐，一会儿又转过来，与爸爸或妈妈面对面坐着，接着用屁股蹲。

她一会儿奶声奶声地唱儿歌，一会儿又大声地问："那是什么？"

二人就耐心地教她说："牛。"

一会儿她又问："那是什么？"

二人又耐心地教她说："羊。"或其他的诸如桥呀、河呀、树呀、山呀之类。

这条路二人虽都走过好几次，但共同只走过一次，就是送可可回来。那次的气氛痛苦而压抑，不像这次因安安变得如此喧闹与快乐。虎子的右手也就不时地从方向盘上腾出来，按一下钟梓彤的腿，摸一下安安的手，或转过头笑着朝母女二人看一眼。

虎子说："不知道平平现在长什么样子了，这一转眼她都一岁多了。"

钟梓彤说："小女孩变得可快了，平平本来就漂亮，现在还不定可爱成什么样子呢。"

提起平平，两人的心情竟都有些急切，火急地想一步就到达黄土高原上的那个虽小却名震八方的镇子。

转过九曲十八道弯的山路。

绕过那一道光影斑驳的砖墙，路过那枚古老沧桑的篆字印章，经过那个结了厚冰的池塘。

车在被打扫得一派喜气的北方农村巷道里缓缓驶过。

狭窄的乡村巷子被一扫帚一扫帚扫得干干净净，甚至能看见扫帚走过时一道一道的印迹。平时凹凸不平的地方，也被勤劳的村人们拉来黄土盖上了。干白的路面配着鲜湿的黄土，倒显出几分活泼，几分喜气来。大部分人家都贴上了对联，有几家赶晚的，正全家人上阵，男人站在木梯上，女人扶着男人的腿，孩子在下面嚷嚷着让爸爸快些贴，他要放炮哩。早贴完对联的，家人们肯定在屋里包饺子呢。孩子们难得一年里有一两天大人对自己不管不束，早早换上新衣服，可劲地在巷子里疯跑，淘气地放炮。

空气里弥漫着炮仗炸后浓浓的火药味儿，猪肉刚刚出锅的咸香味儿。

这，就是年的味儿，北方的年味儿。

两个从未在北方过春节的人，兴奋地将车停在那个纯木大门外。

大门上还没有贴对联，想着是等虎子回来才贴吧。

虎子三步并作两步地迈进大门，人未到屋里，声音早早地就传了进去："爸——妈——平平——"

听到喊声，雷江涛夫妇喜呵呵地从屋里出来，莲莲笑得嘴都合不拢了，说："哎，哎，哎，回来了？"

虎子说："是，回来了，还带回来你儿媳妇与大孙女。"

雷江涛一把抱过安安，伸长胳膊举高高，一边喊："安安，叫爷爷。"

莲莲更是高兴，拉着钟梓彤，说："我就看出你那个时候对咱家虎子有意思。看看，看看，多好的一对呀。"羞得钟梓彤满脸通红地只叫"妈"。

虎子与钟梓彤急着进屋看平平。

只见暖暖的北方大热炕上，一岁多的平平正瞪着一双黑乌乌的大眼睛看着大人们，仿佛好奇这些大人们为何这样疯狂。

虎子与钟梓彤二人齐扑过去，爱不够、亲不够地你争我夺。

虎子看天也快黑了，叫上钟梓彤，两人嘻嘻哈哈地走出去把对联贴上了。

莲莲的饺子也包好了。她大声说："虎子，梓彤，快叫你们发财爸与枝枝妈去，咱们一起吃饺子看春晚，让他们也看看咱们家安安。"

虎子脆生生地答应："好嘞，这就走起了。"

只见，钟梓彤把平平裹得严严实实地抱着，虎子则抱着打扮得粉嫩如花的安安，四个人，踩着虎子用嘴打的鼓点，迈着京剧小碎步走了。

虎子给魏家贴完对联，魏发财夫妻各抱着平平、安安，由虎子与钟梓彤扶着，很快就过来了。

吃饭间，钟梓彤大声地喊着："你看，这个节目多棒，你说，那个小品多可乐。"满屋子都是她豪爽的笑声。

虎子趁着大家欢聚，仿佛不经意间地想起了什么，他咽口饺子，说："哎，对了，二位爸，二位妈，还有梓彤，我有一个小小的问题，想和大家一起商议一下。你们看啊，平平的妈妈姓雷，爸爸姓魏，安安的妈妈姓宁，爸爸也姓魏。我就想着，她们应该叫雷魏平、宁魏安呢，还是叫魏雷平、魏宁安好？"

钟梓彤像麻雀一样，抢先叽叽喳喳地叫起来："就叫魏雷平平，魏宁安安吧，这才像亲姐俩，又都认祖归宗了。"

虎子说："呵呵，不愧是我媳妇儿，这想得又周到，听着又好听。"

在他们俩仿佛玩闹似的嬉笑打趣中，一件让四位老人耿耿于怀的事就这样说开了。这让财夫妻吃惊不小，也让雷江涛颇受感动。

枝枝背过身子偷偷擦掉眼泪，回过头说："好好好，都好。"

魏发财也强忍着泪，激动地笑着说："好好好，过年了，给平平报户口去。"

虎子与钟梓彤明明白白看到四位老人的眼泪，却没有说什么，继续闹，继续吵。后来二人干脆脱了鞋，和两个孩子在炕上玩起骑马来。两匹马在炕上各自尥蹶子，相互挤膀子，不亦乐乎，两个孩子在他们背上笑得声音都变了。

中间只听钟梓彤一声惊叫："妈呀，平平尿我脖子里了！"

然后是众人按捺不住的哄笑声……

尾　声

2010 年 5 月，一场前无古人、后无来者的婚礼在陈炉举行。

这是一场集体婚礼。

新郎有虎子杨以轩、大头飘飘、陈大惠、夏季峰、江松林、张江波；新娘有钟梓彤、江小丽、颜如玉、刘清颖、赵凤儿、周小岑。

六个新娘，每人一款青花瓷婚纱。

六位新郎，每人一款青花瓷礼服。

不同的是，其他新郎新娘都抱着一束束百合花，而虎子脖子上骑着安安，钟梓彤怀里抱着平平。

婚礼在雷江涛家那个偌大的院子里举行。

那天，陈炉古镇再次人头攒动，人山人海。

雷江涛家的院子里，再次站满了人。

不过，这次来看热闹的人们，都带着满腔的新鲜与好奇，看陈炉历史上最大的喜事。

雷江涛夫妇、魏发财夫妇及已经幸福地走在一起的颜如玉妈妈颜蜀君与阿坚的爸爸黎世昌坐在父母位上，接受了六对新人的跪拜。

主持人让父母代表讲话。一身西装的雷江涛精神抖擞地站起来，说：

"我有一个女儿，名叫雷可可。她有生的二十五年里，我一直盼着她长大，又怕她长大。人常说，母疼儿，父亲女。我与可可妈是把可可当宝贝疙瘩一样养大的。她还很小的时候，我就想，她长大后会找一个什么样的女婿，嫁个什么样的婆家，我要给她置办什么样的嫁妆，她会给我们生一个什么样的娃娃。这段时间说长也很长，说短也很短，转眼间，那个哭哭啼啼的小娇女长大了。也是转眼间，那个小娇女成人了。她时而懂事，时而任性，时而沉静，时而疯癫。但我们爱她，我们喜欢她这个样子。

儿大不由娘，女大不中留。她走了，去了一个她感觉很好的地方。那个地方跟咱们这里一样，很热闹，很繁荣，很温暖。我很放心，她走后，我就没再操过她的心了。"

雷江涛说到这里的时候，众人一片唏嘘，这个刚至耳顺之年却鹤发童颜的老人淡定地笑着，继续说："现在，我有了另外十二个亲儿女，还有两个亲孙子。我今天很高兴，很激动，很兴奋。这是我蒙十八层被子也梦不到的好事儿呀。看来，我雷江涛这辈子的福气可不是一般的大。

今天，我要特特感谢我的儿子杨以轩。他是不知自己祖籍是哪里的四川映秀镇人。他真诚，他厚道，他热情，他本分；他心胸宽广，又细致体贴；他孝敬老人，他善待亲朋，他舐犊情深。他能做我的儿子，是我的福分，是我的荣幸，我感谢他。这里，我敬一杯酒给他在天的父母，感谢他们给我生养了这样一个好儿子。"

雷江涛冲空中洒下一杯清酒后，自己也痛饮了一杯。然后他提高了嗓门说："我们陕西出了一个大作家叫贾平凹。他在女儿的婚礼上送给女儿三句话。今天，在我六对儿女新婚的大喜日子里，我也把这几句话送给我的儿女们。第一句，是一副对联：一等人忠臣孝子，两件事读书耕田。大家来来往往的时候都见了，就是我门楣上刻的那副对联。我也希望我的十二个子女们做对国家有用的人，对家庭有责任的人。好读书，读好书。贾平凹送给女儿的第二句话是：'浴不必江海，要之去垢；马不必骐骥，要之善走。'这是出自史记上的几句话，下面还有几句是：'士不必贤世，要之知道；女不必贵种，要之贞好。'我希望我的儿女们今后也能不在乎形式，随心而行事，随喜而为人。我的第三句话也是：'心系一处。'我的一生心系家庭，心系瓷业，决无旁骛。我没有做出什么惊天动地的事，没有成功经验可谈，却有对岁月深深的感触：弱水三千，只取一瓢足矣。不管对婚姻外的诱惑，还是对金钱上的占有，要得之淡然，处之泰然，失之坦然。

最后，我祝福我的孩子们幸福，终生幸福。你们要把终生幸福当作你们孜孜追求的事业，当成你们最远大的理想。"

雷江涛的话音刚落，就赢来雷鸣般的掌声。

然后是新郎代表讲话。

虎子把安安递给莲莲，拿起话筒，一字一句地说了下面的话：

青花瓷

　　"每每看电影时，导演总是用假想中的灾难让主人公历尽千难万险，最后总是得出一个朴素的道理：和谐平静地生活，真诚认真地做事。生活不是拍戏，不是演戏，但情节与结果却比戏里的更曲折、更动人。也许两年前的今天那场灾难代价太大，但我仍对那次灾难心存感激。大自然赐予的真真实实的灾难中，我们在成长，在醒悟。其实，不管是假想的，还是真实的，生活要告诉我们的一个真理是，每件事，都是系统安排的，会在最合适的时间发生。不论你认为的好事、坏事，它的发生，都带着意义与道理，都是要告诉我们人生里必须知道的信息。

　　邂逅爱情，是让爱情给你补偿。遭遇灾难，是让灾难给你磨砺。

　　生命停止，是因为给足了这个世界能给的一切，且要带走一些什么。对因各种原因而离开我们的人，我们怀着放弃的心，放他们走，让他们得安。历尽各种磨难依然活着的人们，我们要做的，就是放弃没有得到与已失去的，珍惜真切拥有的；就是接纳，并享受命运安排的一切细节。"

　　在人们再次如潮水般的掌声中，虎子看见阿坚与冰娟在泪水中紧紧地拥在一起，虎子还看见闻若冰在本子上写着什么，想必是他又有了新的灵感与创作冲动，他写的时候翟一柳双眼发光地看着他写的内容。虎子想，他们要合作的这个新曲一定更感动听众，更触动心灵。

　　婚礼过后，一行数十人一起去那片山楂林看望可可与魏明睿。

　　五月的山楂林，盛开着美丽的白花。一树树、一串串、一朵朵的山楂花，像雪一样白，热闹闹地挤满人们的眼。

　　钟梓彤从脖子上摘下青花瓷莲花项链。那朵鲜红如血的莲花经人体汗气的浸润，更圆润如生，更灵动如梦。

　　虎子接过那枚青花瓷莲花项链，用手在可可的墓碑前挖了一个深坑，把青花瓷莲花项链放进去，掩埋了。

　　他说："可可，关于你的记忆与震后的悲伤，都一起埋在这里了。放下你，是因为要让你安息，也是让我们轻松。封存所有的记忆，不是背叛，是为了继续生活。我希望你在那边忘记我们，好好生活。我想，你也希望看到我们快乐、幸福，不是吗？"

　　记得小时候，每个童话的结尾，都是这样的："从此，王子与公主过上了幸福快乐的生活。"

生活不是童话，我的主人公们过上的是人间的红尘日子：

在陈炉的雷家大院里，可可父母、魏明睿父母负责平平、安安两个孩子的养育，尽享天伦之乐。

江松林与赵凤儿夫妇分工明确。江松林主管雷江涛瓷窑的销售，赵凤儿协助雷江涛进行瓷器新品的开发与烧制。他们将雷江涛的瓷窑经营得红红火火。

虎子在成都经营户外店的同时，还成立了"陈炉青瓷"销售总部，立足成都，面向全国推广陈炉青瓷。主打产品是瓷砖、地砖、摆件、餐具等。

钟梓彤与颜如玉依然经营"钟颜工作室"，除自己的青花瓷服饰系列外，还设计生产相关的青花瓷首饰与室内软饰。颜如玉的妈妈颜蜀君表示，自己也是其中一员，她负责新产品投入市场前的资金问题。

大头飘飘与陈大惠仍各自经营各自的公司，江小丽考取心理咨询师证书后，加盟了刘清颖的心理咨询机构。

为了张江波，周小岑辞掉了北京的工作，二人在成都开了一家旅行社。

闻若冰，上海外国语大学博士毕业后，可巧应聘到汕头大学当了英语副教授，而翟一柳在汶川又做了一年震后家园重建工作后，应聘到深圳红树林基金会当了一名社会工作者。好在深圳离汕头不远，每每学校有文艺活动，翟一柳都会回到母校。她与闻若冰在音乐方面相得益彰的合作，成为汕头大学一段新的传奇。据说，他们的粉丝除了上海外国语大学、汕头大学的学生外，街头巷尾也传唱着他们的曲子。

至于刘清颖的老公夏季峰，众人好像很难见到他。听说，他除了是成都有名的汽车大王，还是成都有名的……

婚礼结束后，虎子独自去过一次小树林子。

小树林子已经不能叫小树林子了。

千万株的白杨在枝叶葳蕤时，竟是那般震撼人心。

树干作为每棵树的中心，更是做好直插云霄的榜样。仍然根根向上的枝条，配合主干形成团结一致的气势。

冬日里的那片雪白美好，变成夏日里的青春活力。

景色不再，故人也不在。

那难忘的几天里，在这里，可可，给了他第一个吻。

那道刻痕仍在。

"执虎子之手，与虎子携老。"

树干非凡的愈合能力已经将曾经的刀刻变为自身的一部分。

回来后，他写下一首给可可的歌，让闻若冰稍加修改后谱上了曲子。

那片小树林

那天我和你，偶然走进一片小树林。

那天我和你，谈论着爱情躺在雪地里。

至今清晰记起，空气里散发爱的气息。

阳光明媚，我双眼迷离，耳边你说你守着我左右不离。

那天没有你，独自走进那片小树林。

那天没有你，四野全是你的欢声笑语。

痴痴空望蓝天，白云上印满你的笑意。

芳草青青，我如梦如迷，耳畔响起那句你我永世不离。

那片小树林依然静谧，那个刻印愈加清晰。

你的声音时时响起，你的身体却已深埋土里，无从寻觅。

那片小树林更加丰腴，那片草地更加厚密。

你的声音时时响起，在告诉我放下生命的痛，快乐呼吸。

只有来这里，才知道你曾真实地，来过这个世界。

只有来这里，才知道我已真正地，放下你的记忆。

2016 年 3 月 8 日星期二第三稿

后 记

海子说，我们活在这珍贵的人间

文／张曦文

曾经有一段时间，疯狂地迷恋海子的诗。那迷迭草一样的诗句，含在嘴里，辛苦馨香，反复咀嚼后，咽下去，在胃里，治愈着深处的伤。

我对他说：是的，我们活着，活在这珍贵的人间。万物繁华，岁月静好。

我对他说：是的，我们写着，在这珍贵的人间，写遍红尘故事，飞短流长。

在我与海子对话时，发生了那场举世瞩目的地震。

我又对他说：我们还活在这珍贵的人间，他们却随你去了。我该为你，为他们写些什么？

一切都是感召。说了此话后，一些情节，一些人物，开始在我脑中活了起来。

整整一年，我都如梦游一样，想着情节与情节的勾连，想着人物与人物的关系，想着爱情与爱情的不同。

2009年5月，汶川地震一周年后，我坐在朝南的电脑桌前，面对四川，面对窗前永济的南山，开始动笔。

我写散文出身，即使后来尝试写一些小说，也多是短篇，再长也不过是短中篇。上手写长篇，我感觉自己还是在写散文，写了3万字后，便扔下笔，不肯再写。

2009年9月，老公虎子在我的鼓励、欺哄、威逼利诱下，踌躇满志地离开生活了30多年的故土，去异地挣一个我设计给他的大好前程。儿子王子也欢天喜地地离开我的怀抱，上了大学。突然而来的"空巢"生活，让我看到我的恐惧与渴望。我那么害怕孤独，那么希望有人爱。而很久远很久远的学心理的念头在此时涌上心头。

青花瓷

258

我对自己说：是时候了，开始吧。

考试，不断地考试。因为虎子喜欢户外，我也常常"被户外"。与他登山时，我曾从山上头朝下摔下来过，当时摔得失去了记忆，虽然后来慢慢恢复了，但从那以后，我记性极差。所以，别人五个月就可以过的"国考"，我考了一年半。那一年多，我废寝忘食，我殚精竭虑，至今难忘。

虎子与我约好，在深圳等着我。我以为，只要拿到证书，就可以去深圳那家已经约好的心理咨询机构当一名心理咨询师。我以为，只要拿到证书，我与虎子就可以隐在深圳南澳的那片椰林海滩，终老一生。因此，我学得很辛苦，很努力。

2010年年底，拿到国家二级心理咨询师的证书后，我发现我根本无法开始工作。面对来访者，我手足无措。

我只能再拉起箱子，赴全国各地学习，学习，再学习。

一切都是缘分。

2012年春节前几天，我突然腰痛难忍，最后，竟僵卧床上，无法走路。好在春节时，虎子回来了，王子也放了寒假。父子二人把我照顾得整日无所事事。

要做些什么，才不至于那么无聊呢？

眼里看着海子的诗，却不知所云。

我再次问海子：我能为你，为他们做些什么？

那些已经淡忘的情节、人物与爱情，在我脑中又活起来。它们撞击得我无法安生。

我对虎子与王子说：快快拿纸笔来，洒家要发威了。

趴在床上，我开始重写《青花瓷》。

待我卷土重来，一切如有神助。我字字精雕细琢、事事必探究竟的臭毛病虽然使写作进度很慢，每天只是以三四千字的速度龟爬。但不怕慢，但怕站。在日复一日地爬了两个多月后，竟也爬出了15万字。

陆游说，文章本天成，妙手偶得之。

虽然写得很慢，很艰难，但我仍相信，我的手只是一个工具，一切都是天赐予的。我手写出的，只是某部已经成文成章的小说而已。

其实，每天那三四千字，也不是一挥而就，一气呵成。

当时，我从未去过四川，更没有去过汶川。我一个北方人，根本不了解南方山体，尤其是四川山体的地貌特征，只能在网上一点点地查，看当地人的游记，甚至县志。往往小说里不过一两百字的景物描写，而我却要查几个小时，甚至十几个小时的资料。小说里看似平淡的一个交代，也是我查了百度、看了地图后，才得出的结果。

起初，对男主人公杨以轩的塑造没有一点感觉，就平躺着用心理视觉勾勒他的轮廓：外貌，性格，说话时的神态表情，最后，只能以自己老公虎子为原型去写。当时，如果以杨以轩的名字去叙述，不如用虎子的名字更亲切、更有感觉，就直接用了我对老公的称呼。虎子喜欢户外，他喜欢别人称他"酷驴"，我跟着他，也是将我们当地大大小小的山爬了个遍。所以，杨以轩的爱好也就是虎子的爱好：旅游、爬山；杨以轩的性格也就是虎子的性格：热情、沉稳、平和、善良、倔强、单纯、执拗。我的博客名是"可可西里张雁萍"，网名是"可可西里"，十几年了，大家都习惯叫我可可。虎子也习惯叫我可可。如果男主人公是虎子，女主人公是一定要叫作可可的。

感谢我写作中停顿的那三年，它使我得以在认真系统地学习了心理学之后，再去写作。因此，这篇小说才成为一篇以震后心理重建为主线的小说。

也感谢停顿的那三年里我认识的朋友们，是他们用自己的生命轨迹给我提供了可贵的素材。

先说汶川的几位志愿者朋友吧。文兵是与我同市同小区的一个小伙子，初在上海读博士，后在汕头大学任教。我趴在床上写小说的那个春节，文兵带着汕头大学一名叫缪瑞尔·沃克（Muriel Walker）的外教同事回家度假。春节时期，大家自是相互宴请。我的一位学生恰好也在跟文兵和缪瑞尔·沃克学英语，学生家长宴请文兵与沃克前，听说沃克是位作家，就自然想到了我，于是邀请我一起去吃饭。饭间、饭后，大家谈兴高涨。沃克不会汉语，全程由文兵做翻译。有趣的是，往往我说过话之后，文兵来不及向沃克翻译，就开始直接与我对话，因此，那次缘由沃克才有的聚会，沃克反成了配角。我与沃克仅仅是一次交集，与文兵相识，却是一段很长的缘。那天，我与文兵互换QQ，互留电话，联系至今。那天，文兵听闻我正在写一部关于汶川地震的小说，说正好他也创作过一首纪念汶川地震的歌曲，他认识的朋友中，还有一个叫翟柳的女孩子，是个爱唱歌的姑娘，曾在震后的汶川待了一年多，以前二人曾是汕头大学的同事，翟柳去深圳红树林基金会后，二人还常常在业余时间搭档，一起唱歌、演出。于是，寒假结束后，我又认识了翟柳，从翟柳那里了解到更多震时的情景及

青花瓷

震后家园重建的情况。崔丁丁的原型崔鼎鼎是虎子的一个同事，他在地震时卖了他姐姐送给他的手机去做志愿者的故事是虎子给我讲的。他当志愿者的信息是救灾志愿者登记处打电话通知厂方领导的，所以，他人还未从映秀回来，就已经成为原中国北车永济电机厂（现中国中车永济电机公司）的英雄。为了采访他，虎子带着我，专门与他的兄弟们聚了一次，饭桌上，他羞涩地讲了他的故事。

2012年3月9日，《青花瓷》终于完成初稿，但关于汶川地理地貌的描写始终是一个心结，对当地灾民的印象也是片面而模糊的。我与翟柳在QQ上说，我要去汶川，请她介绍志愿者给我。除过几个在网上交流的志愿者，针对我去汶川，翟柳又推荐了张波。张波是震后才去的家园重建志愿者。翟柳震后重建时被分在汶川县草坡乡，在草坡乡她认识了张波。一年的志愿服务结束后，翟柳完成了震后援建工作，回到了汕头大学，后去了深圳。张波则一直在汶川县参与相关重建工作，后留在汶川县政府工作。在网上查了大量资料，做足了攻略，我只身前往成都、都江堰，后从成都转道汶川，在汶川车站见了等我多时的张波。通过张波介绍，我知道震中是映秀，当时的汶川县城，也就是威州镇灾情并不严重，受灾最严重的是映秀镇。我拿着张波给我画的详细的路线图，又从汶川县城转道映秀镇，并在映秀新村住下来，展开采访。

3月的映秀新村，乍暖还寒，又下着小雨，显得肃穆而神秘。黄昏时我进入新村，仿佛进入了一座空城。我在后来的游记中写道："天气配合着我沉重的心情，在我毫无遮雨工具的时候，雨下得潇潇洒洒。我轻手轻脚地下了桥，轻手轻脚地走上映秀的街道，仿佛怕快门的声音惊醒满山沉睡的灵魂，我连相机也不敢多举几下。"住下来后，我带着不敢伤任何一个人的小心谨慎，一家一家走，一户一户问。听着从山里下来的村民们操着难懂的方言讲当时的情景，我很痛苦，他们也很痛苦。虽然后来厚厚的一本采访笔记用上的内容并不多，但实地考察、真人采访后的感觉果然不同。回家后，我对已经成形的初稿进行了大刀阔斧的手术。

2012年3月24日，完成第二稿。

在修改第二稿时，映秀新村村口、渔子溪岸畔的那家干锅鱿鱼鸡的味道仍在口里荡着辣香，想得我口水横流。

再说说男二号飘飘吧。飘飘是深圳的一位摄影界朋友，本人极具艺术气质，喜欢留长长的头发，因喜欢全国各地到处跑，故自起网名飘飘。被飘飘感染是在网上看到一个他拍的视频。一段长十几分钟的关于贫困山区教育现状的纪实性采访。那段视频，是飘飘自费去拍，回来自费剪辑，自己配乐、配音而成的。他去的那个地区是贵州毕节地区。当时，只是反复看了数遍视频，与飘飘并不相识，也没有联系过，但我决定，将飘飘的这一经历写成一个章节。于是，小说中，虎子在很多事情无法面对时，我安排他跟随飘飘去贵州毕节地区进行拍摄。虽然小说情节需要虎子走这一趟，但对毕节地区的地理地貌、风土人情描写却成了我必须面对的大难题。那个章节，虽然查阅了大量资料，还是无法写下去。好在一起在北京学习心理学的王冰是贵州某高中的教导主任，我先打电话给王冰，请王冰帮我。那天，王冰给了我贵州毕节地区一位研究方志的朋友的电话，那位朋友给我做了大量介绍后，又将另一位最熟悉毕节风土人情的专家的电话及QQ给了我。那位专家的联系方式因我的QQ频频被盗、手机频频更换而遗失，他的名字也一时想不起来了，但他给予我的帮助是巨大的，他提供的资料也是极专业、极珍贵的。在这里，我对这位老专家深深地鞠一躬，道声：谢谢您！

飘飘的爱人名叫小丽，是一位漂亮的知性女人。她是一家杂志社的办公室主任，对心理学也非常感兴趣。我曾经看过一些飘飘拍小丽的照片，一下子就喜欢上了这个干练、明理、睿智的女人。所以，小说里，飘飘与小丽仍是一对贤伉俪，相濡以沫，相敬如宾，相互理解，相互扶持。

与我一起走在修行路上的朋友刘清影，人见人爱，她是那种具有中国古典美的传统女人，喜欢穿纯棉长裙，留中分齐肩直发，她的发质硬而亮，肤色白而透，外表文静，内心独立。我们二人，每每周末相见，不是谈摄影，便是聊心理学，投机得一塌糊涂。

说说瓷吧。我最爱青花瓷。在写小说时，固执地、任性地想把自己对青花瓷的痴迷写进去。但是，成都附近并没有青花瓷窑。如果再往南写，写景德镇，那景德镇的地貌特征、风物人情会一次成为我的弱项。为了完成以瓷为主线的心愿，我查阅了大量的资料，想看看我熟悉的北方哪个省产瓷。起先，查到河南有制瓷历史，但河南产的瓷都不是我要写的青花瓷。接着找……突然，一条信息让我兴奋不已：陕西省铜川市陈炉古镇竟是千年瓷镇。而铜川离我所在的山西省永济市不过几百里而已，那里的风土地貌与人情风俗应该是我熟悉的。那几天，凡是关于陈炉的文字资料、图片影像，我都一一细读，一一细看，并在网上专门搜索铜川地区的人加进

QQ进行采访。了解到最后，我只要一闭眼，陈炉古镇就如同在我眼前一样。不过，陈炉古镇也不是以制青花瓷见长，而是以青瓷为主，但历史上陈炉确实有制青花瓷的记载。因此，在写到有关青花瓷制作历史时，我只能将雷氏江涛定为陈炉唯一一家制青花瓷的传人，且在写陈炉的瓷时，并不以青花瓷为主，只是以他们制作的大量瓷器中的一种瓷——青花瓷为线索。在写陈炉人的性情、脾气、习性时，我一厢情愿地将陕西人按山西人去写了。尤其是对外来户的排斥与蔑视，就是我们山西本地人的习惯与观念（此处肯定是对陈炉人的不恭，切不可以为陈炉人就是这样的。在这里，向全体陈炉人致歉）。因为山西人是我从小与之抬头不见低头见的人群，于是，枝枝、莲莲、发财、雷江涛就如水一样流了出来。至于可可母亲的名字，也是用了我母亲的本名。有趣的是，我的母亲叫王莲莲，我的婆婆叫王莲莲，我的嫂嫂也叫王莲莲。因此，小说中的王莲莲，是一群群、一代代、一层层数千年来默默相夫教子的受人尊敬的农村家庭妇女的代表。

2015年夏天，虎子宝鸡一位同学的公司十年大庆，邀请我们去庆贺，喝过庆贺喜酒，我们夫妇二人按计划直接取道铜川，专门去了陈炉古镇。在古镇里，我对已经烂熟于心的"盆罐垒墙，瓷片铺路"景象进行了"重温"，对陈炉的各个制瓷作坊进行了地毯式的走访，与陈炉制瓷人进行了面对面的交谈。陈炉人的热情、淳朴深深打动了我。很难忘记陈炉旧窑遗址陈列馆的那位大叔。那天我们按地图一路问着，走到陈列馆，谁知竟铁将军把门。我们失望而返时，一位大叔远远地向我与虎子主动打招呼，他问我们："是不是来看看旧窑遗址的？"我们问："方便吗？"他说："你们来得不是时候，游人特别少，所以我就去地里干活儿了。如果你们要看，我专门给你们开一次门。"原来，我们一路走一路问，被我们问过的村民知道我们要去陈列馆，路遇他时，就告诉他两个外地人去陈列馆了。大叔是扔下地里的活，一路追过来的。在陈列馆里，他细细给我们讲解了各窑的功能，直到我们问清听懂，全部记下来，全部拍下来，他才满意地与我们道声再见，锁了门，又去田间干活了。也忘记不了把旧窑场改成农家乐的大婶。她一边招呼我们吃喝，一边给我们讲解陈炉制瓷历史，各类瓷品的功能与设计原理，并在饭后一一给我们看了旧瓷窑的地下通风口，看了她们家制作的各种瓷品。也忘记不了至今仍住在已有二百多年历史的窑洞里的那位大爷，如何骄傲地给我们介绍他家窑洞的构造与功能，以及历史变革中窑洞的故事。忘不了那个新婚的小伙子，走在碎瓷铺成的小路上与我们羞涩的攀谈；忘不了那个小脚的老奶奶站在自家花树前对我们的问候。忘记不了第一天赵家瓷场不开门，我与虎子站在墙外仰着脖子对院墙上一排排瓷器的渴望，第二天瓷场开门后，我与他在瓷场对一架架瓷器的贪婪欣赏。当然，一看到我博古架上许家瓷坊老板半卖半送给我的瓷器"埙"，我都会想起夕阳西下时，那一院瓷器发出炫目的光芒。每次我穿我的青花瓷旗袍时，我项上戴的青花瓷项链与手上戴的青花瓷手链，是在王家瓷场买的。那家的小掌柜，就是一位大学毕业后接了自己家生意的"80后"。是小王掌柜告诉我，陈炉最出名的是镂空雕花青瓷。而我在朋友圈里晒陈炉的特色饭食时，大多数人留言都说，最喜欢陈炉特有的蔬菜窝窝。是的，那咸香中带着面食香气、蔬菜鲜味的口感，至今难忘。

而阴婚，是我们山西本地至今仍存在的风俗。未成年的孩子去世，必要配阴婚的，我们当地叫"弥婚"，也许取的是弥补他（她）在阳间不能成婚的缺憾之意吧。而"弥婚"的过程，是我司空见惯的。

LUCK，是我养过的一只纯白的直毛遮目狗。

小说中的王浩维是以儿子为原型塑造的，我一直叫儿子王子。他上大学前，我告诉他，在大学里一定要有一个爱好。你选定爱好后，妈妈给予你精神上与经济上百分百的支持。后来，他选择了花样轮滑。所幸有这一爱好，让他在学校里学会了如何写活动规划，如果进行团队招新，如何与人为善，如何宽以待人。西安玩轮滑的大学生有数万人，是一个庞大的团体，"西安高校联盟"就是以轮滑为由组织的。儿子是联盟中的一员，他因此有了广泛的人脉。大学四年，王子因轮滑而获的益处太多，他的组织能力、沟通能力都是在那四年里练出来的。感谢他选择了此爱好。任可涵是以儿子现在的女朋友为原型塑造的，他们结识于轮滑队，相爱在轮滑队。大学毕业后，他们工作之余，仍会手拉手在他们生活的城市里玩玩轮滑。儿子与女友相识相爱，至今六年有余，二人竟未吵过一次架，未红过一次脸，实属难得，也让我这个当妈的心中暗喜。

钟梓彤大学时期的那段经历，是很多女孩子都有的，"作"到伤人，"作"到自伤。

2015年夏天从陈炉回来，我前后写了四年，在我的电脑里又躺了三年的《青花瓷》开始在我脑中活色生香地动起来。我想，是时候让它出炉了。恰在此时，与我合作数年的《知音》杂志编辑戴志军给我电话，问我的长篇小说怎么样了，有没有送给出版社印刷？我说："几年了，还没有示过

人呢。"小戴弟弟说："看来火候到了。我一位朋友正到处寻找书稿，你们何不合作一把？"我说："那就让它出炉吧。"

小戴弟弟说的朋友，就是中国言实出版社的编辑宫媛媛。宫媛媛女士读过书稿后，打电话来，说："我想不到你让可可死了。"我说："是呀，我也不知道怎么了，写着写着，'可可'就死了，这是刚开始我也没有料到的。"我也曾经想着把"可可"救活，只是故事情节发展到最后，已经由不得我。

以后的几天，我一直问自己：可可是我自己，为什么我要她死？我与虎子是夫妻，为什么她与杨以轩最终却没有成为真正的夫妻，我的潜意识在表达什么？

加我QQ的人都知道，我常用的网名是"比远方更远"，那个叫"可可西里"的QQ已经很久不用。"比远方更远"的网名来自于海子的《九月》。原诗是"目击众神死亡的草原上野花一片／远在远方的风比远方更远／我的琴声呜咽，泪水全无／我把这远方的远归还草原／一个叫木头，一个叫马尾／我的琴声呜咽，泪水全无／远方只有在死亡中凝聚野花一片／明月如镜高悬，草原映照千年岁月／我的琴声呜咽，泪水全无／只身打马过草原。"我一直以为我喜欢"远在远方的风比远方更远"这句，所以用此当了网名。直到有一天，当我慢慢地吐出诗的最后一句"只身——打马——过——草原"时，我的身体僵住了。我又一次看见了海子。他从山海关的铁轨上支起身体，对我说：他渴望活着，即使是孤独地活着。虽然他最终用死表达了对活着的绝望与厌倦。但他生命终结前的最后一首诗却表达了他对生命的依依不舍与对活着的憧憬与向往。他说：即使我只愿面朝大海，春暖花开，但我仍希望生命永恒。

当年，我与海子的情绪绞在一起，我抛弃了那个我一提起来就流泪不已的人类最后的处女地——可可西里，向往着与海子的灵魂一起，打马——过——草原。我那时想，也许有一天，人们看到的是我只身一人打马过草原，其实，有海子与我一起。

清影说，你是一个惯于逃避的人。是的，我不愿正面自己，不愿正面那么多血淋淋的现实。所以，看电影，我只看小清新的爱情片，甚至喜欢钻在《老子》无为的世界里。如果电视剧里有坏人作梗，费尽心思地陷害那些善良可欺的人，我宁可换台，甚至弃剧。

我想，我不用"可可西里"的QQ号是因为那里有一个真实的、我不能面对的'我'。我让可可一直睡下去，然后留下一个孩子后，又很快死去，就是因为潜意识中的那个"我"一直在逃避，"我"想用一直睡来逃避现实，想用死去躲开那些不得不发生的故事。

我用"比远方更远"的QQ号是因为我同海子一样。虽然以死的方式在逃避，但我们都渴望活着。面朝大海，春暖花开地活着。

万幸的是，我的潜意识在逃，而我的意识却让我活着，并且为了能活得更自在、更坦然，做了七年的修行。至今，我仍在修行的路上。

万幸的是，我经过七年修行，如同凤凰经过涅槃，死后复生，生而不死，可以与虎子在现实中一起活到老得不能再老的年龄。

2012年写完此小说时，我才刚刚开始心理蜕变，才刚刚开始自我成长。如果现在让我重写《青花瓷》，我不会让可可死。因为海子说：活在这珍贵的人间，人类和植物一样幸福，爱情和雨水一样幸福。

记不起是哪一部电影，其中一个情节是，战争夺去了很多人的生命，在战后的废墟上，人们却在狂欢跳舞。女主角质问男主角："死去的可是你们的亲人朋友，你们有什么可狂欢的？"男主角说："战争在继续，生活也在继续。"

是的，天灾人祸中，很多人失去了生命，无法挽回。以前我们的口号是，记住悲伤，不忘亲人。但后来，我们说："往生安乐，生者坚强。"我们能做的，就是替逝者把他们的命也活出来。

用我的一首诗结束这篇破碎的后记。

诗的名字叫《感恩》。

感　恩
音乐的手抚遍每一粒空气
阳光把浴在金色里的人们
变成富翁
绿色，美丽的植被
给了活着的生命
一次次珍贵的呼吸
海子说，我们活在这珍贵的人间

虽然有夜，爱人的温情却更浓烈
酒或香槟熏香了人们的口气
热吻或说情语
红色，温暖的血液
给了活着的生命
一声声珍贵的心跳
海子说，我们活在这珍贵的人间

雨后的草场，洗过的天空和氧气
清新着每一颗心灵
每一次吐纳
每一个生灵在那里
都是重生的婴儿
粉红的躯体，幽黑的眼睛
蓝色，清澈的湖水
给了生命沐浴的快乐
洁净的皮肤与清爽的肺腑
海子说，我们活在这珍贵的人间

虽然有伤害，谁又会拒绝爱情的亲近
那是粉红的浪漫
盛开的玫瑰抑或紫色的忧郁
人们，忘记了冬日大街上的寒冷
秋叶一地的凄凉
有很多美丽的词语歌颂与吟唱
有很多动人的故事，用生命在讲
很多颜色，涂抹
渲染成这个物质的世界
海子说，我们活在这珍贵的人间

2016 年 3 月 8 日写于蒲坂厚朴堂

守在一起

作词：文 兵
作曲：文 兵
记谱：叶火树

那片小树林

作词：张曦文
作曲：文 兵
记谱：叶火树

1=E 6/8

```
‖: 6 3 3 3i | 6·6  6i̲ | 2 2 6 2  3 4 | 3· 3· | 6 3 3 1 |
1.那天我和 你，偶然 走进一 片小树 林。     那天我和
2.3.那天没有  你，我  独自走进 小树 林。     那天没有

4· 4 4 3 | 2 2 2  2 7·5 | 3· 3· | 4 4 4·3 2 3 | 4· 4 5 4 |
你， 谈论 着爱情躺在雪 里。     脑海记忆犹 新， 空气
你， 四野 全是你水声笑  语。    痴痴空望蓝 天， 白云

3 3 3  3·2 1 2 | 3· 3· | 2 2 2  2·1 7 | 2· 2· | 1 1 1  2 7·1 |
里散发爱的气 息。    小树上刻下印 记，    你说你永世不
上印满你的笑 意。    阳光下 泪眼迷

┌2.3.——————
2· 2 1 1 | 1 1 2  1·2 3 | 3· 3  3 | 3·767 i 3 | 1·767 i 2 |
离，   看着 那胸永世不离。    那 片 小树林依然静谧那
(.8.时演唱:)那 片 小树林更加丰腴那

7·6 #5 6  7 3 | 7·6 5 4  3 1 | 6·5 4 5 6 1 | 6·5 4 5 6  6 |
个 刻印越 来越清晰。你的 声音时 时想 起，你
片 草地更 加厚密。你的 声音时 时响 起，在

#5 5 5 6 6 | #5 5 6  7 2 | 3 4 3·1 | 3· 3·:‖ #5 5 6  7 3 |
的身体都已 深埋土里，无 从寻觅。         深埋土里那

#5 5 6 7 2 | 3 1 6· | 6· 6·  3 | 1·767 i 2 | 1·767 i 2 | 7·6 #5 6 7 i |
深埋土里，无 从寻觅。    那片 小树林更 加丰腴那片 草地更

7·6 #5 6  7 1 | 6·5 4 5 6 1 | 6·5 4 5 6 6 | #5 5 5 6 6 | #5 5 6  7 6 |
加厚密。你的 声音时 时响 起，在 告诉我放下 生命的痛，快

7 i 7 6· | 6· 6· | 3 3 1 6 | 4· 4  4 3 | 2 2 2 2 7·5 | 3· 3· |
乐呼吸。        只有来这 里，  我 知道你曾真实来 过，

1 1 6 6 | 2· 2 2 3 | 7 7 7  7 7 | 6· 6· ‖
只有来这 里，   我 知道我已放 下 你。
```

269